ハヤカワ文庫 SF
〈SF2122〉

ヒトラーの描いた薔薇

ハーラン・エリスン
伊藤典夫・他訳

早川書房
7959

HITLER PAINTED ROSES
AND OTHER STORIES
by
Harlan Ellison

Translated by
Norio Ito
and Others
First published 2017 in Japan by
HAYAKAWA PUBLISHING, INC.
This book is published in Japan by
direct arrangement with
THE KILIMANJARO CORPORATION.

目次

ヒトラーの描いた薔薇

ロボット外科医

小尾芙佐◎訳

Wanted in Surgery

1

　二〇八七年後半にポーランド人民保護領から北米大陸の聖域に亡命したティボル・カーロイ・ジェボクなる人物が、それを発明したのであった。オリン機械工具《ツール・アンド・ツリー》複合企業《コングロマリット》の専属科学者として——精巧な時計修理のできるロボットの設計に従事しているあいだに、彼はその多数選択因子を発見した。この概念を時計修理ロボットのパイロット・モデルの繊維素プラスチール頭脳に適用することに成功し、その結果驚異的な医療技工士《フィジシャン・メカニカル》が誕生したのである。人間の頭脳とは比較にならぬ単純さであるが。通常のロボットよりははるかに複雑であり——適切な調整をほどこせば——至難な手術すらやりこなすことができる。しかも医工《フィメック》は、後日さっそくこう略称されるのであるが、あらゆる器官について決して誤りのない診断をくだすことができた。

人間の心の領域は金属製の医者の能力のおよぶところではなかったが、肉体の病気についてはこれ以上有能な医療士はいなかった。

ジェボクは、例のパイロット・モデルが国会の特別秘密会議の席上で公開された数週間後に、冠状動脈血栓症で死亡した。だが、彼の死は、彼の生前以上にフィメックの認知度を高めるさらに強力な推進力となった。

議会は実態調査委員会を設置し、情報調査無限責任会社――オリノコ河流域調査を達成した――に委託し、三カ月にわたる調査結果を、医務官に配分された政府医務予算と比較検討した。

その結果、フィメックは北米大陸の全国立病院において医師に支払われる給料の総額よりはるかに少額の予算でまかないうることが判明した。

けっきょく、医師というものは必要だった。

フィメックは三年ごとに〇・五パイントの液化放射性物質を吸収することと、折々の注油によって正常な機能が確実に保たれた。

よって政府は法案を成立させた。二〇八八年の新医師法の概要は、左記のとおりである。

今後あらゆる診療は政府直営病院において行なわれるものとする。前記施設の外において診療を必要とする緊急患者は、公認の病院組合より派遣される公認医工《フィメック》によってのみ、くりかえして記す、よってのみ、行なわれるものとする。本手続きを怠ったものは法規違反として扱われ、非機械医師によるかかる違法行為は、免許取り消し、ないしは罰金、禁固等の厳罰に処せられるものとする……


　ジョンズ・ホプキンズ大学がまず特権を剝奪された。ついでコロンビア医科大学を皮きりに、ほかの大学もまもなく処分された。

　少数の専門医養成学校は暫時存続を許されたが、はじめの三年間のフィメックによる成果を見ると、専門医ですらロボット医者にははるかにおよばないことが明らかになった。それゆえ彼らさえも消え去った。フィメック革命以前に認可をとった医師は給料を大幅に減額され、助手やインターンに格下げされた。

　もっとも少数の特権はあたえられていたが、それも漸次、(1)手紙には切手不要という無料配達の特権、(2)雀の涙ほどの年間手当、(3)最新の医学ジャーナルの予約購読（いまやこれらの雑誌は外科手術のテクニックよりもフィメックに関する電子工学的データで誌面の大半が占められている)、(4)名誉称号、等にとどめられた。名のみの医者。

　とうぜん不満はあった。

二〇九一年、外科の泰斗《たいと》であったコールベンシュラグが死去した。十月のある静かな朝、街の頭上にかすかにひびく天候調整ドームのうなりと、八時発の地球＝火星間連絡便を通すために開かれる通用孔の遠いきしりのなかで、永遠の眠りについたのである。華奢な指に偉大な才能を秘める、苦渋にみちた相貌の持ち主。彼は就寝中に絶命し、新聞はこの日の朝も黄色のプラスチック・シートに黒々とした肉太の大見出しをかかげ、それは各家庭の配達孔からがたがたと出てきた。だが大見出しはコールベンシュラグに関するものではなかった。彼はもはや昨日のニュースだった。見出しはフォード・クライスラー社における完全オートメーション化への切り替えに関するものであった。

百十八ページに〈無医工時代《プレ・フィメック》の名外科医〉という肩書で五行ばかりの死亡記事がのっていた。急性のアルコール中毒で死亡したと報じている。

正確にいうとそうではない。

彼の死には二重の原因があった。急性アルコール中毒。

そして失意。

彼はひとり淋しく世を去ったが、忘れられはしなかった。この教授に好意をよせ、獅子の頭《かしら》と手と鷹の目をもつこの練達の師に青春の日々を捧げた人々によって。適応しえぬ人々によって。病院の防腐性の廊下をいまだに歩いている少数の人々によって記憶されていた。

スチュアート・バーグマン医学博士のような人々によって。

これは彼の物語である。

2

記念病院の主要な手術室は標準的な造りである。半球状の観察室は一方の壁の上部にはりつき、下方に大きくカーヴし、内部は二基ずつの観察台をそなえた個室になっている。手術台は観察室から見やすいように上下できる伸縮式の台の上にあり、手術室の中央にでんとおかれている。天井には旧式の病院にあったような手術灯は見当たらない。医工《フィメック》はそれぞれ頭頂部に強力な内蔵灯があり、これは外部のいかなる照明よりはるかに効率のよいものだった。

手術台のむこうには、麻酔用の半球容器が——五個ずつかたまって——フィメックの手持ちがきれた場合にすぐ手のとどく壁にとりつけてあり、また高速回転ベルトが手術台の横のデジタル式供給機と出口近くにおいてある透明なセレクター・キャビネットをつないでいる。

これがすべて。必要とされるすべてだった。

半球容器も予備キャビネットもおそらく不要だろうが、ともかくそなえてあり、フィメックの能力にいささかなりと限界を設けているというわけだ。彼らには補助が必要なのだと、どこかの人間を安心させるためといわんばかりに。たとえそれが技工を補助する技工の助力であるにしても。

バーグマンが入っていったとき、観察室の下では三台のフィメックが手術の最中だった。観察室内は暗いが、手術台の照明の反射でマレイ・トーマスの岩のような巨体が見える。手術台の照明は人間の観察者のためのものであって、フィメックは内蔵灯によって停電時の暗闇でも手術ができるわけだ。

バーグマンは百十八ページを表にしたくしゃくしゃの新聞を片手にもち、眼下の情景を見つめた。

当然、今日は脳の手術だろう。今日という日は、彼をおちつかせるためなら、簡単な甲状腺腫切除か足底切開のほうがよい。だが今日は脳手術でなければならない。フィメックの三十本の蛇のような伸縮自在の付属肢が伸び、患者の頭を切り裂いていくはずだ。

バーグマンはごくりと唾をのみ、トーマスのかたわらの空席にむかって傾斜した通路をおりていった。髪の黒い、異様なほど踏みぐわに似た容貌の持ち主である。高くつきだした頬骨がやつれた印象をあたえ、こめかみには静脈が浮きでている。鼻はうすく、数年前に折ったところがもりあがっている。

おちくぼんだ目はとても濃いブルーなので黒いようにみえる。髪はうすく無雑作に櫛がいれられている。額から上へなんの気取りもなくかきあげられている、目に髪がかぶさらないように。

彼は椅子にどすんとすわると、手術台から目をそむけて、マレイ・トーマスの顔が視界に入るようにした。下からの明かりが、その泰然とした丸顔を浮かびあがらせている。彼はさしだした新聞でトーマスの腕をつついた。すると、若いドクターがびくっとしたので、自分がとなりにいることにトーマスははじめて気づいたのだとわかった。若い医者はゆっくりとふりむき、穏やかな目とバーグマンの凶暴な目がぶつかった。けげんそうな表情がその目に浮かんだが、トーマスは彼の背後に、座席の上段に、押しだまった主任研修医の黒々とした巨体に視線を投げた。

バーグマンがさらに一インチほど新聞をつきだすと、トーマスは手にとった。それを開いてシートの下のほうにもっていき、下からの明かりにかざした。開かれたページに目を馳せるうちに、やおら両手がプラスチックシートの上でかたく握りしめられた。たった五行の記事が見えたのだ。

コールベンシュラグが死んだ。

バーグマンをふりかえったその目はいいしれぬ悲しみをたたえていた。〝残念だ、スチュアート〟という無言の言葉が唇に出かかって、途中で消えた。

バーグマンの顔を一瞬見つめた彼は、いまこの相手にしてやれることが何もないのを悟った。コールベンシュラグはスチュアート・バーグマンの師であり友であり、若いころ彼を捨てた実の父親がわりの男であった。いまやバーグマンはまったくひとりぼっちになってしまった……妻のセルマはこうしたことに即応することができない……彼女の性分では、精神の崩壊という事態に対処することは不可能だった。

トーマスは、バーグマンの手をとってこの男の体をかけめぐっている悲しみをやわらげてやりたいという衝動を感じながら、やっとの思いで手術台のほうへむきなおった。しかしその悲しみはバーグマン個人のものだ。彼は横にいるこの顔をひきつらせた男とは関係がないのだ。

バーグマンは手術のほうに目をやった。今はそれよりほかにすることがない。十年という歳月を外科医術の修業に費やしたというのに、いまの彼は、のっぺらぼうの金属のかたまりが彼の及びもつかない伎倆をふるうのを漫然と眺めているのだ。

マレイ・トーマスは不意にかたわらの荒々しい息遣いに気づいた。だが彼はふりかえらなかった。この数週間というもの、バーグマンが徐々に崩壊点へ接近していくのを眺めてきたのである。フィメックが完全に配備され、人間の医者が助手やインターンや道具もちとなりさがってからというもの。バーグマンが選んだ破滅の瞬間がいまでなければよいがと彼は心のなかではげしく念じた。

眼下のフィメックは細心の注意を要する手術にとりくんでいる。自在に伸縮する蛇のような触手肢の一本が薄刃の丸鋸をとりあげ、トーマスが見守るうちに切開にかかり、鋼鉄が頭蓋骨に触れる音がかすかにひびいた。

「恥しらず！　やめろ、やめろ、やめろ……」

トーマスは一瞬おそかった。バーグマンは椅子からとびあがり、通路をかけおりて球状の観察室の透明なプラスチールの囲いを拳ではげしくたたきはじめた。

それは室内に異様なたかぶりをもたらした。まるでだれもがいままでわめきたいのをじっとこらえていて、いまその声に釣られてはならじと懸命に闘っているようだった。バーグマンは透明な壁に体をうちつけ、ぶつぶつつぶやくかと思うと絶叫し、苦悶と恐怖の相《そう》剋《こく》に顔をひきつらせた。

「じ、じ、慈悲深い死も……ゆるされんのか……」と彼はわめいた。「先生は亡くなった。それなのに、けがらわしい金属の物体が……物体が、ちくしょう！　先生の患者たちを切りきざむんだ！　おお、神様、道はどこに、どこに、どこに……」

そのとき三人のインターンが観察室の上部のドアからどやどやと通路にかけこんできた。あっというまもなく、彼らはバーグマンの肩と腕と首根をおさえて通路をひきずりあげていった。

研修医長のコーキンズがその背後から大声をはりあげた。「検査をするからわたしの部屋に連れていくんだ。あとからすぐいく」

マレイ・トーマスは友人が背後に浮かぶ長方形の光にむかって暗がりに消えていくのを

見送った。彼の姿が消えるとコーキンズの声がひびいた。「諸君、あの騒ぎを気にするな。手ぎわのいい手術を見るたびに、胸がむかついてくる者がいるものだ」

そして彼は、バーグマンを検査するために出ていった。

マレイ・トーマスは舌がいがらっぽくなるのを感じた。バーグマンは血を怖れ、手術の情景を怖れたのか？　そうではあるまい。スチュアート・バーグマンが手術をするところはなんども見てきた――スチュアート・バーグマンが怖れるはずはない。手術室はバーグマンにとってわが家なのだ。そう、そんなことではなかった。

そのときトーマスは、いまの出来事が観察室にいる人々の気分と集中力をすっかり損なってしまったことに気づいた。彼らはもはやこれ以上フィメックたちを見るにたえなかった――だがフィメックたちは……

……彼らは騒ぎもせず見もせず気にもせず平然として冷静に作業をつづけ、患者の頭蓋骨のてっぺんをとりのぞいている。

トーマスは吐き気をもよおした。

3

「ほんとうなんだよ、マレイ。ぼくはもうこれ以上たえられない！」

バーグマンはコーキンズの部屋で行なわれた検査の動揺がまだ鎮《しず》まっていなかった。手には青い血管が浮きあがり、テーブルの耐熱樹脂の表面にのせた両手は小刻みに震えている。医療センターのくぐもった物音が防音ボックスにいる彼らの耳にとどく。バーグマンは片手で髪の毛をかきあげた。「ぼくはあれを見るたびに、あの……」彼はいいよどんでいたが、あとの言葉を口にしなかった。もし口にされていたなら、それが〝怪物〟という言葉であることをマレイ・トーマスは知っていた。バーグマンは間《ま》をあけて言葉をつづけた。「あれがぼくの患者の体のなかをあの金属の尖端で突つきまわすのを見るたびに、ぼくは――ぼくは胸がむかついてくるんだ！　あのいまいましい配線をひきちぎらないでいるのがやっとなんだ！」彼の顔は死人のように蒼ざめながら、異様な紅味がさしている。

彼は話しながら震えていた。そしてまたぶるっと震えた。

マレイ・トーマス医師はなだめるように手をさしだした。「まあ、おちつけ、スチュ。きみはあんまりこの問題にこだわりすぎる、あいつがきみの神経をまいらせなくても――あいつはそれぐらい、いともあっさりとやってのけるがね――彼らはきみの認可を取り消して診療をはばむだろう」彼はバーグマンを見つめ警告を強調するかのように、はげしくまばたきをした。

バーグマンはむっつりといった。「結構な診療をやらせてもらっているさ。その点ならきみも同じさ」

トーマスはテーブルを指でたたいた。するとテーブルの裏にある色とりどりのプラスチック片がゆらめき、光の斑点がバーグマンのゆがんだ顔でおどった。「それにさ、スチュ、きみは医工《フィメック》を憎むにたる論理的科学的根拠をもたないじゃないか」

バーグマンは彼をにらみかえした。「この問題に科学は関係ない、それはきみもわかっているじゃないか。こいつは頭じゃない、心の問題だよ、マレイ！」

「いいかい、スチュ、彼らは絶対に誤りをおかさない。何よりも安全で、何よりも敏速で、まちがいなく仕事をやりとげられるんだ、たとえば――コールベンシュラグのような人物よりもだ。そうだろう？」

バーグマンはしぶしぶうなずいたが、表情はけわしかった。「だが少なくともコールベンシュラグは、あんな度の強い眼鏡をかけていても、人間だった。あんな、あんな――あんな――ああ、あんなストーヴの煙突みたいなものが、患者の腹をひっかきまわすのとはちがうんだ」

彼は思いだしながら、悲しげに首をふった。「フリッツ先生はあれが受け入れられなかった。先生を殺したのはあれなんだ。くそいまいましい機械だよ。フィメックの助手になりさがることに、先生はたえられなかったんだ。ああ、くそっ！　あの老人がどれほど偉大な人格者だったかきみは知っているね、マレイ。医術に携わって五十年、それがあのけがらわしいチクタク野郎のそばでスポンジをもたせてもらうのがせいぜいということになった……そのうえ、そのスポンジだって、あのチクタク野郎のペンチのほうがしっかりもてるとわかったら、最悪だよな。フリッツ先生を殺したのはあれなんだ」

　バーグマンは震える手を見つめながら静かに言葉をくわえた。「それにしても……先生は幸せだよ。ぼくらは、ぼくらの文化の厄介物だ、マレイ。医術のお囲いものだ」

　トーマスはぎょっとしたように顔をあげ、渋面をつくった。「ああ、おねがいだ、スチュアート。メロドラマじみたことはいわないでくれ。そんなことじゃないんだよ。これまでより使いやすいメスがあらわれたら、きみは使いなれているからという理由で旧式なやつを捨てることを拒むかね？　馬鹿なことをいうな」

「しかし、ぼくたちはメスじゃない。人間だ！　医者なんだ！」彼はいきなり立ちあがった。まるでいままでの会話が体内に積みあげられ、とつぜん爆発したとでもいわんばかりに。立ちあがる拍子に腰がテーブルにぶつかり、卓上の二つのウィスキーグラスをひっくりかえした。声はうわずり、こめかみはぴくぴくひきつっているが、叫びはしなかった。叫ばなくとも、その言葉はどんな叫びよりもはげしくほとばしった。

「たのむ。スチュ、すわってくれ！」トーマスは不安そうに医学センターのラウンジを見まわした。「もしここに研修医長がやってきたら二人ともおしまいだ」

　バーグマンは成型シートにゆっくりとすわった。シートは彼を愛撫するようにやんわりとその体をおしつつんだ。彼は絞め殺されるとでもいうように、はげしく身もだえした。

シートにすっかりすわりこんだあとも背中をかがめ、目は狂暴な光をはなっていた。玉のような汗が額や上唇にふきだしている。

トーマスは体をのりだした。渋面が唇をゆがめている。「おちつけよ、スチュ。こんなことで身の破滅を招くようなまねはするなよ。おえらがただって思いは同じなんだよ、だけど進歩を止めるわけにはいかないんだ。それにさ、かっかとして昨日の手術室のときみたいな馬鹿げた騒ぎをおこしてみても、なんの役にも立たないんだ。ぼくたちにできることは、いかなる権利を保持するかということだよ。われわれにとっちゃあ悪夢みたいなもんだがね、スチュ、人類のためにはこれでいいんだ、くやしいがね、彼らのほうが大事なんだ。しごく簡単なことさ」

彼は胸のポケットからハンカチをだして、二箇所にこぼれた酒を拭きながら、伏し目がちにバーグマンを見た。

ジュークボックスがだしぬけに鳴りだし、バーグマンの頭がびくんとあがり、鼻の孔がふくらんだ。音の正体を知ると彼は鎮まり、目から狂暴な光が消え失せた。

片手で頭をかかえ、もう一方の手で鼻柱をゆっくりとこすっている。「そもそものきっかけはなんだったっけ、マレイ？　これの？」防音ブースにいる二人の話をかきけしてしまうほどがなりたてるジュークボックスを彼は見つめた……自動飲料調整機《インターポレイター》――一万種類の飲み物を誤りなく調合できる精密な記憶回路――と酩酊度測定器をそなえたバー…

……プラスチールの外壁をもつバーの外には完全に機械化された病院がそそりたっている……ロボット医者が明かりのともった窓の前をときおり通るのが垣間見える。

窓の明かりは、人間の患者と誤りをおかす人間の医者が必要とするからだ。ロボットに明かりはいらない。名声もいらない、人類を救うという使命感もいらない。彼らに必要なものは、パワー・パックとときたまの注油である。その見返りに、彼らは人類を救うのである。

バーグマンの心は、汚いぼろ布をくわえた犬のように苦い自嘲をもてあそんだ。

マレイ・トーマスは軽い吐息をつき、バーグマンの質問について考えた。そしてかぶりをふった。「わからないな、スチュ」その言葉はひとりでに、ゆっくりと、おずおずと口をついてでた。「おそらく自動パイロットとか、第三次大戦に使われたコンピューターとか、あるいはもっと以前のものかもしれないね。大昔にさかのぼって電動ミシン、オートマチックの自動車、自動エレベーターの時代かね。あれも機械だった、そして人間より手ぎわのいい仕事をした。実に単純明快なんだ。鉄のかたまりは誤りをおかす人間より十中八九はすぐれているんだ」

トーマスは最後の言葉を反芻《はんすう》してから、きっぱりした口調で補足した。「いまの言葉は撤回しよう、十中十だね。今日《こんにち》、サイバネティックス学者が彼らに組みいれられないものはないんだ。彼らがしがない人間の手から人間の生活をとりあげるようになったとしても仕方がないのさ」彼は自分の長々しい答えの調子にちょっととまどった様子だったが、もういちどため息をつくと酒の最後の一滴を飲み干し、グラスのふちをぼんやりとなめまわし、残り香を味わった。

バーグマンは激情をますますたかぶらせているようだった。明らかに彼自身の問題に対する答えをみずから求めようとしていた。なおいっそう背中をかがめ、友人の顔をまるで少年のようなひたむきさでのぞきこみ、「しかし――しかし、それが正しいとは思えない。われわれはいつだって医者に――人間の医者に病人や死人の面倒をみてもらってきたんだ。これは不変だったよ、マレイ。頼みの綱となるものだった。戦時下には医者は神聖なものだった。

いざというときには――感傷にすぎないことはわかっているよ、マレイ――だが後生だから聞いてくれ、いざというときには、医者は牧師であり父親であり教師であり愛国者であり、そして……」

彼は次の言葉に、空中にあらわれよと懇願するかのように両手をむなしく動かした。それからさらに力強い声で、心の奥底に根づいている記憶を掘りかえしながら話をつづけた。「ぼくは、ぼくの生活と技術を純粋な神聖なものとして守っていくつもりだ。どんな家に入ろうと、ぼくは病人を救うために入るんだ、そしてあらゆる作意的な悪業や害悪を排除する。そうしてぼくの人間関係のなかで、ぼくの職業を通じて見聞きしたことは、もしそれが公《おおやけ》にされるべきものでないとしたら、ぼくはそれを神聖な秘密として守り、決して公にしたりはしない」

トーマスの眉がかすかにあがり、唇が無意識に微笑を浮かべた。バーグマンはヒポクラテスの誓い（医師倫理宣誓）を後生大事にかついでいようというのだ。スチュアート・バーグマンという人物をいいあらわすには献身的という言葉では生ぬるいだろう。彼のいうとおり、これははかない感傷である、しかし……

バーグマンは言葉をついだ。「現状のどこがいいのだ？　フィメックを使いだしてからわずか数年だ、わずか数年なんだよ、それなのに信頼しきっている……信頼しきれないところがあるというのに。それなら学校や研究や伝統のなかで費やされた、これまでの年月はなんだったんだ？　ぼくたちはもう本拠地にすら入っていけないんだよ」

彼の顔はラウンジのどんよりした間接照明の光のもとではますますやつれてみえた。髪もいましがたより白髪がふえたように思われ、顔の皺も深まった。唾をごくりとのみ、こぼした酒でまだ濡れている卓の面をこする。「あれはどういう種類の診療なんだい？　ゴミバケツを運ぶのは？　ロボットがわれわれの患者を切ったり縫ったりするのを見学するのは？　大手術のときは、ガラスのむこうにおしこめられるのは？　電光板の赤い光の点滅を見て動員された怪物が、救急車より早く現場にかけつけたと知らされるのは？　きみがぼくに適応しなければいかんといったのは、こういうことなのか？　そうなのか、マレイ？　ぼくがきみみたいに冷静でいられるなんて思わないでくれ！」

「もっとも恥ずべきことは」と彼はいままでの議論を固めるとでもいうようにつけくわえた。「やつらが週一回、われわれにみじめな虫垂切除や胃洗浄の仕事を投げあたえてくれることだ。食卓の残飯をほうりなげてくれるようにだ……しかもわれわれがやるあいだ、そばで監視しているんだ！　ぼくたちは犬か？　ペット扱いされるのか？　ぼくは気が狂いそうだよ、マレイ！　夜、家にかえると、ぼくはステーキをいつのまにか心臓の組織かなんぞのように切っているんだよ。なにもかも、自分が外科医の修業を積んだってことを思いださせてくれるだけなんだよ。長い年月ながした汗、艱難辛苦のあげくの果てがこれなんだ！　マレイ、最後に行きつくところはなんだろう？」

彼は観察室でおこした発作の二の舞を演じようとしている。

研修医長がバーグマンを検査したときに何があったのか知らないが——いちおう疑いは晴れたのだ、バーグマンは相変わらずフィメックの助手として掲示板に予定が組まれているのだから、もっとも週一回の手術担当は三日延期となっているが——ここで再燃させないほうがいいだろう。

かつての学友の胸中に何かが煮えたぎっていることを、マレイ・トーマスは知っていた。蓋が吹きとばされ、バーグマンを永久に破滅に追いこむまで、あとどのくらいの時間がかかるかそれはわからなかった。

「おちつけよ、スチュアート」と彼はいった。「もう一杯、ダイヤルするから……」

「そのくそいまいましい機械に手をふれるな！」と彼ははげしくいってトーマスの手を自動飲料調整機《インターポレイター》のダイヤルからはらいのけた。

彼は苦しそうにあえいだ。「機械にできないことだってあるんだ。機械は毎朝ぼくの歯をみがいて料理をして子守歌をうたって寝かせてくれるが、やつらが人間よりうまくやれないことだってあるにちがいないんだ……さもなきゃ神はなぜ人間を創りたもうたのか？ブリキ缶のそばでおあずけをくらうためにか？　あいつらがなんなのかぼくは知らん。だけどロボットがもっていないで人間がもっている能力がきっとあるはずだ。カチカチブンブンいっているブリキ缶より人間のほうがましな何かがあるはずなんだよ！」彼は息がつまって口をつぐんだ。まさにそのとき研修医長のコーキンズがバーとボックスをへだてる仕切りのかげからぬうっと姿をあらわした。獲物をみつけた猟犬のように一瞬立ちどまって目をすえた。スポーツジャンパーの襟を指がまさぐっている。「少々騒がしいね、ドクター・バーグマン？」と彼はいった。

スチュアート・バーグマンの顔に恐怖がまざまざと浮かんだ。目は伏せられ両手を見つめた。手は蛇のようにからみあい、たがいのなかに隠れ場をもとめあい、かたく握りしめられて白くなった指がのたうちまわる。「ぼ、ぼくは——ただ、ただ、ちょっとした意見をのべていただけで……それだけです、ドクター・コーキンズ」

「なかなか穏やかならぬ意見じゃないか、ドクター・バーグマン。記念病院におけるわたしの方針に対する不満と解釈されても仕方がないな。きみはそんなふうに解釈されたくはないだろう、ドクター・バーグマン？」彼の言葉は強要のひびきを、岩にうめこまれた鋼鉄のひびきをもっていた。

バーグマンは頭を、すばやく、かすかに、苛立たしげにふった。「いや。いや、そんなつもりはまったくありません、ドクター・コーキンズ。ぼくはただ——はあ、その——おわかりと思いますが、ぼくはただわれわれ外科医がもうちょっと数多く、もうちょっとむずかしい手術ができたらと思っただけで……」

「フィメックにそれをやりこなす能力があると思わんのかね、ドクター・バーグマン？」その声音にはある期待がこめられていた……バーグマンが何かいいそこなうのを待ちかねているような。それがあんたの望むところなんだな、コーキンズ？　それがあんたの望むところなんだ！　彼の思いは狂おしく横道にとんだ。

「そう思います……ええ、彼らが有能なことはわかっています、ただ、そのう、自分が医者だっていうことを思いだすのがむずかしくなって、こう長いこと、仕事らしい仕事をしないでいると……」

「もうたくさんだよ、バーグマン！」コーキンズがぴしりといった。「政府はフィメックに助成金を給付している、彼らに奉仕させ、人命を救わせるために納税者の金を使っておるんだ。彼らはどんな人間よりもはるかにすぐれた記録を……」

　バーグマンが鋭く割って入った。「しかし彼らは完全にテストされたわけでは……」

　コーキンズはひとにらみで彼を沈黙させ、こういった。「もしきみが給料簿に名をとどめておきたい、病院にとどまっていたいと思うならだ、ドクター・バーグマン、たとえ助手であろうとも、もう少し口をつつしんでおとなしくしていたほうが身のためだな。われわれはきみを監視しているからね」

「しかしぼくは……」

「たくさんだといったはずだ、バーグマン！」そしてマレイ・トーマスをふりかえり荒々しくいった。「それからもしわたしがきみならばだ、トーマス、つきあう人間に気をつけるがね。それだけだ。ではこれで」彼は颯爽《さっそう》たる足どりで、一歩一歩傲慢さをまきちらしながら歩みさった。ボックスの隅にちぢこまって狂おしい目でじっと両手を見ているバーグマンをあとにのこして。

「下司《げす》な手先め！」とトーマスは低声でうなるようにいった。「医務省とコネがなけりゃ、あいつだっておれたちと同類なんだ。下司野郎め」

「ぼく――ぼくは、家へかえったほうがよさそうだな」とバーグマンはつぶやくようにいうと、ボックスからすべり出た。ジュークボックスの爆発音が彼をびくつかせ、彼は目の焦点をトーマスに合わせるのに苦労した。「セルマがたぶん晩めしを待っているから。ありがとう……つきあってくれてありがとう、マレイ。あした手洗い場でまたあおう」彼はジャンパーの前を指でひとなでして閉じた。襟も立てて首まで閉じた。

こまやかな雨脚が——ウェザーレックスによる定時降雨だ——ラウンジの大きな透明な面に点々とふりかかっている。バーグマンは、雨脚の奥深くにある何ものかを見るような目つきでそれをじっと見つめた。

ポケットから八角形のプラスチック貨をひとつかみ出し、テーブルのわきの料金入れにほうりこむと彼はすたすたと歩きだした。機械が釣銭を出してよこしたが、それを取ろうともしなかった。

彼は立ちどまるとちらりとふりむいた。そして「ありがとう……マレイ……」というと雨のなかへ出ていった。

かわいそうなやつ、とドクター・マレイは思った。これと名づけようもないあるものがもたらす痛みが、胸のうちでうずきはじめる。単に適応できないということだ。これ以上飲めないのはわかっているが、酒をもう一杯ダイヤルした。すぐに後悔したが、なんとしてもあの痛みはごめんだ。酒はダブルにした。

4

その夜は地獄だった。過去と現在の記憶に責めさいなまれる無間《むげん》地獄。馬鹿なことをしたとは思う。自分はあるがままを受け入れることのできない愚か者だと思う。

だが、それだけではなかった。それは彼の思考や夢にまでしみこんできた。コーキンズの前では一介の臆病者ではなかったか。彼は強烈に感じた――神を！　単に強烈という以上に！――それなのに自分は尻込みをしてしまった。フリッツ・コールベンシュラグが死んだ日、手術の場で愚かなまねをしてしまったあと、怖気《おじけ》づいてしまった。自分がかかえている問題からさっさと逃げだしてしまったのだ。

彼が宣誓に従って捧げてきた年月は、いまやむなしいものとなった。彼の人生は挫折した。いまいるところへ到達すべく刻苦勉励し、ようやくたどりついてみれば……そこに彼の居場所はなかった。そして彼は逃げだしたのだ。

こんなふうに感じたのはごく若かったころ以来、はじめてのことだ。彼はベッドに横たわり、くしゃくしゃになったシーツが半分ほどベッドの裾の床に落ちている。セルマは別のベッドで静かに寝ている。消音装置が、そのいびきを防いでくれている。さまざまな記憶が、ゆっくりと流れてゆく。

友達が廃屋の近く――ドームの前――の貯水池に落ちたのを、まだ憶えている――恐ろしくて友達を助けにいけなかった。そしてその子は溺れ死んだ。十歳だったスチュアート・バーグマンは、それ以来、助けられなかったという罪悪感をかかえてきた。それが医者になろうという決意を生んだひとつの要因だと彼はときどき思う。

それから何年もたち、いままた蜘蛛の巣にがんじがらめに捕えられて震えているだけで、正しいとわかっていることすらできない。なぜこれほど医工《フィメック》に反感をいだいているのか自分にもわからない——マレイのメスのたとえはしごく妥当だ——だが、体のなかの何かがおまえは正しいと告げるのだ。人間が機械に使われるなんて自然に反するし、忌むべきことだ。

これはどこか——非論理的だが——悪魔の企みを思わせる。世間ではあの機械を悪魔の玩具と呼んでいるそうだ。おそらく彼らのいうとおりだろう。彼はベッドに横たわって汗をかいていた。

未熟さを感じ、醜悪さを感じ、わが身の無能と、コーキンズの前でみせたふがいなさによって堕落したように感じた。

苦悩と自責に顔がゆがみ、こめかみがとくとくと脈うつまでかたくかたく目をつぶる。

それから、彼はその責めを本来あるべきところにおいた。

なぜ自分は苦しんでいるのか？　なぜかつての充実した生活がとつぜん空虚なもの、無価値なものに変じたのか？　恐怖。なんの恐怖？　なぜ怖れるのか？　なぜならば、フィメックが彼の生活を乗っ取ったからだ。

再度。同じ答え。そして胸の底で彼の決意はかたく凝固した。

フィメックの信用をおとさねばならない。やつらがほうりだされるような理由を見つけだされねばならない。だがどうやって？　どうやって？

やつらのほうがすぐれているのだ。あらゆる点で。そうではなかったのか？

三日後の勤務割当日にフィメックの助手をつとめているとき、その答えは、不気味なほど望みどおりにバーグマンの前にあらわれた。それは現実にひとつの例証としてあらわれ、彼にとって決して忘れることのできない出来事となった。

その患者は集団農場の脱穀機事故に遭遇した。吸引式脱穀機が彼の足をつかんでひきずりこんだのだ。彼はとっさに脱穀機の口に両手をかけたので粉々にすりつぶされるのを危うく逃れ、手がはなれぬうちにかけつけた人々が彼をひきずりだしたのだった。

彼は苦痛のあまり失神したが、それは幸いというべきだった。吸引口が彼の両脚を膝のすぐ下からすりつぶしてしまったのだから。バーグマン（酸素マスクをつけた）とフィメック（十三本の磁気性触肢のうちの九本に、すでに手術用の器具をもっていた）の前に運ばれてきたとき、患者の体はシーツでおおわれていた。

シーツをめくって患者の体をあらわにした瞬間、バーグマンの透明なマスクがぶるっと震えた。切断部位はすでに包帯でくくられ焼灼止血がほどこされている……だが、損傷状況はバーグマンがこれまで見たこともないほど惨憺《さんたん》たるものだった。一刻の猶予もならない。こういう場合、ありがたいことにフィメックは敏腕だ。人間の医者ではこの患者を救うことはできないだろう。

バーグマンはフィメックの技術を一心に見守り、フィメックの器具庫である胸の小戸棚から次々にとびだしてくる器具のひらめきやかちゃかちゃいう音に心をうばわれていたので、円錐型麻酔器の調整を忘れてしまった。フィメックの円い肩の小さな孔から伸びちぢみする触肢の複雑な動きにも、目をうばわれていた。ねじきれた肉が縫合しやすいようにはがされていくのを一心不乱に見守っていた。調整不完全な麻酔器がたてるしゅうしゅうというかすかな音に気づいたときにはもう遅かった。

患者がむっくりとおきあがった。両手を手術台に突っぱって体をぴんとのばして、目を見開き、脚があったはずの、切りさかれ血をしたたらせている切断部を凝視した。悲鳴が手術室の高い壁に反響した。

「おお死にてえ、死にてえ、死にてえ……」そのすさまじい絶叫はなんどもなんどもバーグマンの神経をうった。フィメックは自動的に患者のたかまる恐怖をとりのぞく処置をしようとしたが、もはやとき遅し。患者は失神し、ほとんど同時に心拍は下降を示した。輝点が消えかかった。

フィメックはそれを無視した。これについてフィメックにできることは何もない。器質的には患者の処置は万全だった。問題は精神面なのだ……そこはフィメックが決して近づかぬ領域だった。

バーグマンは恐怖のあまり立ちすくんだ。男は死にかかっている……触肢のすぐ下で。なぜあれは男を助けてやろうとはしないのか？　苦痛をやわらげてやらないのか、だいじょうぶだからと声をかけてやらないのか。男は死にかけているのだ、ショックのあまり……生きる意欲を失っている！　ほんのひとことでも、声をかけてやれば……

バーグマンの思考は荒れくるったが、フィメックは平然と敏捷に手術をつづけている、みるみる弱っていく患者をよそ目に。

バーグマンは患者に近づこうと足を踏みだしかけた。患者は目を開けて、膝から下を切断され血まみれになっている脚を見、さらに悪いことに自分におおいかぶさっている顔のない鉄のかたまりを見た。ほんのわずかな思いやりが生きる意欲をよびさますという瀬戸際に、見なれた人間の姿ではなく……あののっぺらぼうの鉄のかたまりを見たのだ。男は死にたいと思った。

バーグマンは患者に触れようと手をのばした。フィメックは作業をつづけながら、セーム革のおおいをかぶせた触肢をのばしてバーグマンの手をはらいのけた。ロボットの抑揚のないうつろな声が、喉のスピーカーからひびいた。

「邪魔をしないでください。これは規則違反です」

バーグマンはあとじさりした。恐怖が端正な顔を踏み荒し、ロボットの触肢の感触とロボットが平然と……死体に処置をほどこしている光景が、彼の皮膚をざわつかせた。

患者は絶命していた。

手術は、彼らがいつも皮肉るように、成功はしたが、患者は死んだ。吐き気がバーグマンをふやけた指で捕えるのを感じ、彼は体をくの字に折り、あわてて壁のほうをむいた。人気《ひとけ》のない観察球を見あげると、平凡な手術なので透明な壁のむこうには、ありがたいことに観察者はいなかった。彼は器具キャビネットに寄りかかり、きらきら光る灰色のプラスチールタイルの上に嘔吐《おうと》した。雑役工《サーボメツク》が小室からさっととびだして汚物をたちまち洗い流した。

それは胸のむかつきをいっそうひどくしただけだった。

機械のために掃除をする機械。

フィメックの慄然たる手術の助手をそれ以上つとめる気はなかった。無駄なことだった。フィメックはどだい助手などいらないのだ。

あれは人間ではなかった。

バーグマンはその後一週間、病院にあらわれなかった。労務課から丁重な問い合わせがあったが、セルマが「ちょっと体の具合が悪いので」と答えると、相手は「まあロボットはどっちみち彼を必要とはしていませんから」といった。それはまさにそのとおりだった。

だが、スチュアート・バーグマンの妻は心を痛めた。

夫はベッドにもぐりこんで壁のほうをむいたまま、彼女の問いにぶつぶつと小声でつぶやくだけだった。なにか心にわだかまりがあるようだった。

（あったとしても、どうして何もいわないのかしら！　あのひとったらさっぱりわからない。でもまあいいわ、そんなこといま心配しているひまはないの……フランシンとクリイの家で電子マージャンをやることになっているから。ねえ、あなた、おひるごはんは自分でパンチしてくれない？　まあ、やんなっちゃう！　返事もしないで、ぶつぶついうだけ。ま、いいわ、急がなくちゃ……）

バーグマンは考えごとをしていたのだ。見るもおそろしい腸《はらわた》をねじりあげられるような光景を彼は目撃した。ロボットが失敗するのを見たのだ、無残にも失敗するのを。それが問題だった。フィメックの不過誤性の概念を潜在意識下に注入されて以来、はじめてそれが間違いであることを彼は知ったのだ。フィメックは完全ではない。現に患者がバーグマンの目の前で死んだではないか。そしてスチュアート・バーグマンはその理由を解きあかさねばならない……これまでにこんな例がなかったかどうか……この先ふたたびおこるのかどうか……それが何を意味するのか……彼にとって、医者という職業にとって、世界にとって、それが何を意味するのか考えねばならない。

フィメックは患者が恐怖におそわれていることは知っていた。ロボットはただちにアドレナリン計数をさげた……だが、それよりもっと必要なことがあったのだ。バーグマンは過去において同じようなケースを扱ったことがある。麻酔剤の分量が不適当だったために途中で患者が意識を回復し、切り開かれた自分の体を見てしまったというようなケース。そんな場合、彼は二言三言、元気づける言葉をかけ、患者の額や目に手をあててやったが、奇妙なことにこの些細な臨床マナーによって、患者は安心して眠ってしまったのだ。

だが、ロボットは何もしなかった。

患者の心が打ち砕かれていたのに、あれはその体を助けようとしていた。患者が血まみれの切断部を見てしまったまさにそのとき、この手術は失敗するだろうとバーグマンは思った。

なぜ、ああなったのか？　患者がフィメックの触肢の下で死んだのは、あれがはじめてだというのか？　答えがもしイエスだとしても……なぜいままで自分の耳にはなにも入ってこなかったのだろう？　おそろしい記憶と苦痛の渦にもまれながら考えるためにひと息いれたとき、彼は悟ったのである。それはフィメックがまだ〝観察中〟のロボットだからなのだ。しかしその間にも――メーカーと医務省の役人はフィメックは完璧だと信じ、起こりうるいかなる失態の責任も負うまいと決心していたのだ――いかなる犠牲も辞さず、進歩へとがむしゃらに突き進んだ――その一方で多くの人命が失われていた。だがどのみち、彼らも、いまいましいあのロボットも非難されることはありえない。彼らは、仮定上でも失態の存在を認めることはできないし、目に見えぬ要因が問題の奥底で貪欲に待ちうけている。彼らは、仮定上でも失態の存在を認めることはできないし、認めるつもりもなかった。

ごく簡単なことだった。患者にちょっと声をかけるだけでよい、〝だいじょうぶ、安心していなさい。もうじき新品同様の体にしてあげるよ……さあ寝て、目をつぶって……さっさとすませてしまおう、力をあわせて、さあ……〟

それでいい、たったそれだけのことで、あのひきつぶされた体のなかの生命は失われずにすんだはずだ。だが、ロボットはただ突っ立ってカチカチいいながら、組織の修復を手ぎわよくすすめるだけだった。

そのあいだに、患者は絶望と恐怖のために死んだ。

これこそ人間にあってロボットにないものだとバーグマンは悟った。人間にできてロボットにできないことだと彼は悟った。こんなに単純なことなんだ、おそろしいほど単純なんだ、彼はそう叫びたかった。これが人間的なファクターなんだ。彼らは完璧なロボット外科医を作りだすことはできなかった。なぜならロボットは人間の心理を理解できなかったから。

バーグマンはそれを簡単な言葉におきかえてみた。

フィメックは臨床マナーを欠いている！

5

破滅にいたる道。

おびただしい道。おびただしい解答。おびただしい解決法。そのうちのどれが正しいのか？　正しいものがあるのだろうか？　突きとめねばならないとバーグマンは思った。この問題は自分自身の手で解決しなければならないのだ。おそらくだれしもこの問題に手を触れたがらないだろう……手遅れになるまで。

日ごとにひとつずつ生命が失われていく。

その思いはわが身にふりかかるどんな危険よりもバーグマンを慄然とさせた。何か手をうたねば、彼はやぶれかぶれにだいそれた計画を思いついた。

患者のひとりを殺そう……

人間の医者には週一回、手術当番がまわってくる。むろん担当の医工《フィメック》が助手というより監督として付き添っているし、手術も虫垂切除とか扁桃腺切除といったたぐいのものにかぎられている……しかし手術は手術だ。そしてたしかに人間の外科医たちは、投げあたえられれば、どんな骨でもありがたくちょうだいする。

今日はバーグマンの当番だった。

一週間ずっと、彼はその日を恐れつづけ、一週間そのことを考えつづけ、一週間なすべきことを思案しつづけた。だが、それはなされなければならなかった。自分の身がどうなるかわからないが、それは問題ではなかった。この病院でおこっていることを考えれば…

…

なにかがなされねばならぬとしたら、大胆かつ敏速かつセンセーショナルになされねばならぬ、それもいますぐに。こんな怖しいことは、これ以上のばせない。新聞が医務省の新しいフィメック計画を報じているからである。それが実現したらおしまいだ。重大な局面を迎えている今こそだ。

彼は手術室へ入っていった。

ごく平凡な手術だ。観察室に人影はない。

フィメックの助手が、供給トラフのそばに黙念とつったっている。がらんとした室内をつっきっていくと、行く手の小室がするすると開き、患者が寝かされている卓をかかえたフィメックが手術台のほうへかけよってきた。ロボットは卓を手術台にのせ、手早くボルトでしめるとごろごろと立ち去った。

バーグマンは患者を見つめた。一瞬、決心がぐらついた。ほっそりした若い女で顔に笑い皺がよっている……死ぬまで消えることのない笑い皺。

たった今までバーグマンは自分が必ずやるだろうと思っていた、だが、今は……自分が犠牲にしようとしている相手を見なければならなかった。腹がよじれるような感覚があり、息は忌わしい死の腐敗臭がした。娘は彼を見上げて淡いブルーの目で笑った。なぜかバーグマンの思いは妻のセルマの上に走った、こんなにかわいい娘とは似ても似つかぬ妻の上に。セルマ。あの女の鈍感さは、結婚当初はご愛嬌にも思われたが、二人の結婚生活の不毛の年月を通じてぼろぼろに腐れはて、いまでは彼が黙々と背負っている重荷だった。バーグマンはおのれのなすべきことができないのに気づいた。この娘はだめだ。

フィメックが娘の頭のうしろから麻酔をほどこした。娘の目は鉄の触肢がひらめくのをとらえた瞬間大きく見開かれたが、たちまち眠りにおちた。覚醒したときに彼女の虫垂は切除されているはずだった。

バーグマンは胸をしめつけられるような気がした。いまこそ好機なのだ。コーキンズは疑惑の目を彼にむけているし、フィメックが日ごとに力を増していく状況では、今が最後のチャンスかもしれないのだ。

黙々と神に祈りを捧げたのち、彼は手術にとりかかる。バーグマンは慎重に娘の右の下腹部に約四インチ、縦にメスをいれる。切開部を開いてみたがたいしたことはない。腹膜の炎症もないし……早く入院させたので、破裂もなかった。簡単な手術で、せいぜい八、九分ですむだろう。

バーグマンは注意深く虫垂をひっぱりだした。それから根元をかたく結び、緊張がにわかに高まるのを感じながら患部を切除した。

腹壁をしっかりと縫合する。

それから彼は神に許しを乞い、なさねばならぬことをした。これはそれほど簡単な手術とはいかないだろう。

メスはエレクトロ・ブレード——目にみえぬほどうすい——それを皮膚に近づけていくうちに、あの計画が頭のなかをかけめぐった。スピンする小さな球、水銀にもぐっていく銀色の魚、ひらめく思考、だがそれは厳としてもの狂おしく存在していた……

彼はまず動脈を切断する。ロボットはなされたことに気づき、ただちに修復にあたるだろう。バーグマンはそれから静脈を切断する。ロボットは同時に二つの仕事をやってのけるだろう。そこでまたもう一本の、そしてもう一本の、そしてまたもう一本の静脈を切断する、ロボットが過負荷にたえきれず動かなくなるまで。そこでバーグマンは手術台をひっくりかえす、娘は死に、審問があり公判が開かれるだろう。そこで彼は娘の死の責任をロボットに負わせ……そして例の話をし……彼らに調べさせる……問題が解決するまでフィメックの使用は中止させる。

エレクトロ・ブレードが彼の手のなかで動いた。

そのとき娘の目が彼の目に吸いつけられ、何をしているのかしらと訝《いぶ》かるようにまばたきをした。胸の奥の暗闇のなかで彼はその目を見、ついに悟った。

たとえ勝利をかちえようと、おのれの魂を失ってなんになる？

エレクトロ・ブレードががちゃんと床に落ちた。

彼が身うごきもせず立っていると、フィメックが音もなく近づいてきて、手順どおりの縫合を完了した。

彼はそれに背をむけて足早に手術室を立ち去った。

ほどなく彼は、挫折感が喉元にこみあげるのを感じながら病院を出た。チャンスを目前にしながらそれをつかむ勇気がなかった。だが、そうだろうか？　いつぞやコーキンズの前でみせたようなふがいなさが、またぞろのぞいたのだろうか？　あるいはあの純真な娘の生命に値するようなものは何もないと悟ったからであろうか？　倫理、人情、それともなんだろう？　彼の心は荒れ狂っていた。

夜はバーグマンをひしひしと押しつつむ。ロビーの光のプールから抜けだすと雨が霧のようにふりかかり、彼を、日々の生活と人間から、彼の心にうずまく闇を除いたいっさいから閉めだしてしまう。コーキンズに威嚇された晩もこんな雨が降っていた。彼の人生にはいつも雨が降っているのだろうか。

ときおり姿もなく頭上の空を耕していく天候調整装置の音だけが、街のたえまない機械のつぶやきを破る。彼は静かな通りを足早に歩いていく。

記念病院の黒々とした四角い壁面は、淡い色の長方形の窓に点々といろどられている。明かりのついた窓。その光を見ているうちに、苦々しいうつろな笑いが腹の底からこみあげてくる。人間に容認されるもの……常に機械という全能の神により容認されるもの。

バーグマンの頭のなかで何かが外に出ようとしきりにもがいている。なにもかも終わったのだ。チャンスはあったが、誤ったチャンスだった。あの娘の死をきっかけとするようなことが正しいとは決していえないだろう。彼にもそれがわかった……土壇場で。では何をすればいいのだ？

その答えはむなしくかえってきた。何もない。

背後の、彼の目のとどかぬあたりの暗闇で金属の動く気配がする。

バーグマンも暗闇に足をふみいれた。暗闇の思考。彼をしてさむざむとした空虚と絶望に導くにすぎない思考。ジェボク社のロボット外科医。フィメック。

その言葉はローマ花火のように彼の頭のなかで炸裂し、神経の末端に火花を散らした。これほど必死に破壊を願ったことはこれまでの人生にはなかった。医学のために闘った幾歳月、医学界における地位……すべてがむなしかった。

フィメックが人間よりまさってはいないことを彼はいまや知っている……だがそれをいかにすれば立証できるか？　証拠のない告発をコーキンズに持ちこんでも、居丈高な脅し文句とおそらく免許剝奪の憂き目にあうだけだろう。彼は進退きわまった。

あとどのくらいこんな状態がつづくのだろうか？

悄然と歩いていくこの男の背後で、ロボットの耳が波長を合わせ、その目がこの男に注がれていた。ロボットには、雨も監視の妨げにはならなかった。

調整装置の回転音がバーグマンをふりあおがせた。うずまく霧のような雨に視界をさえぎられて姿は見えないが、その音は聞こえ、彼の憎悪をかきたてた。そして……ぼくは機械を憎んでいるんじゃない。憎んだことはいちどもなかった。ただやつらがぼくの人間性をうばい、ぼくの生命をうばったから。だからぼくはやつらを憎む。天候調整ドームの下の空に調整装置の姿を求めながら、運転中のドームのかすかなうなりにまじる回転音を聞きながら、彼の目はよどんだ憎悪をこめてふたたび火花を散らした。絶望感と無力感をまともにぶつけられるような何かを彼は必死に探しもとめた。

　彼は夢中で歩いていたので、とある建物の裏手からこそこそと踏みだしてきた女に、わななく手で袖をひかれるまで気づかなかった。

暗闇が、バーグマンを監視しているものの周囲でうずまいていた——そしていま通りのむこうからあらわれた老女のまわりにも。

「あんた、お医者だね？」

　バーグマンははっとして、頭がびくっと動いた。彼の黒い目がようやく女の皺だらけの顔に焦点を合わせた。雨ににじんだほの暗い街灯の光のなかにうすぎたない老婆のだらしない姿が見えた。一見して天候調整ドームのはずれにほど近い共同住宅の住人だとわかる。

　老婆はもういちど唇をなめ、おびえたように破けた服のポケットに手をつっこむが、言葉をひきだすことはできない。

「それで？　なんの用？」意に反して突っけんどんな口調になったが、鬱積《うっせき》した敵意が彼を好戦的にしていた。

「三日も見はってたんだよ、チャーリイのやつがよ、ずんずん悪くなってよ、腹がこんなにふくれちまって、あんたがまいにち病院から出てくんの見たもんで……」言葉が前後の脈絡なくとびだしてくる上に粗野な訛《なまり》がある。バーグマンの訓練された耳は――コールベンシュラグのところへ寄宿して以来、こういう言葉にも慣れていた――老婆の声に何かほかのひびきがあるのを聞きとっていた。苦しんでいる連れ合いを助けてくれと他人に頼んでいる絶望的な恐怖のひびきを。

バーグマンの濃いブルーの瞳が細くなった。これはどういうことだ。この汚らしい女は家に来て治療をしてくれといっているのか？　それともコーキンズや病院当局がしかけた罠か？　「なんの用だ、あんた？」と彼はおよび腰で訊いた。「うちへきてチャーリイをみてやってくんな。あん野郎、死にそうなんだよ、先生、死にそうなんだ！　寝たまんまぴくぴくしてんだよ、おれがさわるたんびにとびあがってよう、両手ふりまわしてよう、からだ丸めて苦しむんだよう！」老婆の目は恐怖の記憶に見開かれ、口が悲鳴をあげぬうちに早くいってしまわねばとでもいうように、急いで言葉を吐きだした。

バーグマンの怒りや疑いはすぐさま断ち切られ、彼の性格の別の面がおどり出た。臨床的な注意力が老婆の説明する症状に集中された。

「……そいでよ、歯をむきだしたまんまでよ、先生、おっ死《ち》んじまったみてえに歯をむきだして、なんもかもおかしくなっちまってよう！　ありゃあ、たまんねえよ……あんなの見てるとつらくてよう、先生。おねげえだ……おねげえだよ……どうか、おれを助けてくだせえ。チャーリイを助けて、先生、死にかけてるんだ。おれたちなあ、いっしょになってもう五年になるんだ、だからな、あんた、どうにか……どうにかして……やって……」老婆はわっと泣きだした。色あせた目が哀願し、ナイフのようにうすい肩が服の下ではげしくわななないた。

なんてことだ、とバーグマンは思った、老婆が説明しているのはまさしく破傷風だ……しかも強直性痙攣《けいれん》と痙笑《けいしょう》をともなった重症だ。なんてこった、どうして病院へ連れていかないんだ？　ほうっておけば一日ともたないだろう！　彼はまだ半信半疑でいった。「なぜそんなになるまでほうっておいたんだ？　なぜ病院へ連れていかない？」彼は通りのむこうの明かりのともった建物にむかって親指を突き出した。

これまでの鬱憤《うっぷん》に加えて、一刻をあらそう病人をほうっておいたことに対する医者本来の怒りがその声音にあらわれていた。爆発的に。老女はあとじさりした。その目はおびえ、しなびた顔が恐怖にゆがんだ。彼の気迫が老女をとまどわせた。

「あんなところへ連れていけるか、先生、おれはいやだよ！　どのみちチャーリイだってうんとはいわねえよ。あいつは、いったんだ、がくがくなる前《めえ》にこういったんだ、あんな病院には連れてってくれんなよ、ケイティ、あそこにゃ金属野郎がいやがるんだから、連れてかねえって約束しろ。だから約束したんだよう、先生、だからあんた、うちへ来てあの野郎みてやってくだせえ――死にかかってるんだよう、先生、助けてくれよう、早くしねえと死んじまうよう！」

　老婆は彼につめより、皺だらけの手でジャンパーの襟をつかみ、押し殺したかすれ声ではげしくささやいた。老婆の訴えのひたむきさがバーグマンの体をゆさぶるかに思われた。彼はよろよろと後じさりしたが、にんにくと細民街の悪臭が彼を包みこんだ。

　バーグマンはパニックに襲われた。老婆が彼に話しかけているこの情景をもしロボコップが見たら、彼の名はさっそく記録にとどめられ、病院はくびになるだろう。彼は自宅診療のかどで告発されるにちがいない、たとえ事実ではなくても。どうしてこの老婆の情夫を診てやれようか？　それは彼のいじけた人生の終結を意味する。法規が次々と頭に浮かぶ。それが何を意味するか、彼は知っている。一巻の終わり。ことによるとこれは罠かも？

　しかし破傷風！

（咬痙の末期症状のおそろしい情景が目に浮かぶ。強直した肢体は、まるでゴムでできているかのように彎曲する。凄まじい顔容、顔面の筋肉が強直し、痙笑とよばれる特有の死の笑いを浮かべる。神経組織がじりじりと侵される。ドアの開閉、咳、体に触れるなどの外来刺激は強直した患者を激しい痙攣発作においやる。最後に強直が呼吸筋におよぶと呼

吸困難をおこし窒息死する。死……蛇のようにねじまがって泡をふいて……死ぬ）

だが自分が病院からほうりだされてしまうのでは。そんな危険はおかせない。知らず知らずこんな言葉が口をついて出る。「あっちへ行け、ロボコップに見られたら二人とも捕まる。あっちへ行け……二度とこんなふうに医者に近づくんじゃないぞ！　さもないとぼくが訴えてやるぞ。さあ、あっちへ行け。治療してもらいたかったら、病院のフィメックのところへ行くがいい。やつらはただだし、人間よりうまいんだ！」最後の言葉は彼の耳のなかできんきんとひびいた。

老婆はあとじさった。街灯の光が皺くちゃな顔に不気味なかげをおとしている。唇がぱっくり開いてむきだした歯は、ほとんどが虫歯か、抜けおちていた。

うなるように老婆はいった。「あんな悪魔の申し子どものところへいくくれえなら死んだほうがましだ！　あんなもんとかかわりもつのはまっぴらだ……あんた、貧乏人をたすけてくれるお医者だとおもったが……そうじゃねえんだな！」老婆は背をむけると暗闇にすべりこんでいった。

その足音が消える前に、スチュアート・バーグマンの耳に老婆のもらすすすり泣きがかすかに聞こえた。それは霧のなかで老婆と老婆の愛した男を待ちかまえている死に近づくことの絶望と恐怖にみちみちていた。

そしてさらにかすかに……

「一生のろわれろ！」という声。

ふいに、数ヵ月来の緊張と、青い目の娘にしようとしたことに対する恐怖と自責と悲しみが頂点に達した。何かがあふれ出すのを感じ、どうせ自分の生得権が奪われるのなら、たったいま奪われるがいいと思った。自分は医者だ、そしてひとが手当てを求めているのだ。

雨のむこうのぼうっとした影に彼は追いすがった。

「待ってくれ、ぼくは……」

運命をみずから定めたことを知りながら、彼は老婆を呼びとめ、その目によみがえった希望を見つめ、そしていった、「どうも――どうもすまなかったね。とても疲れていたものだから。そのひとのところへ連れていってくれたまえ。助けてあげられると思うよ」

老婆はありがとうとはいわなかった。いわれなくとも感謝の気持ちは伝わってきた。二人がいっしょに歩きだすと、監視者もそのあとをひそやかに追ってきた。

6

細民街の悪臭が、目に見えぬ境界線をまたいだとたんバーグマンに襲いかかった。この界隈の掘っ立て小屋と市内の中・下層階級のあばら家をへだてる境界はないが、まぎれもない変化があった。

たった一歩で清浄な世界から地獄へと入った。

暗闇が濃くなり、物音がくぐもり、時代おくれのサロンの看板のネオンが暗闇にどぎつい光を放つ。バーグマンはぼんやりと老婆のあとについていき、老婆はあきらめたように先に立って歩いていく。こんなことをしたって無駄じゃないか。チャーリイをおいて出てくるとき、あいつはもう死にかけていた。お医者が来てくれるなんて、思いもよらない奇蹟だ。だけどそれでもチャーリイは死にかけていた、ほんとに死にかけていた……。

彼らは建物に寄りそうように歩き、真っ暗な路地の入口や空地は大またで通りすぎる。ときおり追いはぎや酔っぱらいのたぐいがついてくる気配がするが、足音が高くなると老婆は押し殺した声で暗闇にむかっていう。「あっちへいきな！　おれは、チャーリイ・キックバックの女だ、チャーリイの野郎に医者をよんできたんだ！」すると足音は遠ざかっていく。

だれにも姿は見えぬ鉄の尾行者は別として。

サロンの前を通りかかると、自在ドアから騒々しい音楽がほとばしってきて、そのあとからすぐに人間の体が飛びだしてきた。その体は建物を通りこし、ねじれたかたまりになって汚い溝のなかに落ちた。男の体はぴくぴくとひきつっている。一瞬バーグマンは男を介抱しようとしたが、二つのことが彼を引きとめた。

老婆が彼の袖をひっぱり、溝のなかの男は仰向けになって泡をふき、わけのわからぬ言葉で不可解なメロディーをうたいだしたのだ。

二人はそこを通りすぎた。さらに少し歩くと、ロボコップの残骸がひとつ、掘っ立て小屋に寄りかかっているのをバーグマンは見つけた。頭をしゃくって無言で訊ねると、チャーリイ・キックバックの女は暗がりのなかで肩をすくめた。「まぬけ野郎はみんなここにやってきてよう、一か八かやってみるのさ、あんな悪魔のおもちゃでもよ」

歩きながらバーグマンはふと、認可を取り消されることよりも、もっと恐れなければならないことがあるのに気がついた。自分が襲われて殺されるかもしれないということだ。ふところに三百クレジット近い大金をもっており、このあたりの人間がそれよりはるかに少ない金のために簡単に人を殺してしまうのは明らかだった。

だがこの日のむなしさ、この夜の恐怖がそれに打ち勝った。財布の中身より自分の職業の行く末のほうがはるかに心配だった。

やがて彼らは、外壁に立体TV《トリビ》のフォトブロックスをそなえた高さ十フィートほどの煌々《こうこう》と明かりのついた建物にたどりついた。ブロックスはスロウテンポの立体TV《トリビ》ダンスをおどる、巨大な乳房の女たちを映しだしている。女の付属器官はうすっぺらなヴェールのかげでゆれ、ヴェールはしばしばかきわけられるのだった。その建物を宣伝する毒々しいネオン・サインが見える。

セックス、セックス、セックスの館!!!
ショウのあとは、女たちとやり放題!
仰天することうけあい!!!
レディ・メンフィスとかしこいクマさん
トリックス・ダイヤモンドとマドモアゼル・ホット!
さあ、寄ってらっしゃい、見てらっしゃい

バーグマンはポスター・ブロックスのほうに頭をかしげて訊いた。「あそこにいるのか?」チャーリイ・キックバックの女の顔はみるみる灰色に変じ、唇がきゅっと結ばれた。老婆はなにごとかつぶやいてうなずくと、鋼鉄の服を着た切符売りがすわっている防弾ガラスにかこまれた切符売り場の横をすりぬけた。老婆が切符売りに指をならして合図すると、重いプラスチールのドアがするすると開いた。ドアが開いたとたんに、昔なつかしいバーレスクのじゃかじゃかいう音楽があふれてきた。バーグマンは、チャーリイ・キックバックの女の言葉を聞くために耳をそばだてねばならなかった。

耳をすますと、彼女の声が聞きとれた。「こっちだ……横手の通用口を通って……」
劇場の裏手を通るとき、ものうくくねる体やステージの床をたたく素足の官能的なビートがバーグマンの目を捕えた。大きな笑声と拍手が、がなりたてる音楽にわりこむ。二人は通用口を通った。

老婆は先にたって廊下を歩いていき、ペンキのはげた薄鼠色のドアの前をいくつか通りすぎた。消えかかった星印のついたドアの前にくると老婆は足をとめた。「う、うちのやつは、こ、ここにいる……」老婆はそうっとドアを開けた。

だが、そんな心づかいは無用だった。

チャーリイ・キックバックは、もうドアの開けたての音にのたうちまわることはないだろう。

男は息絶えていた。

おぞましい蛇のように手足がねじくれたまま、汚い流し台の下にころがっていた。片足がひどくねじれて体の下になっているのは、絶命する前に骨折したのだ。男は窒息死していた。

老婆は死体にかけより、へたへたとうずくまり男の上に突っ伏して泣きさけび、ひしと男にとりすがった。数分のあいだ老婆は泣きつづけていたが、バーグマンは棒だちになったままそれを眺めていた。彼の胸は憐憫と悲しみと惨めさと焦燥にみたされていた。

こんな不幸は二度とおきないだろう、もし……

老婆は顔をあげた。その顔は黒ずんでいた。「おまえらだ！　あんなロボットをもちこんだのはおまえらだ。このさき、おれたちゃ生きてはいけねえよう、あいつらのせえだ！あんたの……せえだ……あいつらのせえだ」

老婆はまたもやわっと泣きだし、情人《じょうにん》の硬直した体にとりすがった。老婆の言葉が唇のあいだでからみあう。老婆のいうとおりだとバーグマンは思った。医工《フィメック》がこの男を殺したのだ、それはこの男の肺動脈を切ったのと同じくらい確実だ。

彼が立ち去ろうと踵《きびす》をかえしかけたとき、あの尾行者が彼にとびかかってきた。

尾行者は用心しながら細民街に入った彼のあとをつけまわし、切符売り場では切符売りを動けないようにし、小窓から触肢をさしいれてドアの鍵を開け、内部にそなえられたラデックスを使って彼を追ってきたのだ。

バーグマンが戸口で立ちどまると、ロボコップがかけつけて触肢を彼の体にからませた。「助けてくれ！」と彼は思わず叫んだ。その叫び声に老婆は涙でまだらになった顔を死体からあげ、ロボコップの姿を見ると猛り狂ったように立ちあがった。

手がスカートの裾をまくり、脚とスリップと、太腿につるしたピストルのホルスターをむきだしにした。

液体銃が老婆の手に握られ、そのボタンが押されると、強烈な酸が噴射されてバーグマンの頭を飛びこえ、ロボコップのフードに腐食した痕をくっきりとのこした。ロボコップの多面体の感光器官がさっとふりかえって老婆の上に注がれると攻撃用触肢がくねくねとくりだされ、老婆にむかって発射された。

バーグマンが見ているうちに、ロボコップはふいに彼の体をはなし、老婆に集中攻撃をあびせた。液体銃がその手からぽろりと落ち、老婆はよろめいて、死んだチャーリイの横にどさりとたおれた。

さまざまな思いがバーグマンの頭をかけめぐった。フィメック、脱穀機事故の犠牲者の死、ヒポクラテスの誓い、今宵まさにそれを破らんとした自分、チャーリイの死、そしてこのもっともいまわしい形の機械神であるロボコップ。あらゆるものがひとつになってわっと襲いかかり、バーグマンはロボコップに突進し体あたりした。

相手はぐらりと傾いたが脚をふんばってこらえ、彼につかみかかってきた。彼は触肢をのがれて廊下へとびだした。歯切れのいいビートの音楽がなりひびくなかで彼は必死に周囲を見まわした。長くて太い握りのついた鉄棒が壁に立てかけてあるのが目にとまった。先端にねじこみ式のソケットがついている、高い天井の旧式な照明器具をはずす道具だ。

彼はやにわにそれをつかみ、ゆうゆうと追ってくるロボコップをふりかえった。壁を背にしてはじめはそれを杖のようにもち、それから握りをつかむと狙いをさだめた。近づいてくるロボコップにむかってバーグマンは憎悪をたたきつけた。棒がふりおろされ、どすっというにぶい音をたててロボコップのフードを直撃した。だが、ほんの小さな凹みができただけで、相手は悠然として歩みをとめない。

バーグマンは棒をふりおろしつづけた。

たいした打撃もあたえられず、ほとんどが空をきったが、彼は夢中でふりおろしふりおろしふりおろしつづけた。彼の叫びが音楽にだぶった。「死ね、このくそ野郎のブリキ野郎、死ね、死ね、おれたちをほっといてくれ、そうすればおれたちは死ぬべきときに静かに死ねるんだ……」

くりかえし彼は絶叫しつづけた。ロボコップが棒をとりあげ、彼を動けなくしてかつぎあげ、護送車にほうりこむまで。

自宅診療、共同謀議、ロボコップ暴行の罪で裁判をうけるために細民街から留置場へ送られるまで、彼は憎悪を吐きだし抵抗しつづけた。

独房でも夜じゅう胸のなかで叫びつづけた。明けがたになって彼は、コーキンズがロボットに一週間自分を尾行させていたことを知った。ずっと以前から彼の行動に疑惑の目をむけていたのだ。こうなることをコーキンズは望んでいた。そしていま、彼の望みはかなえられたのである。

そしてスチュアート・バーグマンのキャリアに終止符が打たれるときがきた。

彼の人生の終焉。

午前十時四十分、彼は公判にのぞみ、人間（誤りをおかす）陪審員とロボット（誤りをおかさない）陪審員のいずれかを選ぶ権利をあたえられた。

無謀にも彼は人間陪審員を選んだ。

ある考え、ある希望がこの最後の暗黒のなかにひらめいたのだ。たとえ負けても、バーグマンは臆病者のそしりはまぬがれるだろう。彼はもうじゅうぶん走ってきた。これはたったひとつ残されたチャンスだ。

それを最大限に利用しようと彼は思った。

7

法廷は静まりかえっていた。この完璧な静けさは主として観察室が防音装置になっており、陪審員もそれぞれ防音設備の個室にいるからである。陪審員は耳にスピーク・チップを装着しており、スピーカーが傍聴人に審議の模様を知らせる仕組みになっている。

裁判長席のなため上の壁に半球状の被告席が涙粒のようにはりついている。スチュアート・バーグマンは裁判のあいだ終始そこにすわって証言を聞いた。ロボコップ、コーキンズの証言（コールベンシュラグが死んだ日に病院内でおこった事件、バーの件、疑惑、その結果ロボコップに尾行を命じたこと、バーグマンの素行、告発された罪を犯しうる彼の能力など）、ひどい拷問をうけてバーグマンに不利な証言をするよう強要された老婆、そしてマレイ・トーマスさえも今回の事件については、バーグマンが法律を破りうる人物であると不承不承《ふしょうぶしょう》認めた。

　トーマスの顔は緊張でこわばっていた。証言台を去る彼は、憐憫と悔恨のいりまじった目でバーグマンを見あげた。

　判決のときが迫った。バーグマンには法廷の緊張が感じられた。この種の事件はこれが最初なのだ……新医師法の初の悪質違反。ニューズファックスや新聞の記者が大勢つめかけていた。新しい判例がつくられるのをこの目で見ようと……

　反ロボット連盟や人道主義同盟の連中も来ていた。この事件は、この種のものでは初であり今後の先例となるものであるという意味でセンセーショナルな事件であった。バーグマンはこの点をおおいに活用すべきだと考えていたのだ。

　もし彼が公判にのぞんでロボ陪審員を選んでいたらそうした利点はのぞめないだろう。人情の機微は不合理なものに迎合する。彼らは人間だから人間の観点からものを見る。ロボットはロボットの観点からものを見る。バーグマンには人間的な要素がぜひとも必要だった。

　これはすでに彼自身の適応性うんぬんの問題を大きくはみだしていた。医師という職業の命運が彼の手中にあった。無知と、全能の機械という神に対する盲目的信頼によって失われる数しれぬ生命が彼の手中に委ねられていた。

　全能の機械神《デウス・エクス・マキナ》か、とバーグマンは苦々しく考える、今日こそおまえの法律をくつがえしてやるぞ！

彼は黙念としてそのときを待ち、証言に耳をかたむけた。そしてついに彼が話すときがきた。

彼は被告席から陳述を行なった。弁明の言葉はひとことも吐かなかった――その必要はなかった。だがこの話は、真実の話なのだ。これを物語るのに、メロドラマじみた陳腐な感傷に堕さぬようにするのはむずかしかった。機械をはげしく非難しないでいることは、それよりさらにむずかしかった。

いちどだけ聴衆のあいだから失笑がおこったが、周囲の人々の顰蹙《ひんしゅく》をかって沈黙した。

そのあと、人々は耳をかたむけはじめた……

研鑽の年月。

コールベンシュラグの死。

手術の日。

コーキンズの医務省への接近。

機械《マシン》に対する人々の恐怖。

チャーリイ・キックバックの女房と、その恐怖。

最後に脱穀機事故で両脚を失った男と、男が死んでも平然と手術をほどこすフィメックのくだりに話がおよぶと、聴衆の目はバーグマンからロボット陪審員がしずかに横たわっている陪審席へとむけられた。被告人が人間ではなくロボットの陪審員を選ぶ場合にそなえているのである。

多くの人々が、ロボットを選ぶことが賢明であったかどうか疑問をいだきはじめた。大多数の人々が機械に全幅の信頼をおいたことが賢明であったかどうか疑いはじめた。バーグマンは彼らに勝負をかけているのだ。それについてかすかな不安はあった——だがこの勝負にかけられているのは、単に彼の医師免許のみではない。生命がかけられているのだ。彼がたんたんと陳述を進めているあいだに、人々は彼を見、コーキンズを見、ロボット陪審員を見た。

陳述が終わると、長い長い沈黙があった。陪審席が審議のために床下へ沈んでいったのちもなお沈黙はつづいた。人々はすわったまま考えているのだった。ニューズファックスの記者たちもなかなか腰をあげて記事を送りにいこうとはしなかった。

陪審席がふたたび迫《せ》りあがってきたが、陪審員たちは再審議を提案した。

バーグマンは再勾留され、独房で待機させられた。何かがおころうとしていた。

マレイ・トーマスが独房に案内されて入ってきた。彼はバーグマンの手をしばらくにぎったままでいた。それは単なる儀礼以上のものだった。

厳粛な面持ちで彼はいった。「きみは勝ったよ、スチュ」

安堵の大波がおしよせるのをバーグマンは感じた。勝つだろうとは思っていた。彼の陳述は立証されうるとも思っていた。彼の指摘した事実を、機械に対する盲目的信頼をとりのぞいた上で調べれば、必ずや真実があばかれるだろうと彼は考えていた……こういうケースはこれまでにたくさんあったにちがいない。

トーマスは言葉をついだ。「新聞はそれでもちきりだよ、スチュ。完全オートメーション化以来の大ニュースだからね。世間の人たちは怖がっているよ、スチュ、しかしそれは正当な恐れだ。大混乱はなさそうだが、みんな自分たちの立場と、ロボットとのかかわり方について考えはじめている。

人間支配への復帰運動が大規模にもりあがっている。ぼくは——白状するのはつらいんだがね、スチュ……きみは正しかったと思うよ。ぼくはあまりにも安易に妥協しすぎたと思う。度胸のいることだね、スチュ。たいへんな度胸が。ぼくだったらあの婆さんを追いはらっていたかもしれない、男を診《み》てやらずに」

バーグマンは手をふって彼の言葉を斥《しりぞ》けた。とつぜん理性にめざめた世界に自分をどうおこうかと思案するように、彼はじっと手を見つめた。

トーマスがいった。「彼らはコーキンズを取り調べているよ。彼とフィメックの製造業者とのあいだに馴れ合いがあったらしい。フィメックのテストが完全に終わらないうちに、いちはやく採用されたのもそのせいなんだ。ジェボク社の人間が召喚されて、臨床マナーを組みいれることは不可能だったとしぶしぶ証言したよ……漠然としすぎているとかいう理由でね。ぼくは外科医としての完全な地位をとりもどしたよ、スチュ。彼らはきみに相応な報償を考えている」

スチュアート・バーグマンは聞いてはいなかった。彼は思いだしていた、手足をねじまげて死んでいった男――死ぬ必要はなかったのに――そして生きながらえた青い瞳の娘、悲鳴をあげながら死んでいった事故の犠牲者。それらの人々を思い、それらの出来事を思いだしながら、もうだいじょうぶだという安堵が胸の奥底からじわじわとこみあげた。これは単に彼の勝利ではない……人間の勝利なのだ。依存と衰退への途上で自己をとりもどし、恐るべき趨勢をくいとめた人間の。

機械は完全に取り除かれることはないだろう。

人間とともに働くことになるだろう。それが本来あるべき姿なのだ、なぜならあの機械たちは、ほかの道具と同じように人間の道具なのだから。だがこれからは、ふたたび人間がかかわることが、重要な要素となるのだ。

バーグマンは独房の壁に寄りかかって目を閉じ、ほんとうに久しぶりのほんものの安息にひたった。彼は深く息をすって微笑した。

報償？

これが彼の報償なのだ。

恐怖の夜

伊藤典夫◎訳

The Night of Delicate Terrors

THE NIGHT OF DELICATE TERRORS
by Harlan Ellison

ケンタッキー州では、ポケットいっぱい金を持っていても、凍え死んだり飢え死にしたりすることがある。ハンドルにもたれながら、マキンリー・フッカーはそう思った。

バックシートでは、レイモンドが眠りながら泣きだした。アルマがうしろに手をのばし、重い旅行用ひざ掛けをレイモンドの上にきちんとかぶせた。「パティは？」と、マキンリー・フッカーは妻にきいた。

アルマは正面に向きなおると、かすかにため息をついた。そして車の前方で弾幕砲火のように降り続ける、まばゆいぼたん雪をじっと見つめた。彼は質問をくりかえした。アルマはふりむこうともせず答えた。「眠ってるわ。ガソリン、あとどっくらいあんの？」

妻の言葉づかいは、彼を一瞬気落ちさせた。それが、アルマの唯一の欠点なのだ。しかし、アラバマ州で彼女が受けた学校教育を考えれば無理もない。

「州境線を越えるまではもつはずだよ。インディアナ州では、ガソリンはもっと高いのかな？」

アルマは肩をすくめた。バックシートではレイモンドと小さなパティが、カーヒーターの活動にもかかわらず忍びこんでくる一月の寒さから逃れようと、ぴったりと体を寄せあって眠っている。

「くそっ、なんて道だ！」フッカーは低く悪態《あくたい》をついた。下はコンクリート道路なのに、車の進みぐあいは悲しくなるほど遅々としたものだった。その日の夕方、北からやってきた寒冷前線が、ケンタッキー州のこのあたりを激しい吹雪でつつみこんだのだ。車はいっせいに徐行運転をはじめたが、それでもあちこちでスリップした車が溝にはまっていた。今では雪は、内側車線いっぱいに降り積もり、外側車線だけが、かろうじて北部へとむかう車を通しているだけだった。

マキンリー・フッカーは背中の痛みをこらえ、かじかんだ両手にハンドルを握りしめて必死に運転を続けた。

四人とも、夕方早く、軽い食事をとっただけ。ダッシュボードの時計は、午前二時二十五分を示している。ガソリンを入れるため何回か停まった以外、マキンリーは前日の朝七時からハンドルを握りっぱなし。さすがの彼も、体力の限界にきていた。しかも吹雪はひどくなるばかり。今夜は、モーテルに泊まるほかなさそうだった。

モーテルを見つけなければ。どこか食事にありつけるところ、子どもたちを暖かくしてやれるところ、彼とアルマが体力を回復するため横になれるところを見つけなければ。シカゴまで、まだ先は長いのだから。

モーテルを見つけなければ……。

そう考えながらバックミラーをのぞきこんだ彼は、いいしれぬ絶望がわきあがるのをおぼえた。

鋭い眼と、真っ白い歯ののぞく大きな口をしたチョコレート色の顔が、こちらを見返していた。そしてアルマの肌は、彼以上に黒いのだ。

彼らが出発した町メーコンから、ケンタッキー州のどことも知れぬこの地点までの道程で、黒人専用のモーテルを見かけたのは、たった三回きり、どれも反吐《へど》の出そうなほど見すぼらしいモーテルだった。戦ってなんになるのだ、とマキンリー・フッカーはときたま思うことがある。シカゴでこれから開かれる秘密会議もそうだ。彼は仲間たちによって、ジョージア州メーコンの代表に選ばれた。シカゴに行って、指導を受けて帰り、そしていつか……。

かれは深く考えないことにした。それは、まだ未来のことだ。実現の見込みなどとてもなさそうに思える未来、だが辛いことがあったときなど、ふと夢想してみる未来……。

しかし今は、生き抜くことだけが問題なのだ。

「キン、今夜じゅうにシカゴまで行けるの?」

「行けそうもないな。まだ六百キロ以上あるし、正直いって、背中が痛くてしょうがない」

「どうするの? 車のなかで眠れると思う?」

彼は首をふった。「エンジンをかけっぱなしにしといても、こんな夜じゃヒーターもたいして役にはたたないしな」

「どっか、あたしたちが休めるとこ、あるかしら?」

彼は一瞬、妻を見やった。話がそこへ行きつくことは、彼女もはじめからわかっていたのだ。今までその話が出なかったのは、それが人生の真実に触れてしまうからで、人生の真実などというのは始終話していて楽しいものではない。「ないだろうな、おそらく。とにかく捜してみよう」

気づいたときには、トラックの後部が眼の前にせまっていた。おんぼろトラックなので、テールランプもついていない。あわててブレーキをかける。車は道路のグリップを失って、スピンしはじめた。だが機敏なハンドルさばきで、かろうじて車の体勢をたてなおすことに成功した。

危険が去ったあとも、しばらく震えがとまらなかった。

決断は、そのときに下された。つぎのモーテルかレストランが見えたら、そこで停めよう。もちろん彼は、そこでなにが起こるか承知していた。彼はバカではない。白人《ミスター・チャーリー》がなにをしようとおとなしくしているごますりニグロ《ハンカチーフ・ヘッド》ではないつもりだった。彼が育ったミシガン州は、黒人差別も比較的少ない土地で、忘れたいと思ういまわしい出来事も数えるほどしか経験したことはなかった。むしろ満点な少年時代をおくったといえた。だが、やがて就職し、ジョージア州へと引っ越してきてから生活はガラリと変わった。

ジョージア州メーコンへと移ってから、彼は白人と黒人とのあいだに、どれほど大きな壁が存在するか、はっきりと悟ったのだ。

マキンリー・フッカーはバカではない。今こうして仲間たちから代表に選ばれ、シカゴの秘密会議へとむかう途中なのだ。それは、彼ら黒人たちにとっては非常に大きな意味を持つ秘密会議である。そこで指導を受け、それをメーコンに住む黒人たちに伝える義務を、彼は負っているのだ。

もしかしたら……もしかしたら、それがすべての始まりになるかもしれない。これまで長いあいだひとつの言葉を捜し続けてきた黒人たちがはじめてそれ――〈権力〉という言葉――を発見する発端となるかもしれない。

だが、それも、この一月の寒気を克服して、シカゴへ着くことができればの話だ。彼はこの旅に、アルマや子どもたちを連れてきたことを後悔した。ジョージア州を出たときは、空は晴れていたし、妻も子どもたちもシカゴを見たことがなかったから……だが、それが間違いのもとだったのだ。もしモーテルに泊まることができれば。もし……。

ふぶく雪のかなたに、かすかなネオンがちらついたように思えた。彼は手をのばしてウインド・ガラスのくもりをぬぐい、眼をこらした。たしかにネオン・サインだ。腹のあたりが、安堵と緊張で奇妙にむずがゆくなるのが感じられた。

近づくにつれ、赤いネオン・サインはますますはっきりしてきた。そこには、けばけばしい赤い文字で、ぶっきらぼうに〝食事〟と出ているだけだった。

車の速度をおとすと、アルマがゆっくりと彼のほうを向いた。「ここ？　なにか出してくれると思う？」

彼はあごをこすり、急いでハンドルに手を戻した。手には、この一日でのびた不精ひげの感触が残った。長いあいだ運転し続けたので、服装も乱れている。「さあね。しかし食べさせるほかないだろう。こんな夜には、いくらなんでも追いだすやつはいないよ」

彼女は低く笑った。キン・フッカーは、さまざまな意味で、まだ北部育ちの黒人だった。

車は雪におおわれた砂利道に曲がった。キンは、二台の大きなセミ・トレーラーのあいだに注意ぶかく停車した。そこから窓外をのぞくと、今まで建物のかげに隠れて見えなかった大きなネオン・サインが、彼らに向かってウィンクしていた。**モーテル――テレビ、シャワー付き**。その下には、緑色のネオン文字で、**空室あり**。

セミ・トレーラーは、眠れる巨獣のように、雪をその背にかぶって両側にそびえていた。

吹雪はさらにひどくなっていた。

キン・フッカーは動きをとめた。すこしのあいだ彼らは身じろぎせず、シートにすわっていた。

やがてアルマが、毛糸の手袋をはめた両手をひざの上で組み合わせたまま、心配げに彼のほうを見た。「あんたが行ってるあいだ、あたしたちここで待ってたほうがいいかしら？」

彼は首をふった。「いや、みんなで行ったほうが効果があるだろう。心を動かされるかもしれん」

二人は、レイモンドとパティを起こした。幼い娘は起きあがり、あくびをした。そしてなにかぶつぶつとつぶやいた。アルマは、これからお食事するのよといって娘をあやした。するとパティが、はっきりした口調でいった。「あたい、おしっこしたいわ、マミイ」

そのひとことが、すさんだ二人の気持ちをひととき和らげた。だが、キンの心には、新しい不安が芽ばえていた。そうだ、それも問題だ。しかし、あたって砕けろだ。キンはにがにがしく思った。

ドアをあけると、冷たい風がなぐりつけるように襲いかかり、閉ざされた車のなかでようやく保っていたわずかなぬくもりを、一瞬のうちに吹きとばした。子どもたちは震えはじめ、アルマが驚いて息をのむ音が、荒れ狂う風と降りしきる雪のなかで、かすかに耳に入った。

「行こう!」キンはかすれた声で叫ぶと、パティを抱きあげ、モーテル・レストランの正面入口にむかって走った。

すべりこむようにドアにたどりつくと、ノブをまわし、ドアを大きくあけた。アルマがうしろからかぶさるように追いつき、レイモンドが彼女の足もとをまわって中に入ったところで、ドアをバタンとしめた。

つかのま彼らは立ちつくし、身を切るような寒さのショックが薄らぐのを待った。不意に、感覚がふたたびはたらきだした。

四人はレストランの中央に立っていた。席についていた客たちが、ゆっくりとこちらを向いた。

キンはそれまで眠っていた恐怖が、眼をさまし動きはじめるのを感じた。レストランの客たちの視線を見守る彼の頭脳へと這いあがった客たちが、なにを見ているかはわかっていた。黒《ニガー》んぼとその女、それに二ひきの黒《ピッカニガー》んぼのガキだ。

彼はぶるっと体を震わせた。それは、寒さだけによるものではなかった。

うしろで、アルマが深く息を吸いこむのが聞こえた。

やがて、太い腕をした給仕頭が、合成樹脂のカウンターに寄りかかると、眉根を険しくよせ、決して聞き違いさせせないつもりなのだろう、慎重な言葉づかいでいった。「すまんな、食事は出せんよ」

その瞬間、こんどだけは、このようなせっぱつまった状況であるからにはなんとかなるかもしれないという、かすかな希望が、ロウソクの火のように吹き消されるのがわかった。戦闘行為のない戦いがまた始まるのか、と彼は思った。

「おもてはひどいんだ」と、キンはいった。「ちょっと体を温めるものがほしいと思って寄ったんだ。一日じゅう車を運転してきて――」

給仕頭は、歯切れのいい中西部のアクセントで、それをさえぎった。「すまんが、ニグ、、ラーには食いものは出せん。今そういったはずだ」黒人《ニグロ》と黒んぼ《ニガー》をつきまぜたような呼びかただった。男の口調は、前よりもきびしかった。

キンは男を見つめた。こいつは、どんな人間なんだ？

太い首。クルーカットにした頭。キノコの茎に、不気味な色の毬《いが》をすげかえたような頭だ。幅の広い背。分厚い胸が、丸首シャツを盛りあげている。そして筋肉の発達した両腕。用心棒にふさわしい体格だった。

しかし、ほかに客もいた。四人の男、みなトラック運転手だろう。帽子を軽く頭にのっけて、探るように冷ややかにこちらを見つめている。そしてカウンターにむかってすわった男と女の二人づれ。女の丸い顔は、嫌悪にゆがんでいる。東部人であることは確かだった。でなければ、あんな顔つきはしないものだ。

キンと給仕頭が話しているとき、キッチンからひとりのウエイトレスが、ステーキと揚げポテトを盛った皿を手に現われた。彼女は途中で立ちどまると、新しく来た客を見つめた。そして給仕頭に向くと、「あの連中には、なにも出しちゃだめよ、エディ」といった。まるで、なにも知らぬ彼に注意するような口調だった。

「だから、おれもこういっているのさ、ユーナ。ほら、わかっただろう、おれたち……ここじゃ、なんにも出さないんだ。ガソリンぐらいはやる」

「そとは大雪なんだ」と、キンはいった。「妻も子どもたちも……」

給仕頭はカウンターのうしろに手を入れると、それまで隠していたものをとりだした。

「あんた、耳が悪いらしいな。ここじゃ、あんたたち相手に商売をやってるんじゃないんだ。おれは、そういったんだぜ」

「ひと晩だけ泊めてくれたら」アルマが、震える声で横からいった。キンは彼女の不注意な言葉を悲しく思った。食事すら出さないものを、部屋など貸してくれるわけがない。これで、彼らはさらに硬化してしまうだろう。

「さあ、出ていきなったら!」ウエイトレスがどなった。その顔は、怒りにみにくくゆがんでいる。なんだい、この黒んぼ《ニガー》め、つけあがりやがってさ!

「おちつけよ、ユーナ、おちつきなったら。出ていくさ。なあ、そうだろ、おっさんよ!」男は左手に短く切ったバットを軽々と持って、カウンターのうしろから出てきた。

キンはあとずさった。

この大男となぐりあう羽目になるかもしれない。だが、かりにこいつの脳味噌をたたきだすことができたとしても、留置場以外の場所で、食事やベッドが手に入るわけではない……それとも寒い車に戻るか？

選ぶべき道はひとつしかなかった。

「行こう、アルマ」彼はうしろに手をやるとドアをあけた。とつぜん寒気がコブラのように彼を襲った。彼は怒りと苦痛に歯をくいしばった。

給仕頭のエディが、でこぼこのソーセージのような腕にバットをさげて近づいてきた。

「行きな。おれに、これを使わせるんじゃないぜ」

「この近くに黒人用のモーテルはあるのか？」レイモンドの手をひいてアルマが闇の中に消えると、キンはきいた。

「いや……どこもだめだろうな。おれたちはな、あんたらのために商売をやってんじゃないんだ。イリノイ州へ行きな。あそこなら、白人よりも黒んぼ《ニガー》を大事に扱ってくれるからな」

男はなおも迫ってきた。キンはあとずさり、ドアをしっかりとしめた。風が背筋のあたりを切り裂くようにして吹きすぎた。彼は車へと急いだ。

四人はフロント・シートにかたまりあってすわった。

道の状態は、前よりももっと悪くなっていた。

二車線道路の両側には、波に打ちあげられ、白い泡をかぶっている木ぎれのように、放棄された車が点々とちらばっていた。キン・フッカーは、ハンドルにかがみこむようにして前方に眼をこらした。

思考は、今では明瞭なかたちをとっていた。

仲間たちが最初にこの計画を思いついて以来、二年間、彼は決断を遅らしてきた。そこまですべきかどうか、確信がなかったのだ。だがいまや決断は下された。仲間たちがめざす新しい世界は、戦いとる価値のあるものだ。しかし、たくさんの人びとがその戦いで死んでゆくにちがいない、たくさんの、たくさんの無実の人びとが。

それでも、かまわない。彼の心は決まったのだ。なんとしてでも、シカゴの秘密会議には出席しよう。なんとしてでも、そこまでたどりつこう。

しかし、かりに彼がそこまで行けなかったとしても、彼とアルマとレイモンドとパティがここで力つき、凍死したとしても、あとに残るものはまだたくさんいる。彼らはみな、きょう、この日、最後の決定的な言葉を聞くためにシカゴをめざしているのだ。

すでに戦いは始まっている。

なにものも、それをとめることはできない。

白人たちは、長いあいだ、あまりにも長いあいだ権力をほしいままにしてきた。だが今こそその地位は逆転するのだ。もはや、それをくいとめることはできない。今まで態度を保留してきたのは、彼が暴力を好まぬ人間だったからだ……だが、もうちがう。こうなるほかはないのだ。なぜなら、白人たちが彼らにこうなることを強いたのだから。

キン・フッカーは、かすむハイウエイを見つめながら微笑した。

今夜、白い世界のいたるところで、彼の仲間たちも黒い微笑を浮かべていることだろう。その黒い顔から真っ白な歯をのぞかせて。

苦痛神

伊藤典夫◎訳

Paingod

涙は流せない、しかし涙は彼の受け継いだ遺産であった。悲哀は理解を超えている、しかし悲哀は彼が生まれながらに持つ権利であった。苦悩は否定されている、にもかかわらず苦悩は彼の生きる糧《かて》なのだった。トレンテに不幸はない。ましてや喜びはなく、気がかりも不安もなければ、寿命、時間、感情もなかった。

エトス族がそう定めたのである。

なぜならトレンテは、エトス族——大宇宙を道徳的倫理的に支配する超時空種族——によって任ぜられた〈苦痛神〉だったからだ。時の早瀬も、情動の理不尽な揺らぎも知らぬトレンテには、この宇宙に棲む厖大《ぼうだい》な数の生物個体に、苦痛と悲哀を分け与える永遠の仕事が課せられていた。知覚を持つ生物にも、微弱な反応形成がかろうじてできる程度の単細胞にも、トレンテは、移りゆく星ぼしの中に浮かぶ不可視の多面体カプセルから、言葉では言いつくせない量の不幸と悲嘆を送りつづけた。

あまたの島宇宙に君臨する〈苦痛神〉。生をそのはじまりから終わりの瞬間までおびやかす涙、苦悩、胸をしめつける恐怖――それを操るのがトレンテだった。寿命も知らず、死も知らず、感情も知らず――カプセルの中でひとり孤独に――トレンテは作業にいそしんだ。

〈苦痛神〉はトレンテがはじめてではない。数は多くないけれども、前任者はいくたりかいた。彼らがなぜ今その地位にないのか、それはトレンテが発したことのない疑問であった。彼は無限に近い寿命を持つある種族の中から選ばれた者であり、エトス族の処方に従って慎重に計量された憂鬱を各個体に施すのが仕事なのだ。そこには思いやりもなければ気がかりもない。務めへの精進があるばかり。それが彼の義務であり、本分なのである。だから、ここに至って、気がかりが生じるというのも奇妙なことだった。

それが芽ばえたのはずいぶん昔――彼の観念にはない時間の中――具体性のある唯一の指標をあげるなら、まもなくゴビ砂漠と化す大洋で、ゾウリムシがアメーバよりやや優勢になった時代のことである。霧のように幾重にもおりる永遠が過去に埋《うず》もれ、幾世紀がセンチメートルの単位で重なってゆく中で、うちにひそむ気がかりは成長していった。

そして今、その今が来た。

中枢神経腺をおそう奇妙な痛みに耐え、ひどくなる眼球の濁りに耐え、三つの頭脳半球をとびから狂った思考、本来生ずるはずのない思考に耐え、トレンテは命じられた今の職務を遂行していた――

かたつむり星団じゅう、第三勢力の惑星に限界を越えた苦悩を送る。ヤコペッティUに根づいた農業コロニーに耐えられる程度の悲痛を投射する。ヒーイディグ9に生まれた蜘蛛生物のみなし子に信じがたい苦難を与える。七〇七星系の死にかけた太陽をめぐる不毛の名なしの惑星、そこに生きる罪のない唖の原住民に容赦ない責め苦を加える。

しかし、そうしながらも、トレンテはおのれの行為に傷ついているのだった。

あるはずのない、起こりうるはずのないことだった。エトス族から〈苦痛神〉の名を与えられた、魂のない、感動のない、規律だけの生き物が病気に侵されたのである。気がかりという病気に。さらに数世紀が、掘り返され数字をふられるその時まで埋もれてゆき、やがてトレンテは仕事の継続が不可能な今に達した。

心の動揺は、肉体のいたるところに現われていた。細長い頭はズキズキと痛み、眼球は数十年が過ぎるうちますます濁っていった。たがいに連結した十二指腸の潰瘍《かいよう》巣は、内分泌系の正常なはたらきに必須のものだが、それもポンコツ車の欠陥プラグのように着火しなくなった。山椒魚《さんしょううお》を思わせる尻尾のピシャリ！　も弱まり、末端神経に伝える運動反応の衰えを物語っていた。トレンテの姿かたちは――種族の中ではむしろハンサムといわれた個体であったが――しだいに荒《すさ》み、やつれ、どこか哀れにさえ見えるようになった。

だが仕事の手は休めなかった。彼の送りこむ悲嘆は、石炭袋星雲のふち、とある暗い惑星の空を飛ぶ甲羅とちびた脳を持つ一ぴきの生き物を打ちのめした。恐怖と戦慄は、ヴァーテルの名で知られる太陽の周囲に、煙のように渦巻く生霊——数十世紀の昔、肉体を捨て去る法を学んだ偉大な種族の見るかげもない末裔——をかき乱した。心をこめて放った恐怖と不幸と苦悩と悲愁は、血に飢えた海賊の一団、狡猾な政治家の一党、とある娼家いっぱいに満ちた更生の余地ない女たちを途方に暮れさせた——すべてが、白馬星団において第五勢力を誇る惑星の住民である。

宇宙空間の夜の中、ひとり身じろぎもせず、今はじめて穏やかならぬ奇妙な思考の間めざして心の通路をぐるぐると下りながら、トレンテは内心悶《もだ》えていた。わたしが選ばれたのは、いま見るような欠陥が本来なかったからだ。この苦しみはなんだろう？　わたしを責めさいなみ、引き裂き、わたしの考えを砕き、わたしのあらゆる欲望に暗い影を落とす、この不快な不幸な仮借《かしやく》ない気分はなんなのか？　発狂しかけているのか？　狂気はわたしの種族には起こらない。これは、われわれが今まで知らなかったなにかだ。あまりに長くこの仕事をしていたせいなのか、この任務に失格したのか、わたし自身より強大な神、エトス神たちより強大な神が存在するなら、その神に訴えることもできよう。しかし、あるのはただ沈黙のみ、夜と星ぼしばかり。わたしはひとり、たったひとり、孤独な神として職務に最善をつくしているだけなのだ。

やがて、ついに――わたしは知らなければならない。知りたい！

……その間も、イオの二重胸の昆虫生物に憂鬱の糸を投げかけ、弱い感覚を持つアカラス3の泥塊を恐慌の槍でつらぬき、精妙な十五種の高調波を送りだすシンドン・ベータ5の電波生物に苦痛を与えて自殺に追いこみ、クククルルル4のメタン洞窟に住む哀れなナメクジ生物から快楽の半分を奪い、ソル3または地球またはテラまたは世界と呼ばれるちっぽけな惑星に生きる、コリン・マーシャックという男を苦悩と悲嘆の衣でつつみこむ……

やがて、ついに――わたしは知る。知ってやる！

トレンテはディスプレイ箱から地球の縮尺模型をとりだすと、じっと見入った。これほど小さな、これほど無価値な世界が、〈苦痛神〉の夜歩きの舞台になりうるとは。

さらにかんたんな手続きを経て、彼が関心を向けたもっとも新しい個体を選ぶと、トレンテは彼の種族が遠い昔に完成した旅行手段を使い、星の海に浮かぶ透明カプセルを離れた。あまたの島宇宙の〈苦痛神〉トレンテは、与えるばかりで受けとることのない数千世紀の生活からはじめて逃れ、職場を忘れ、今を忘れて、捜し求める旅に出たのである。捜し求める……なにを？　知るはずはなかった。

〈苦痛神〉にとって、これはこれはじめての夜歩きなのだ。

ピーター・コズレックは、いま欧州共同体《EC》加盟国となっている小勢力に併合されて久しい、中欧弱小国の片田舎に生まれた。ヨーロッパに見切りをつけたのは一九二〇年代はじめ。ボリビア行きの貨物船に乗りこみ、下級甲板員や沖仲仕としてバナナ共和国を五つ六つ渡り歩いたあと、一九三四年、アメリカ本土海岸に流れついた。陸《おか》にあがり、のらくらしはじめ、脂肪をつけるまでいっきだった。自然保護青年団（一九三三年から四三年まで、ニュー・ディール政策の一環として、失業青年に職を与えるために組織された）キャンプでの短い労働期間、カンザス・シティのもぐり酒場でのさらに短い用心棒暮らし、イリノイ州立矯正院での刑期、B17の得体のしれない部品作りのためポンティアック工場のコンベア・ベルトの前で過ごした長い歳月、木苺《ラズベリー》農園の経営に精だした一時期、いつのまにか長びいてきたどや暮らし——彼の一生を要約するなら、常習のアル中で足りるだろう。そして今、正気の人間が常識で考えるような今、ピーター・コズレックはずぶろく——欲望のすべてが酒気の中に漬かりこみ、もはや人間とは見えぬまでに落ちぶれたアルコール中毒者だった。ロサンジェルスのダウンタウン、グレイハウンドのバス・ターミナルから二ブロックばかりはずれたとある路地に、酒びたりの体をひっそりと横たえ、年齢五十歳、体重二百十ポンド、薄汚れたしらが頭のピーター・コズレックは、うるんだ赤い目をとじて、儀式めいたものはなにもなく死んだ。だぶついた米軍放出のオーバーを着て、路地の入り口を通りかかる若い／老いた男たちが、目にもとめず洟《はな》もひっかけない——それほどそっけない、それほど無意味な、それほど平穏な死であった。脳はからっぽになり、肺のふいごは静まり、心臓はポンプ活動をとめ、血はすべりながらとまり、もはや口から息がもれることもなくなった。ピーター・コズレックは死んだ。終わり、そして物語のはじまり。れんが壁にこびりついたポスターの切れはしが軽量級ボクシング試合を告知し、今では〈リング・マガジン〉のファイルに名前だけを残す三流ボクサーがポーズをとって向かいあう――その真ん中あたりに、なかばもたれるように横たわるピーター・コズレックの無用の体に、うっすらしたグリーンの霧がたゆたいながら近づいた。霧は死体にふれ、死体をまさぐり、体内に入った。トレンテは、ソル3、地球におりたのである。

もしこのずぶろくのためにブロンズの墓碑銘を作り、路地の壁にでも埋めこむことができたとしたら、これがもっともふさわしい言葉となっただろう。**ピーター・コズレック、ここに眠る。この人生を捨てることほど彼にとっての幸せはなかった。**

コリン・マーシャックは通りを歩きながら、目のしょぼしょぼした老人があとをつけていることに気づきもしなかった。そこで彼が向きを変えたので、老人はぶつかりそうになった。「なにか用かい？」とコリン・マーシャックはたずねた。

老人はうっすらと笑みをうかべ、すきまだらけの青白い歯ぐきをむきだした。

「ん、いや、違うです、わしはただ、うう、あんたンあとついてきたのは、小銭を恵んでくれたらチキン・ヌードル・スープにありつけるんで。こう冷えちゃあ……だからたぶん……」

コリン・マーシャックの大造りな、どことなくひょうきんな顔に、ものわかりのよい皺が刻まれた。「そのとおりだね、じいさん。寒いよ、風も強い、みじめな気分だ。あんたはチキン・ヌードル・スープにありつく資格がある。だれかは資格があるんだ。神さまが知ってる」ひと呼吸おいて、「おれかも知れんさ」

老人の腕をとる。異臭をはなつぼろぼろの服にも気づいていないようすだった。ふたりは公園前の通りを歩き、安食堂と一泊四十セントの簡易ホテルが密集する脇道のひとつに折れた。

「それから、あったかいローストビーフ・サンドに、肉汁《グレイビー》をたっぷりかけたフレンチ・フライというのもいいぞ」コリンは、酒くさい老ルンペンをせきたてて、とある食堂に入った。

コーヒーを前にして、コリン・マーシャックは老人を見つめた。「そうだ、じいさんの名前は？」

「ピーター・コズレック」老人がつぶやくと、分厚い白のコーヒー・マグから熱い湯気がうるんだ目のあたりに立ちのぼった。「わしゃ、うう、病気だったもんで……」

「そりゃ飲みすぎだよ、じいさん」とコリン・マーシャック。「飲みすぎて体をこわす連中は多いさ。うちの親父もお袋もそうだったよ。いい人たちだった。愛しあっていて、アル中のホームにも手をとりあって入っていった。泣かせるじゃないか」

「おまえさん、自分を憐れんでるんじゃないのかね」ピーター・コズレックが感想を述べた。そして慌ててコーヒーに目を落とした。

コリンは腹だたしげに見つめた。そんなにも落ちぶれてしまったのか、そんなにも早く――スラムをうろつくゴキブリたかりのむさくるしいルンペンが、目をつけ、話しかけ、みじめなありさまをうんぬんするまでに。彼はコーヒー・カップを取りあげようとした。とたんにクリームまじりの液体が激しく波立ち、手首にこぼれ落ちた。かすかな悲鳴をあげ、急いでカップをおろした。

「わしの手よりもひどく震えてるな」ピーター・コズレックが感想を述べた。奇妙な声音だった。感情や関心がどこか欠けている――観察結果を報告しているように聞こえた。

「ああ、震えるんだよ、コズレックさん。石を彫ってメシ食ってるんだが、おかげでこの始末さ。この二年、できあがるのは山のような屑石だけだ」

クルーラーを口いっぱいほおばって、コズレックがいった。「おまえさんは、うう、石屋なのかい、彫刻家っていうんだっけな」

「そうなんだよ、コズレックさん。石や石膏や水晶や大理石の中に絶妙な美しさを見つけだすのが、ぼくの仕事さ。ただひとつ問題は、才能がないってことだ。これだと思うようなものはまだ一度も彫ったことがない。それでも、あっちこっちに彫刻を売って、すくなくとも悪くない暮らしはしてきたし、才能があるんだ、いつか有名になるんだとうまく自分をだましてきた。キャナディが〈タイムズ〉の批評でふたことみこと褒めてくれたこともあるよ。だが、それも今じゃ遠い昔だ。ノミを思うように動かすこともできんし、みがくことも彫ることもできない。歩道に落書きを刻むのも無理だよ」

ピーター・コズレックはまじまじとコリン・マーシャックを見つめた。うるんだ悲しげなその眼差しの奥には、熾火《おきび》が燃えていた。老人の目はとめどなく震えるコリンの両手におりた。それは狂った生き物のようにからみあい、からみあったまま不気味に震えていた。

そして――

異邦人の殻の中で、トレンテはひとつのちいさな知識を得た。この生き物、宇宙空間の厳しい環境では一瞬たりとも生きてはいけぬ炭素原子その他の物質のひ弱な集合体は、死にかけている。その生命サイクルは体内で終わろうとしている、それもトレンテが送りだした悲嘆ゆえに。コリン・マーシャックの手にけいれんを起こす苦痛は、そもそもトレンテが与えたものなのだ。コリン・マーシャックの時間で、それは二年前に始まったが、トレンテが知るかぎりでは、わずかいっとき前としか思えなかった。しかし今、それはこの生き物の生涯を一変させようとしているのだ。トレンテは、この人間という奇妙な存在、内向的な必要と欲望の産物を見つめた。そして問題解決のためには、この先もさらに進み、さらに実験を重ねなければならないと確信した。トレンテである透明な緑の霧は、ピーター・コズレックの両眼からしみでると、コリン・マーシャックの体内に慎重にすべりこんだ。トレンテは心をあけはなち、男をつき動かす原動力をつかみとろうとした。宇宙の生命体にこれまでこともなく分け与えてきた苦痛の衝撃をじかに味わったのは、そのときがはじめてだった。その強さ、耐えがたさ！　またそれは、病気が彼に強いた行動の意味を、より深く知ることでもあった。恐怖と、これまで自分が与えてきた恐怖の記憶を手がかりに、トレンテは知った。そして知った今、さらに奥深くへ進まねばいられなかった。なぜなら彼は〈苦痛神〉であり、苦痛の国を通りすぎてゆく旅人ではなかったからである。彼はマーシャックの心を、おそれおののくひ弱なコリン・マーシャックの心を引きずりだすと、その心とともに飛んだ。大空へ。大空の彼方。その彼方。さらにその彼方へ。時の流れがじりじりと停止し、空間がもはや意味をなくすところまで。コリン・マーシャックは大宇宙を駆けた。時間と空間と運動と意味のかぎりない全体、生命が沈んでいった底なしの淵を駆けた。生きている泥塊をながめ、空に輪を描く有翼生物を、長身の類人種族を、半人半機械生物をながめた。トレンテはそのすべてをコリン・マーシャックに見せ、彼を驚異の中に浸し、エトス族が創った究極の杯のように彼を満たし、愛と生と、大宇宙の圧倒的な美を彼の中に注ぎこんだ。そうしたのち、トレンテはコリン・マーシャックの心と魂を宇宙の奥底の奥底の奥底にある肉体の殻めざして下ろし、魂を内部に注いだ。そして、コリン・マーシャックの殻を自宅に送りとどけると……そこに解き放った。

彫刻家は、大理石像の下につもる破片と粉末の中にうつぶせになって目覚めた。はじめ台座が見えた。そんな大きな石を買ったおぼえもなかったので、両手をつき、膝をつき、体を起こすと、すわりこみ、像のてっぺんにむかって目を上げた。像はどこまでもそそり立っているように思われ、やがて全体が視界に入り、自分がなにを創りあげたか――信じがたい美しさと意味と智恵がどれほどこめられているか――を悟ったとき、彼はすすり泣きを始めた。どのようにしたのか、なぜしたのか、いつしたのか、いっさいの記憶は失われていた……だが彼の作品であり、それには確信があった。両手首の痛みがその事実を語っていた。

真実の瞬間は、見上げる頭上にそびえている――大理石と真実の輝きにつつまれて。しかし、それ以外の瞬間はないのだ。

これこそコリン・マーシャックの生涯、そのすべてであった。

すすり泣きは、酒を喉に流しこむあいだだけ、規則正しく破られた。

待っている。エトス族は待っている。彼らが待っていることをトレンテは知っていた。そうでなければならないのだ。彼らが知らぬと思いこむとはなんと愚かであったことか。

離れた。おまえは職場を離れた。

「知りたかったのです。疑問はどんどん大きくなっていきました。生き物のように。知らなければならなかったのです。解決法はそれだけでした。わたしはある惑星に行き、〝人〟と名乗る生物の中で生き、知りました。今ではわかったように思います」

知った。おまえの知ったものとは？

「苦痛こそ大宇宙でもっとも重要なものだ、ということです。生存よりも大きく、愛よりも大きく、愛がもたらす美よりも大きなものです。苦痛がなければ快楽はありえません。悲嘆がなければ美はありえません。そうしたものがなければ、生は希望のない無限の呪いです」

おとな。おまえはおとなになった。

「わかります……わたしの前に存在した〈苦痛神〉たちは、みな同じ道をたどったのですね。気がかりが生じ、知りたくなり、そして……」

失われた。われわれからすれば、失われたのだ。

「一歩を踏みだすことができなかったのです。彼らが苦痛を与えた生き物の一員のもとに行き、学ぶことをしなかったのです。だから〈苦痛神〉としては無用の存在となった。わかります。今では知っています。わたしは戻りました」

する。なにをするのか？

「今まで以上の苦痛を送りだします。さらに大きな、大量の苦痛を」

大きな。さらに大きなものを送るのか？

「そうです。今こそわたしにはわかるからです。わたしたちは孤独な灰色の世界に生きています。絶望と空虚のあいだを往き来するわたしたちの存在を有意義なものにするのは、気づかいであり、美なのです。しかし美に対するもの、快楽に対するものがなければ、すべては塵になってしまうでしょう」

知った。今こそおまえはおのれを知った。

「わたしはエトス族に祝福された者、エトス族にかしずく者です。あなたたちは、この宇宙でもっとも高貴な、もっとも思いやりある地位を授けてくださいました。わたしは、その名で呼ばれようが呼ばれまいが、すべての人、すべての生き物の〈神〉なのです。わたしは〈苦痛神〉です。それはわたしの生命なのですから、どれほど長びこうと、彼らに最高の苦痛を与えることに最善をつくします。彼らが喜びを味わえるように。ありがとうございます」

そしてエトス族は去った。夜歩きに出る勇気に欠け、緊張のもとで〈苦痛神〉たちが次々と挫折していった永劫《えいごう》ののちに、ついに見いだした真の〈苦痛神〉にすべてを委《ゆだ》ね、安心しきって……。トレンテは成熟したのだ。

そのころ、星の海に浮かぶ透明カプセルの中では、すべての上に立ち、しかもすべての一部となって、死を知らぬ生き物、ピーター・コズレックの腐りかけた死体に宿り、またつかのまコリン・マーシャックの魂と才能に宿った生き物、〈苦痛神〉と呼ばれる生き物は、かつて訪れた惑星・地球のちっぽけな模型をながめながら、またひとつの事実を学んでいた。

トレンテは、導管に生まれた涙が、眼球にあふれ、顔を伝わる感触を知った。

トレンテは、幸福を知ったのである。

死人の眼から消えた銀貨

伊藤典夫◎訳

Pennies, Off A Dead Man's Eyes

のろくさい貨物列車でカンザス・シティから着いた。腹の中にあった水気は、あらかたしぼり出していた。腹をふくらまそうにも、ここには草も水もない。列車がヤードのいちばんはずれにある入れ替え線にはいるころには、あたりは暗くなっていた。おれは貨車の戸口からころがり落ちると、かけだし、二十フィートばかりつっ走ったところで滑り、地面にはいつくばった。起きあがってながめると、掌にはつぶつぶの白い小石が埋まっている。払い落としたが、痛いといったらなかった。

町から見てどのあたりにいるのか、と見まわす。第一バプテスト教会の塔が目にとまり、おれは線路をつっきって歩きだした。線路の見まわりがひとり、狂ったようにこちらに走ってくる。おれが暗やみにまぎれこむと、やつはおれのいた場所まで来て立ちどまり、頭のうしろを掻きながら、きょろきょろと見まわした。

町の中心部にはいり、通りぬけ、むこう側に出るまでに四十分かかった。その方角がリトルタウン――黒んぼの街なのだった。

〈主なるキリストの聖性あまねきペンテコスト教会〉には、石炭置き場の投げこみ口からはいることができた。おれは薄笑いしながら中にすべりこんだ。掛け金と錠は、十二年来こわれたままだったらしい。地下室の暗がりの中では、階段もぼんやりとしか見えない。だが、明かりが消えていても子どもが自分の部屋を憶えているように、おれには道順がわかった。十二年もたつのに、憶えていたのだ。

間《ま》をおいてひびくざわめき声は、階段の上、聖具室から、安置室から、廊下から聞こえていた。

ジェディダイア《ジェッド》・パークマンはこの上で眠っている。八十二歳、疲れはて、冷たくなって。黒い膚《はだ》を負い、よろめきながら、終わりのない道をその終わりまで、貧しく、誇り高く、無力のまま歩きつづけたすえに。いや、すくなくとも無力ではなかった。

おれは地下室の階段をのぼった。乾いてひびわれたドアに白い手をかけたとたん、ドアのむこうから黒い膚がありったけの力で押しかえしてくるように思えた。ジェッドが見たら笑うだろう。

人混みのすきまから見えるのは、正面の壁だけだった。おれはそろそろとドアをあけた。廊下はガランとしていた。みんな聖具室に移ったのだろう。もうすぐ式が始まる。参列者にむかって牧師がジェッドのことを話しだすのだ。なんと善良な人であったか、どんなに広い心でみなし子や与太者を拾いあげてきたか。なんとたくさんの人たちが恩を受けていることか。ジェッドが聞けば鼻をならすだろう。

だが、おれはまにあったのだ。うまいこと駆けつけられた連中が、あと何人いるだろう？

おれは地下室におりるドアをうしろ手にしめると、壁づたいに歩き、聖具室にとなりあう小さな食器室のドアに近づいた。中に入る。見つからないよう用心して、食器室の明かりを消し、それからむかいのドアに忍び寄った。ドアを細くあけ、聖具室の中をのぞく。

礼拝堂は、例の爆弾事件で使えなくなったらしい。そのニュースは、シカゴにいたおれの耳にまで入ってきた。七人も死に、ウィルキー執事は、とびちったガラスの破片で盲になったという。いまは聖具室でなんとかまにあわせているようだ。

折りたたみ椅子がずらりと並んでいる。椅子は、リトルタウンの住人で埋まっていた。ぐるりの壁にそって二列ずつ。おれと同じ白い顔もひとつふたつ見える。ジェッドに拾われたころの仲間も二、三人いた。あれから十二年。みんななんとかやってきたようで、いい面《つら》をさげている。だが忘れはしなかったのだ。

おれは目をこらし、黒い顔を数えた。百十八人。二、三日前、おれがカンザス・シティにいたころには、その数は百十九だったのだ。いま、ここダンヴィルのリトルタウンに住む百十九番目の黒人は、部屋の正面にある木《こ》びき台の上で、花にかこまれ、棺に横たわっている。

やあ、ジェッドじいさん。

十二年だな、あれから。

なんだ、静かになっちまって。笑い顔がないじゃないか、じいさん、クックッとかハッハッとか。死んだんだよな。わかってるさ。

胸に両手をおいて、ジェッドは眠っている。キャッチャー・ミットのような大きな手を重ね、指だこを隠して――これはまた、あの爪の先に見える光。ちらちら燃えるロウソクの火が照り映えている。ご丁寧に、連中はマニキュアまでしたのだ！　ジェッドが見たら悲鳴をあげるだろう。こともあろうに男の手に、とばかり爪をかみきってしまうところだ！

浅い箱の中に長くのびたからだ。天井を向いた、こぎれいな黒いパテント・レザーの靴先。箱のシルクの内張りで平たくなった、ちぢれたごましおの髪（八十二なのに、じいさんの髪にはまだ黒いものがまじっている！）。一張羅《いっちょうら》だろう、黒のスーツとぴんぴんの白い長そでシャツと黄色いネクタイ姿で眠っている。まるで見世物だ。きっとわが身を見おろしているにちがいない。この大空のどこかにあると生前信じていた天国から、りっぱな身なりをした自分を見おろしているのだ。笑いながら。ぐっと胸をはって。イェッス・サー！

とじた両眼には、それぞれ一ドル銀貨。

主イエス・キリストとともにヨルダン川を渡るときに支払う金だ。

おれは入らなかった。入るつもりもなかった。質問攻めになるだけだ。憶えている連中もいるだろう。昔の仲間なら当然おぼえている。そんなわけで、おれは奥にひっこんだまま、ジェッドじいさんとじかに話せるチャンスを待った。

式はそっけなかった。泣き声もそれ相応にあがった。ひととおり終わると、のろのろした行列が始まった。女が二人ばかりわっとかぶさり、いっしょに棺に入ろうとした。こういうときにはジェッドはどんな顔をするだろう。おれは部屋がからっぽになるまで息をひそめていた。牧師と二人ばかりの信徒があと片づけをし、椅子はあしたにしようと決めたようで、明かりを消すと出ていった。あとは静かな部屋とたくさんの影。スロー・モーションでゆらめくロウソクの光ばかり。念のためと思い、おれはもうしばらくようすをみた。それから、ようやくドアのすきまをひろげ、足を踏みだそうとした。

おもてに通じるドアがあく音がして、おれはあわてて引き返した。ドアがひらき、背の高い、ほっそりした喪服の女が椅子のあいだを抜けて、蓋のあいた棺に近づいた。顔はベールに隠れていた。

腹の中がからっぽになったのはその瞬間だった。はらわたの内側が灼《や》けるように痛みだした。ごろごろという音は女にも聞こえただろう。そうやって胃液をちらしておけば、草と水が入るまでしばらくのあいだはもつ。灼けるように痛いだけだ。

ベールの上からでは顔かたちはわからない。女は棺に歩いていくと、ジェッド・パークマンを見おろした。そこで手袋をはめた手を遺体にのばし、いったん引っこめ、勇気をふるいおこすようにもう一度さしだして、その手を冷たい肉のかたまりの上でとめた。女はのろのろとベールを、つばの広い帽子の上にあげた。

おれは息をのんだ。女は白人だった。ただふつうの美人というだけではない。とびきりだった。見るだけでよい、とでもいうように神さまがつくった生き物だ。おれは息をとめていた。息をするだけで、こめかみを流れる血の音がとどろきわたり、女は逃げだすだろう。

女は遺体を見つめている。すこしして、その手がまたゆっくりとのびた。そっと、注意深く、女はジェッドの動かない眼から銀貨を取り去った。銀貨を自分の財布にしまう。そしてベールをおろすと、背を向けようとした。が、女は動きをとめ、ふりかえり、指先に唇をあてると、銀貨をなくした遺体の冷たい唇にその指をあてた。

つぎの瞬間、女は背を向け、聖具室を立ち去っていた。あっというまのできごとだった。

おれは身動きもせず、空《くう》を見つめ、総毛立つ思いで立っていた。

死人の眼から金をとる。それは死人が天国への通行料を払えなくなるということだ。

白人女はジェディダイア・パークマンをまっすぐ地獄へ突き落としたことになる。

おれは女のあとを追った。

目がくらんで倒れなかったら、女が列車に乗る前に追いつくこともできたろう。

女はそんなに先を歩いているわけでもなかった。だが、腹の痛みはひどくなるばかりで、草でも腹につめこまないことには、のたうちだすのは目に見えていた。一度、シアトルでそんなふうになったことがある。レントゲンをとられる前に、おれはほうほうの体で救急病棟から逃げだした。病院の調理場に押しこむと、シーザー・サラダを八ポンドと炭酸《スパークレ》水《ッツ》をびん半分ばかりのみこみ、おしきせのガウンの下は丸はだかで、真冬のシアトルの街にとびだしたのだ。

といったことをろくに思いだしもしないうちに、おれは前にのめっていた。ダンヴィルまで、あと半ブロックというところだった。足から力が抜け、そのまま進まなくなった。へたりこむ前に、やばくないところに隠れるだけの頭ははたらいた。こんなところにのびていれば、車にひかれてしまう。どれくらい気を失っていたのかはわからない。だが長くはなかったはずだ。意識がもどると、草の上にあがったワニみたいに這いずった。両ひじを立て、歯をくいしばって進んだ。ようやく起きあがるだけの気力がつくと、駅までの半ブロックをよたよたと歩き、壁の水飲み場につっぷした。水をがぶ飲みするうち、気づいた駅長が切符売り場から体をのりだし、じろじろこちらを見つめた。今さら隠れもできない。駅長はまっすぐおれをにらんでいる。

「あんた、なにか用事かい？」

燃えるような胃液がだんだんおさまってきた。ふつうに歩くことができた。じいさんのところへ行く。「実はフィアンセと喧嘩しちまってさ、こっちへ来たはずなんだが……」しまいまでは言わずにおいた。じいさんはうさんくさそうに見ている。タダでは教える気はないらしい。「なあ、来週木曜日に結婚するんだ——どなりつけたのは悪かったと思ってるよ。ついカッとなっちまって。そんなことは、まあ、いいや。おっさんよ、女を見なかったかい？　背が高くて、喪服を着て、ベールをしている」まるでマタ・ハリの手配書だ。

じいさんは、昼間駅に来てからのびた不精ひげをぼりぼりと掻いた。「カンザス・シティ行きの切符を買ったよ。そろそろ発車するころだな」

このときになって、おれは今までずっと列車のシューシューという音を聞いていたことに気づいた。腹が痛みだしたら、世の中はなにもかも消えてしまう。耳が聞こえだし、匂いがもどった。切符売り場のカウンターの木目が両手にざらざらと感じられた。ドアを押しあけてとびだす。列車はのろのろと動きだすところだった。急送貨物の積みこみはほとんど終わっていた。うしろで駅長のどなり声がしていた。

「切符は？　おーい、あんた……切符を買わんのか！」

「車内で買うよ！」そしてデッキにとびのった。列車がするするとすべりだした。

客車のドアをあけ、座席の列を見わたす。女はすぐに見つかった。窓から闇のなかをのぞいている。彼女に向かって歩きだそうとし、そこで思いなおした。女とおれのあいだには、乗客が二、三十人いる。すくなくとも、今ここではなにもできそうにもなかった。はげちょろけの座席にすわると、ほこりの雲が舞いあがった。

腰をすべらせ、右足の靴を脱ぐ。靴の甲のところに、二十ドル札を折りたたんでしまってあった。有金はそれだけ。だが車掌が切符を調べに来るだろう。ジェッド・パークマンみたいに宙ぶらりんにはなりたくなかった。通行料を払って、目的地に着くことが肝心なのだ。

カンザス・シティに着けばなにもかもわかるだろう。

久しぶりの客車で、気分がよかった。


女は電話ボックスに行くと、番号を調べずにダイアルをまわした。おれはようすを見ることにした。女は駅を出て、むかいのスタンドに入った。しばらくして一台の車が現われ、女を拾った。車の中には女が二人いた。おれは見つからないように駆けより、バックドアをあけると中にすべりこんだ。女たちは見まわしたが、バックシートの中まで目がきくはずはない。ハンドルを握る、レズの男役みたいなどっしりしたほうが、「今のなんだい？」と聞き、真ん中にすわる、いやらしいウィッグをかぶった吹き出物だらけの女が、うしろに手をのばし、ドアをロックした。

「風じゃない」と女はいった。

「あんな風あるかい？」と男役。だが、それ以上は詮索せず、車をスタートさせた。

カンザス・シティは昔から好きだった街だ。ドライヴは快適。冬の寒さも入ってこない。だが女たちだけは気にくわなかった。三人のうちどいつも。

車は町はずれに出た。ミズーリとの州境、ウェストンに向かっている。そこにはバーボン製造所がたしかあったはずだ。あれはうまかった。車は、明かりがひとつ灯るうすぎたない通りに入り、ほかの家からすこし離れて建つ大きな家の前に横づけになった。淫売宿だ。まちがいない。そのとおりだった。

わけがわからない。だが、じきにはっきりするだろう。おれは着いた。だがジェッドは宙に迷ったままなのだ。


「お金は女の子に払ってね」と男役がいった。

おれは例の背の高い、ほっそりした女を選んだ。アラビアの王女みたいな、すけすけのパンツに、上はホールターという格好。頭の回転はよさそうなほうじゃない、とおれは思った。あれだけの美人で、こんな場末の淫売宿に流れつくようでは、特別のバカだ。それともなにか別の理由があるのか。

　おれたちは二階に上がった。部屋はどこにでもあるようなベッドルームだった。ベッドの上には、ぬいぐるみの人形。キリンのぬいぐるみには、ピンクの蛍光塗料《ディ・グロー》でぶちが入っていた。それからコアラなのか、畑リスなのか、マスクラットか、くたくたのぬいぐるみ。化粧台の縁には、映画スターのブロマイドがはさんである。女がスケスケのパンツを脱いだところで、おれは言った。「話がしたいんだ」例の顔つきが返ってきた。また変態が来た、というわけだ。「それなら二ドル上乗せしてもらうわよ」おれは首をふった。

「じゃ、五ドルでぜんぶということにしよう」

　女は肩をすくめ、細い脚を投げだしてベッドの縁にすわった。

　おれたちは顔を見合わせた。

「なぜジェッドを地獄に落とした？」

　女はびくっと顔を上げた。獲物の匂いをかぎつけた猟犬みたいに身を震わせた。途方に暮れた顔つきだった。

「出てってよ！」

「五ドル分のことはしてくれなければな」

　女はベッドからとびあがると、ドアに走った。ドアがあく前から、悲鳴が始まっていた
――

「ブレン！　ブレン！　来てよ、ブレン！　助けてったら！」

家の土台が揺れ、丘のむこうから重砲のひびき。つぎの瞬間、なにか毛深い、でかいものがおれの前に現われた。そいつは体を横にしなければ、ドアから入れないほどだった。おれは両手をふりあげたが、それで終わりだった。そいつはおれを抱えて部屋を横切ると、おれをたんすに押しつけた。右肩がたんすの角にぶつかり、体が弓なりに反りかえり、天井しか見えなくなった。女は叫びながら部屋をとび出していった。女の姿が消えたところで、おれはそいつを始末した。

窓から出ると、そとの壁には格子がかかっていた。蔓につかまって下りはじめたが、蔓は途中で切れ、あとは一直線にずり落ちた。

その夜は、となりの家の玄関のポーチで眠った。ぶらんこ椅子をベッドがわりに、救急車とパトカーが行ったり来たりするのをながめていた。覆面パトカーが二台、夜おそくまで停まっていた。おまわりたちが仕事で立ち寄ったとは、おれには思えない。

となりの家のポーチに泊まって、おれは二日ようすをみた。もっとこそこそしたほうがよかったのかもしれないが、淫売宿とのあいだには家三軒分の空き地があり、ポーチの家の人間も留守だった。冬のバカンスでもとったのだろう。ミルクの空きビンに雪を溶かして飲んだ。夜になると、二十四時間営業のスーパーでこっそり、ハイドロックス・クッキーやミルク、ビーフ・ジャーキーなどをかすめとってきた。おれはあまり食うほうではない。だがコーヒーがないのはさみしかった。

二日目、おれは空き家の窓を金てこでこじあけた。用意はできたわけだ。

二日目の夜、例の女が淫売宿から出てきた。

おれは物陰に隠れ、女が歩道を通りかかるのを待った。女はおれの一撃であっけなくのびた。

空き家に入ると、おれは女をいちばん大きなベッドルームに運びこみ、天蓋《てんがい》つきのベッドに寝かせた。女が気がつき、起きあがったときには、おれはベッドにむかいあうように椅子を置き、背を丸めてすわっていた。女は頭をゆすり、見まわし、眼をこらし、おれを見ると、また悲鳴をあげようとした。おれは体を乗りだして、できるだけそっと切りだした。

「ブレンという野郎がどうなったかは知ってるな。同じことがまた起こるぜ」女は顔を歪め、口をとじた。「さて、話をもとにもどそう」おれは起きあがった。歩いていき、女のそばに立った。女はのけぞった。震えあがっていた。

「ジェッドとはどういう知りあいなんだ？」声はおだやかだが、胸は痛んだ。

「わたしはジェッドの娘よ」

「その気になればほんとのことだってはかせることはできるんだぜ」

「嘘じゃないわ、わたしはあの人の娘……娘だった、ということね」

「あんたは白人じゃないか」

女はなにも言わない。

「よし、それはいい。なぜジェッドを地獄へ送った？　銀貨をとるというのが、どういうことかは知っているな？」

女はせせら笑った。

「わかってないところがあるようだな。おれはあんたが誰かは知らん。だが、おれを七つのときに拾ってくれたのは、あのじいさんなんだ。おれを養って、ひとり歩きできるまで育ててくれたんだ。どれくらい恩を感じてるか口じゃ言えない。だから、じいさんになにかひどいことをするやつが出てきたら、おれはなにをしでかすかわからない。ブレンのやり口なんか目じゃないぜ。みんなにあれほど優しかった人に、あんただけがなぜああいうことをしたのか、そこのところをもう教えてくれてもいいんじゃないかな？」

女の顔がひきつった。おれの前で震えあがっていても、憎しみだけは変わらないようだった。「あんたなんかになにがわかるというの？　そりゃ、あの人はだれにも親切だったわ。自分の娘を別にすればね」そして、声を低くすると、「娘を別にすれば」とくりかえした。

この女は病気なのか、クスリでもやっているのか、それともとぼけているだけなのか、おれには見当もつかなかった。嘘をついているのだとしたら？　それはありえない。そうする理由はない。ブレンのありさまはちゃんと見ている。そう、彼女はほんとうのことをいっているのだ――そう信じているだけだとしても。

　ジェッドじいさんを父親に持った白人女だって？

　筋がとおらない。

　だが、もしこの女が……

　世の中で出会う人間の中には、どこか異質で、歪んだところのあるものがときどきいる。そんな人間にかりに出会ったとしても、相手のことはその雰囲気とか、匂い、感じからしかわからない。ところが、そこに一語――「ペイ中」とか「色情狂」とか「淫売」とか「バーチャー（右翼団体ジョン・バーチ協会の会員）」――彼らの秘密にレッテルを貼るキー・ワードをあてはめたとたん、謎めいた異質な部分がたちどころにわかってくる場合がある。言葉ひとつでいい、それが手がかりになるのだ。アル中もそうだし、糖尿患者も、清教徒も、それからまた――

「パッシング（黒人でありながら白人のように見え、白人の社会で黒人の素姓を気づかれず生きている者）か」と、おれはいった。

　女は答えない。ぽかんと見つめているだけだった。その底には憎しみがあるのだろう。おれは彼女を見返した。秘密を知ったからには、彼女のふしぎな表情は理解できるはずだが、もちろん、そこにはなにも見あたらなかった。その点では見事なものだった。だが、これで女とジェディダイア・パークマンとのあいだにあったものが説明できる。死人に地獄へのキスを送った理由も。だが、その地獄は、ジェッドが彼女に与えた地獄とはまったく別物なのだ。おれのような宿なしにあれほど深い愛を注ぐことができた男なのだ。自分の血を分けた娘が、自分とは似ても似つかぬ者のふりを始めたときの憎しみと怒りと恥辱は、その愛と同じくらい深いものだったにちがいない。

「あんたは人間をまだ知らないんだ」おれは彼女にいってやった。「ジェッドはどんな人間も分けへだてはしなかったよ。生まれがどうだって、今の生活がどうだって、ジェッドはなにもいう人じゃなかった。嘘さえついていなければな。そういう優しさはたっぷりあったんだ」

彼女は、おれからなにか罰を受けるものと思いこんでいるようだった。おれは笑った。だが、それはジェッドの笑いとは違うものだった。「いいかい、おれはあんたの親父じゃない。あんたはジェッドからもう充分に罰せられたんだ。それに、白人じゃないってことでは、あんたもおれも同じなんだ。おれにあんたを罰することはできないよ」

パッシング。そういうことだ。黒と白のあいだに引かれる線は、彼女にさえ見分けることができなかったのだ。白人のふりをして世の中を生きる黒人。ジェッド、ジェッド、あの黒んぼのうすぼけじじい。あんたは、おれが故郷に帰れないことを知っていた。自分の生まれた社会で生きてはいけないことを知っていた。だから、あんたは白人に殺されずに白人の世の中を渡る方法を、おれに教えてくれたんじゃなかったか？　だが同じことが自分の娘に起こったときには、扱いかねて、放りだしてしまったのだ。

おれはポケットから最後の五ドル札をとりだすと、ベッドの上に投げた。「ほら、ベイビー、これを小銭に換えて、そのうちから銀貨二枚でジェッドにパーティをひらいてやるんだな。そうしてくれるのをきっとジェッドも待っているだろうし、あんた自身も納得がいくはずだ」

おれは背中を向け、歩きだした。彼女はあんぐり口をあけ、おれのいた場所を見つめている。おれは戸口で立ちどまった。「それから、釣りは取っておいてもいいぜ」

考えてみれば、彼女は充分以上におれの欲望を満足させてくれるのだ。そうじゃないか？

バシリスク

深町眞理子◎訳

Basilisk

たとえムーア人がバシリスクを殺し
そのむくろを砂の大地に串刺しにしようとも
隠微な毒は用いた槍を伝って
いつしか手に及び、そして勝者は死ぬ。
　　――ルカーヌス『パルサーリア内乱記』
　　（マルクス・アンナエウス・ルカーヌス
　　　　　西暦三九〜六五年）

野戦基地から夜間パトロールに出ての帰り、ヴァーノン・レスティグ兵長は、敵の仕掛けた罠に踏みこんだ。たまたま、隊のしんがりを受け持って、最近、敵に荒らされた第八扇形戦区からの哨戒班の撤退を掩護していたのだが、そのさい、あまりに本隊から遅れすぎて、密林のなかに道を見失ってしまったのだ。自分が哨戒班の撤退路に並行して、その左翼わずか三十ヤードのところを進んでいることなど、彼は知るべくもなかったが、それでも、このまま行けばいつかは道が本隊と交差するのではないかと念じて、まっすぐに前進をつづけていた。その途中、あいにくなことに、足もとに並べられた数本の竹の杭を見落としてしまったのだ。それらの杭は、極度に先端をとがらせたうえに、猛毒を塗布してあり、それが、最高の効果をあげるように計算された角度で、斜めに地面に突き刺してあった。

そのうちの二本、たがいに接近して立てられたやつが、彼の軍靴を突き破った。一本は土踏まずをつらぬき、そこにさらに体重がかかったはずみで、くるぶしの骨のすぐ下——ただし、まだ軍靴のなかではあるが——にまで突き抜けた。もう一本は、靴底を引き裂き、踵《かかと》の上の腓骨《ひこつ》にそったあたりに、ぐさりと、だが表皮までは達することなく突き刺さった。

あらゆる回路がショートした。ありとあらゆる電球が破裂し、あらゆる真空が爆発し、蛇は皮を脱ぎ捨て、荷馬車の車輪はきしみ、窓ガラスはこわれ、歯科医のドリルは神経の先端を刺激し、こみあげたへどが喉を焼き、処女膜は突き破られ、曲げた指の爪が黒板をひっかき、水はぐらぐら煮たち、溶岩になった。かつて知らなかった苦痛。レスティグの心臓は停止し、よろめき、また搏動《はくどう》を開始し、再度つまずいた。脳髄はこの重荷を受け入れることを拒み、空白になった。あらゆる感覚が、ぱたっと機能を停止した。彼は、無傷なほうの左足を軸にして、はずみで杭の一本を地中から引き抜きながら、横ざまによろめいた。そしてこのたったひとつの動作のあいだに、すでに意識を失っていた。そして昏倒した。純然たる苦痛から、文字どおり気を失って倒れたのだ。

このとき、べつのことが起こりかけていた。どこかの遠い闇のなかを、巨大な、黒い、鰐に似た大口の生き物が、のそのそと彼に近づいてこようとしていたのだ。神話の世界のかぎりなき旅路をたどり、竹が肉をつらぬく一瞬前の瞬間をめざして。油のしたたりのような黒光りする目を持った、蜥蜴《とかげ》とも、竜とも見える生き物。その目の深みには、紫外の死の色がくすぶっている。黒いぬめぬめした皮膚の下を、流れる絹さながらに動く鞭のような筋肉。遠い、人知れぬ国から訪れた、鍛えられたスプリンター。力強い舞踊手を思わせる、こよなくなめらかな動き。けっして眠らぬ聖なるものの守護者。いま、人間とそのあるじとをへだてる靄《もや》の障壁を越えて、音もなく忍び寄ろうとしている天の番人。

軍靴がそのとがった竹に触れる一瞬前に、このバシリスクは時間と空間、次元と思考を超越する最後のヴェールをくぐりぬけて、ヴァーノン・レスティグの属する密林の世界に姿をあらわした。そしてその転移のなかで、めざましく変身し、変貌した。死の息を吐く竜の、黒く、厚く、ぬめぬめとした膚は、微光を帯びて光った。平坦な草原にはためく熱の稲妻か、それとも、山嶺《さんれい》のかなたにひらめく金色の閃光か。そしてその巨大な生き物は、一千もの色彩を帯びた。グリーンのダイヤモンドがバシリスクの皮膚にきらめき、さながら、名も知れぬ神の、百万もの致死的な目のように輝いた。時の初めから、琥珀のなかにとじこめられてきた昆虫の血、その水のように薄い血をいっぱいに飲みこんだルビーが、そこで脈動した。金色の宝石が刻々と形を、においを、色合いを変えた……まことそれらは、皮膚の織りなす綴れ織りのモザイクであった。繊細、微妙にして、華麗なる閃光の迷路、力強い筋肉を持った猛々しい生き物を、ぴったりとおおった皮膚の万華鏡でそれはあった。

バシリスクはこの世界に姿をあらわした。

そしてレスティグの苦痛は、まだ始まったばかりなのだった。

その影の動物は、繻子《しゅす》のような肉趾を持った前肢をあげて、それを杭の先端にのせた。そのまま徐々にバシリスクは全身の力を抜き、それとともに杭は、黒い月の形をした敏感な肉趾に突き刺さっていった。杭を通って、黒い、湯気のたつ漿液《しょうえき》が流れ、そこに塗られた東洋の毒とまじりあった。バシリスクは前肢をひっこめた。即座にその肢の二つの傷口はふさがり、あとかたもなく消え去った。消え去った。

しなやかな筋肉のひとひねり、空中への一跳び、黒い空気を沸きたたせる大鍋。そしてバシリスクは無へむかって跳躍し、消え去った。消え去った。

とともに、その一瞬は、終わりにむかって一気に爆発し、ヴァーノン・レスティグは、とがった杭を踏みつけた。

　これはよく知られている事実だが、いったんその血で〝ヴリュコラーカス〟、つまり吸血鬼の渇を癒やしたものは、つぎには自分自身、闇路の吸血者に、あるじなる神の司祭になり、その神の使徒としての力を所有するようになるという。

　バシリスクは吸血鬼の使徒ではなかったし、かれの力は、吸血者のそれではなかった。バシリスクのあるじがかれをつかわし、ヴァーノン・レスティグ兵長を新たな弟子として徴募したのは、けっして偶然ではなかった。闇の世界には、おのずからなる秩序というものがあるのだ。


　彼はめざめようとする意識と闘った。まるでどこかの細胞レベルで、いったん意識がもどれば、どんな苦痛が自分を待っているか、それを知っているかのようだった。だが、真っ赤な潮《うしお》はだんだん高く押し寄せ、しだいしだいに彼の潮解《ちょうかい》しつつある肉体をのみこんで、ついには苦痛が血の海から、長く、逆巻く寄せ波となって殺到してきて、全身感覚が彼を押しつつんだ。彼は悲鳴をあげ、苦痛に絶叫した。長いあいだ、叫びに叫びつづけているうちに、やがて彼らがもどってきて、苦痛をやわらげるなにかを注射し、そうして彼は、おのれの右足であった混沌との接触を失った。

　つぎに気がついたとき、あたりは真の闇だった。はじめは夜かと思ったが、目をあけてみても、周囲は暗いままだった。右足は無情にうずいた。彼はまた眠りにもどった。昏睡ではない、たんなる眠りだった。

三度目に意識がもどったとき、あたりは依然として夜のままで、目を見ひらいた彼は、自分が盲《めし》いているのをさとった。左手の下の麦藁にさわってみて、自分が藁ぶとんに寝かされているのを知り、そして捕虜になったのを知った。そうして彼は泣きはじめた。手をのばしてみなくても、彼らに足を切断されたのはわかったから。おそらくは脚全体を。今後はもはや、夕食の前に車で一走《ひとつぱし》りして、ハーフ&ハーフを一杯ひっかける、などといったことはできない。彼はそのことのために泣いた。もはや人びとの好奇の目を浴びずには、映画にも行けなくなった、そのことのために泣いた。テレサのために泣き、彼女がこれから決断せねばならぬだろうことのために泣いた。自分のズボンが傍目にはどう見えるか、そのことを思って泣き、この先、自分がたえず言わねばならぬだろうことのために泣いた。靴のために泣き、ほかの多くのもののために泣いた。彼は両親を、パトロール任務を、敵を、自分をこんなところに送った男たちを呪い、そして望んだ、願った、必死に祈った——その男たちのうちのだれかが、自分と立場を交換してくれることを。そして彼がついに泣きやんで、いまはただ死にたいとだけ願うようになったころ、敵がやってきて、とある粗末な小屋へ彼を連れてゆき、尋問を開始した。夜のなかで。彼がその身につけて持ち運んでいる夜のなかで。

彼らは古い民族であり、捕虜を奴隷にする伝統を持っていた。だから彼らにとって、苦悶とは、彼らの空のもっとも遠い星をめぐる砂の惑星の、その上空高くかかった一刷毛《ひとはけ》の真紅の雲ほどの意味も持たなかった。けれども彼らは、苦悶をどのように利用すればいいかは知っていたし、また彼らにとってそうすることは、なんら罪悪視されることではなかった。人を奴隷的に支配する伝統を持つ民族にとって、悪とは、手枷足枷をつくりだした側の持つ概念であって、それをつける側が持つべき概念ではない。自由の名のもとには、どんな残虐なことも、残虐すぎるということはないのだ。

というわけで、彼らはレスティグを拷問し、彼は彼らの知りたがることをしゃべった。知っているかぎりのことを洗いざらい。友軍の位置と動静、作戦計画、防備、兵力と火力、そして自分の任務の性質と、集めた情報、自分の名前と階級と、思いだせるかぎりの番号、さらに、故郷カンザスの自宅の番地と、運転免許証の番号、ガソリンのクレジットカードの番号と、テレサの電話番号。いっさい合財を白状した。

そのうち、あたかもなにひとつ包み隠さずしゃべったことへのご褒美のように——幼稚園の教室の黒板に書きだされた彼の名のそばに、麗々しく貼りつけられた金色のお星さまのように——視力がわずかずつもどってきはじめた。灰色の靄を通して、光がちかちかまたたきつつさしこんでき、しだいに物の形が見わけられ、昼の光から夜の闇への変化も感じとれるようになった。その感覚は徐々に強まり、ついには、周囲がはっきり見える時間が、まるまる一分間もつづいて……それからふたたび目は見えなくなった。その後も視力は回復したり、衰えたりをくりかえしたが、やがて、彼の目が見えていることに彼らが気づくと、それまでよりもさらに残忍な拷問まじりの尋問が始まった。けれども彼には、もはや吐きだすべきいかなる情報も残ってはいなかった。すべてを吐きだして、いまの彼は、からっぽだった。

それでも彼らは追及をやめなかった。すでに傷ついている彼の眼球に、竹串を打ちこんでやるぞと脅しをかけた。さらに、彼を肩の高さほどの木の壁につりさげた。彼の腕は背後に扼《やく》されたまま、血の循環は止まり、体重で腕が付け根から抜けそうになった。そして彼らは竹の棒で彼の腹をこづき、殴打した。もはや彼は泣くこともできなかった。食物も水も与えられなかったから、涙さえ出なくなっていた。だが、呼気だけは胸の奥深くから、しわがれた、絞りだすような痙攣《けいれん》となってこみあげてきた。そして尋問者のひとりは、ついうっかり彼に近づきすぎるという誤りを犯した。性急につぎの質問をしようとして、レスティグの髪をつかみ、のけぞった彼の顔前に顔をつきだしたのだ。そしてレスティグは――どこまでも、どこまでも奈落の底へ落ちてゆきながら――生きようともがいて、深く息を吐きだした。そうしてその呼気は吐きだされ、そしておそるべきことが起こった。

のちに、基地からの偵察隊が敵の司令部の所在地を制圧し、隊員がヘリコプターでその林間の空き地に降下したとき、彼らは基地司令部にこんな報告を送った。当面の占領地区の敵は、一名を除いて全員死亡したこと。とある粗末な小屋の床に、ひとりの海兵隊兵長――姓名、レスティグ、ヴァーノン・C、認識票番号五二六―九〇―五四一六――が、意識を失って倒れているのが発見されたこと。その周囲には、九人の敵の将校の死体がころがっていたが、その死にざまたるや、すこぶる奇妙な、しかも、二目と見られぬ恐ろしいもので、まああんたがたも、ぜひこの小屋のなかを見るべきですよ、じっさい、ここのにおいといったら、とても信じられんくらいで、それにしても、この現場のようす、見ないものにはとうてい想像もつきますまい。連中にこんな死にかたをさせるについちゃ、なにかひどい伝染病でもかかわってるとしか考えられんのですが、わが隊の新米中尉殿なんか、実際に気分が悪くなって、へどを吐いちまったくらいで、ところでどうします、このひとりだけ生き残ったやつ、こいつは毒にやられる前に、なんとか藪に這いこんで助かったらしいんですが、それでも顔は溶けかかってるし、なにしろ兵隊どもがこいつを見て、すっかりブルっちまってて……

というわけで本部では、さっそく偵察隊を撤収させ、かわりに情報部隊を送りこんだ。彼らは極秘のうちにこの地域を封鎖し、さらに、顔の溶けかかった敵将校――そのあとすぐにこの男は死んだが――から、レスティグがしゃべったことを訊きだした。軍はレスティグを戦傷扱いにして野戦病院へ送り、そこからさらにサイゴンへ、東京へ、サン・ディエゴへと順送りにしたあげく、彼を反逆罪ならびに対敵協力の廉《かど》で軍法会議にかけることにした。事件は大きく新聞に報道され、非公開で行なわれた軍法会議のあと、レスティグはどうにか名誉除隊の身となって、軍は彼の失った足と視力とのために、傷病兵手当を支払った。その後、彼はまた病院にもどり、そこで十一カ月を過ごして、なんとか八分どおり視力を回復した。もっとも、常時サングラスを使用せねばならぬ身ではあったが。

　そうして彼は故郷カンザスへ向かったのだった。


　シラキューズとガーデン・シティーのあいだで、車窓の間近に身を寄せてすわり、ガラスにこびりついた土埃を通して、窓外を過ぎてゆくカンザスの平坦な土地をながめているうちに、いつしかレスティグはそこに、自分の乗っている列車のおぼろげなイメージを、重ね焼きされたかたちで見ていた。増水して濁ったアーカンザス河の水が、さながら地平線に引かれた太い褐色のアンダーラインのようだ。

「ねえちょっと、あんた、レスティグ兵長さん?」

　ヴァーノン・レスティグは目の焦点を合わせなおし、窓ガラスのなかに亡霊が立っているのを認めた。ふりかえってみると、そこに立ってこちらを見おろしているのは、首からつった浅い箱のなかに、キャンディーバーやソフトドリンク、白パンやライ麦パンのハムアンドチーズ・サンドイッチ、新聞や《リーダーズ・ダイジェスト》などをのせた車内販売員だった。

「いいや、結構」それらの品物をちらりと見てから、レスティグはそう言って断わった。

「いいや、そうじゃないんで。あんた、あのレスティグ兵長じゃないんですかい――？」販売員は束のなかから新聞を一部抜きだすと、手ばやくそれをひろげた。「ほら、やっぱり、あんただ。ねえ？」

レスティグは大半の新聞記事に目を通していたが、これはローカル新聞の《ウィチタ・ニュース》だった。彼は小銭をさぐった。「いくら？」

「十セントで」そう言う販売員の目には驚きの色があったが、やがて事情がのみこめてくると、それは微笑のなかに押し流されていった。「そうか、ずっと軍隊に行ってたんで、新聞の値段も覚えてないってわけだ。そうでしょ？」

レスティグは彼に五セント白銅貨二個を渡すと、新聞を折りかえしながら、背を見せて窓のほうを向いた。記事は退屈だった。論説欄にも関連記事あり、との注がついていたので、そのページもひろげると、記事を読んだ。大衆は義憤に燃えている、とそれは書いていた。秘密裁判はもうたくさん、とも言っていた。戦争犯罪にたいして、われわれは大胆に立ち向かわねばならぬ、とも述べていた。軍部や政府の弱腰を糾弾する言葉も目についた。売国奴や殺人者を甘やかし、持ちあげていさえする、とそれは論難していた。レスティグは新聞が手からすべりおちるのにまかせた。それはしばし膝にからみつき、それからはらりと床に落ちた。

「いままでこれを口に出したことはないけどね、やっぱりあんたは銃殺されるのが相応でしたよ。はばかりながら、これがあたしの意見でさ！」そう言い捨てて、車内販売員は足早に去っていった。通路を足早に歩み去り、反対側をもどってきて、そのまま車輛の端まで行って、出ていった。レスティグはふりかえらなかった。弱った目を保護するサングラスをかけていても、なお彼にはいっさいがはっきりと読みとれた。彼は失明していた月日を思い、あらためて、あの草葺きの小屋でなにがあったのだろうと考え、そして、こんなことならいっそ失明したままだったほうが、どんなにましだったかと考えた。

ロック・アイランド・ラインは、すてきにいい道だった。ロック・アイランド・ラインは、わが家へ帰る道だった。近ごろはすべての事物がしばしばそうなるように、窓外の景色もまた、いつしか目の前でぼやけはじめていた。あたかも視力の回復がほんの一時的なものでしかなかったかのように。あたかも彼の目に視力を送るために、ときおり予備発電機にスイッチが入れられ、そして消費量の増大とともに、その供給力が鈍りはじめるように。それからしばらくして、やっとまた光がもどってきて、目が見えるようになった。けれども、その目には靄がかかっていたし、その靄は窓外の風景をおおっていた。

べつのあるところ、べつの靄のかなたで、一匹の巨大な生き物が背を丸めてうずくまり、宝石をちりばめた背中から多彩な火をしたたらせながら、前肢になにかやわらかいものをつかんで、もぐもぐと食べていた。黒い月のような肉趾の周囲から、鋭い爪をつきだして、それは見まもり、呼吸しつつ、レスティグの視界が晴れるのを、じっと待ち受けているのだった。

ウィチタで車を借りた彼は、グラフトンまでの六十五マイルの距離をひきかえした。ロック・アイランド・ラインの列車は、もはやグラフトンには停車しないのだった。カンザス州では、旅客列車は衰亡の一途をたどっているのだ。

レスティグは静かに車を走らせた。ラジオが彼の旅の伴侶となることはなかった。彼は鼻唄も歌わず、咳ひとつせず、じっと前方に目を据えたまま、通り過ぎる山や谷――完全に平坦なカンザス州、という伝説の虚偽を証明するもの――には目もくれず、ひたすら車を駆った。そのようすはさながら、かりに想像力に富んだ男であったなら、本能に導かれるまま、まっすぐ海へ帰ってゆく海亀の子にもなぞらえただろうような、そんなひたむきさを持っていた。

アーカンザス河の南側、砂丘地帯づたいにしばらく走った彼は、ハッチンスンのすぐ南、エルマーでルート九六から折れ、ルート一七に乗って南をめざした。ここ三年ほど、彼はこのあたりの道路を車で走ったことはなかったが、それを言うなら、その三年間に、泳いだことも、自転車に乗ったことも、やはりなかった。こうしたことは、いったん身についてしまったら、けっして忘れることはないものなのだ。

あるいはテレサのことも。

あるいは故郷のことも。けっして忘れはしない。

あるいはあの小屋のことも。

あるいはそこのにおいも。けっして忘れはしない。

彼はチェニー貯水池の西の端でノース・フォーク川を渡り、プリティー・プレイリーの北で、ルート一七から西に折れた。グラフトンにはいったのは、日暮れどき。太陽という巨大な、走る潰瘍《かいよう》、それが、いましも山の端《は》に沈んでゆこうとしていた。廃鉱となった亜鉛鉱——廃鉱となってから十二年にもなる——の建物が、夕空を背景に黒々とそびえたっていたが、そのようすはちょうど、いちばん手前の丘の向こうに、巨人が手をひろげてつきだした、その手の指のようだった。

彼は町の遊歩道を車で一巡してみた。〈陸海軍戦没将兵記念碑〉と、崩れかけた野外音楽堂とが、そこの唯一のいろどりだった。市庁舎の屋根には、アメリカ国旗が半旗でひるがえっていた。おなじ半旗は、郵便局にも掲げられていた。

そろそろあたりは暗くなりかけていた。彼は車のヘッドライトをつけた。目を曇らせている靄は、奇妙に心を慰めてくれるものを持っていた。さながらそれが、かつては親しかった、だがいまではよそよそしくしか感じられない土地とのあいだに、緩衝器でも設けてくれているかのように。

フィッチ通りの商店はおおかた戸をしめていたが、ユートピア劇場の入り口の庇《ひさし》にはネオンがきらめき、開場を待つ客が、切符売り場に列をつくっていた。知った顔は見えないかと車のスピードを落とすと、人びとも彼を見つめかえしてきた。なかのひとり、彼の知らないティーンエイジャーの少年が、こちらをゆびさしてなにか言い、ついで仲間のほうに向きなおった。バックミラーでレスティグは、少年たちのうち二人が列を離れ、急ぎ足に映画館のそばのキャンディーショップに向かうのを認めた。彼はそのままビジネス街を走り抜け、わが家に向かった。

彼はヘッドライトの光度をあげるためにペダルを踏んだが、その光は、彼がそのなかをたどってゆきつつあるおぼろげな闇を消散させるためには、ほとんど役だたなかった。もしも彼が空想家であったなら、いま自分はこの世界を、なにか特別な動物の目で見ているのだと、そんな想像をしたかもしれない。が、彼は空想家ではなかった。

彼の一家が十六年間住んでいた家は、いまは無人になっていた。

刈りこまれていない前庭の芝生に、不動産屋の立てた〈売り家〉の立て札があった。芝生には、グラーマグラスやバッファローグラスなどの牧草がはびこっていた。前庭にあったオークの木は、だれかにチェーンソーで伐り倒されていた。それが倒れたとき、上のほうの枝がひっかかったのか、家の横手のポーチが押しつぶされ、ばらばらになっていた。

家の裏手の石炭用シュートから、どうにか屋内にもぐりこんだ彼は、煤《すす》だらけの目をこすりこすり、階上と階下の全室を捜索してまわった。それは緩慢な作業だった。なにしろいまは、アルミニウムの松葉杖にすがって歩かねばならぬ身であったから。

家族たち——両親とニーオラ——は、急いでここを引き払ったようだった。服のハンガーが戸棚のなかで、おびえて身を寄せあい、うずくまっているけものたちよろしく、くっつきあってぶらさがっていた。マーケットの名のはいったボール箱が、からっぽのままキッチンの床に散乱し、そのひとつには、柄のとれた茶碗が一個、さかさまにほうりこまれていた。暖炉の煙突は、煙穴がひらきっぱなしになっているため、吹きこんだ雨が、下にたまった灰をべとべとの黒いかたまりに変えていた。キッチンの食器棚に置き忘れられたブラックベリーのジャムの壜は、蓋があいていて、青黴がびっしり生えていた。いたるところに埃が積もっていた。

居間の窓に裂けてぶらさがった日よけにさわってみているとき、車まわしに走りこんでくる車のヘッドライトが見えた。三台がバンパーを接して乗りこんできた。さらに二台が、歩道の縁石に鼻先をねじこむほどの勢いで停まり、それらのヘッドライトが居間のうちを、ぼんやりした光で照らしだした。ドアがばたん、ばたん、ばたんとしまった。

レスティグは松葉杖をついて横手の窓にまわった。

ヘッドライトの明かりのなかを、輪郭のくっきりした人影がいくつか動いていて、どうやら三々五々立ち止まっては、相談しているようすだった。そのうち、ひとりが仲間から離れて歩いてきたかと思うと、腕があがって、なにかがその手のなかできらりと光った。それから、ガラスのこわれるけたたましい音とともに、スティルスン・レンチが家の正面側の窓にふりおろされた。

「レスティグ、この腰抜けの死に損ない野郎め、出てこい！」

レスティグはぎごちない動作で、だが音はたてずに居間を横切ると、台所から地下室への階段を降りた。石炭置き場から、石炭投入口の窓をそっと押しあけてみると、その狭い隙間の向こうを、だれかが動きまわっているのが見えた。彼らは家の周囲をすっかりとりかこんでいるのだ。石炭が足の下できしんだ。

彼はそっと窓をおろすと、踵《きびす》を返して一階へ向かった。みすみす地下室になどとじこめられるのはごめんだ。階上からは、家のあちこちの窓のこわされる音が、手にとるように聞こえてくる。

ここでは松葉杖は用をなさなかったから、彼は手すりにつかまりながら一階にもどると、無器用に、だがすばやい動きで家を横切って、二階への階段をのぼった。二階のポーチの入り口は、かつての両親の部屋に通じていた。彼はそこの鍵をあけ、扉をひらいた。網戸がはずれてぶらさがり、蝶番ひとつで家の外壁にもたれかかっていた。庭の木が倒れたときにこわれた箇所、そこを踏まないように用心しながら、彼はそっとポーチに出た。そして背中を壁板にぴったりつけ、下をのぞいてみた。が、目にはいる人影はひとつもなかった。ポーチの手すりにしがみついた彼は、まず暗い庭へむけて松葉杖を落とし、ついで手すりを乗り越えて、ポーチの柱の一本に抱きつき、両腿でしっかり柱をはさみながらすべりおりはじめた。むかし、腕白時代に、よく就寝時間後にこうして遊びに抜けだしたものだ。

それはあまりに短時間のうちに起きたので、あとで考えてみても、実際にはなにがあったのか、よくわからなかった。とにかく、足が地面に触れるより前に、だれかが背後からとびついてきたのだ。柱からひきずりおろされまいと、彼は杭にしがみつく猿のようにもがき、満足なほうの足で、相手を蹴とばそうとすらした。だが、ついに力尽きてひきずりおろされ、したたか地面に投げだされた。横にころがってのがれようとしたものの、あいにく桑の木の茂みに行く手を阻まれた。そこで、体を海老のように丸めて、気を失ったふりをしようとしたところを、相手に脇腹を蹴とばされて、仰向けにひっくりかえった。サングラスが落ち、そのため、煤ぼけた靄を通してかろうじて見てとれたのは、だれかが上にのしかかってきて、こちらの胸にまたがったことだけだった。なにか太くて長いもの、それが人影の頭上にふりあげられた……はっきり見ようと、彼は目を凝らした……息を詰めた……

と、ふいにその人物は悲鳴をあげ、武器が手から落ちた。両手で顔をかきむしり、そのだれかはよろよろと立ちあがると、桑の木の茂みにぶつかりぶつかり、依然として悲鳴をあげながら、よろめくように逃げ去っていった。

レスティグはあたりを手さぐりして、落ちた眼鏡を見つけ、もとどおりかけなおした。彼はちょうどアルミニウムの松葉杖の上にひっくりかえっていた。ころんで起きあがろうとしているスキーヤーよろしく、彼はそれを支えにして立ちあがった。

足をひきずりひきずり隣家の裏手を迂回した彼は、家の角をまわって、いまだに歩道の縁《ふち》に駐車している、無人の車の列のところへ行った。それらのヘッドライトが、薄汚れた光でわが家を照らしだしていた。彼は一台の車の運転席にすべりこんだが、それはマニュアル式で、片足では運転できないのがわかった。車を降りて、二台目の車へ行き、それがオートクラッチであるのを見てとると、そっとそのドアをあけた。そして運転席に乗りこみ、強くキーをまわした。すぐにエンジンがかかり、と同時に、影の一団が家の横手をまわってとびだしてきた。

だが、彼らが表通りまで達しないうちに、彼はすでに走り去っていた。

彼は暗闇のなかにすわっていた。彼は視界を曇らせている煤ぼけた靄のなかにすわっていた。彼は盗んだ車のなかにすわっていた。場所はテレサの家の前。三年前に故郷を出たとき、彼女が住んでいた家ではない。彼女が結婚した男の家だ――六カ月前、レスティグの名がはじめて新聞の第一面を穢《けが》したときに。

ここへくる前に、彼女の両親の家へも行ってみた。が、家は真っ暗だった。まさか、無断で押し入って待っているわけにもいかず、またその気もなかったが、さいわい郵便箱に小さな紙片が貼ってあり、それに、テレサ・マコーズランド宛ての郵便物は、すべてこの家に——いま、彼のいる目の前のこの家に——回送してほしい旨、しるされているのが読みとれた。

彼は指先でとんとんとハンドルをたたいた。さっき落ちたときに痛めた右脚が痛んだ。シャツの袖は裂け、左の前腕には、桑の茂みにひっかかれてできた、長く浅い傷があった。だが出血はすでに止まっていた。

ややあって、彼はやっと意を決して車から這いでると、松葉杖を腋の下にあてがい、家の玄関めざして、揺れる甲板を歩く船員のような足どりで進んでいった。

派手に飾りたてた裏板のついた、白いプラスティックの押しボタンは、ハワードという文字の浮きだした、小さな照明入りの表札によって照らされていた。ボタンを押すと、どこか家の奥のほうでチャイムが鳴った。

玄関に出てきた彼女は、ブルーのデニムのショーツに、洗いざらしてところどころすりきれた、白い男物の、ボタンダウンのシャツを着ていた。むろん亭主のお古だろう。

「ヴァーン……」彼女の声はそこでとぎれ、それきり、〝おお〟とも、〝いったいあなた〟とも、〝みんなのうわさじゃ〟とも、〝まあ驚いた〟とも、言葉は出てこなかった。

「はいってもいいかい？」

「帰って、ヴァーン。うちのひとが――」

家のなかから声が聞こえた。「だれだい、テリー？」

「お願い、帰ってちょうだい」彼女はささやいた。

「親父とおふくろとニーオラがどこに行ったか知りたいんだ」

「テリー？」

「話すわけにはいかないわ……帰って！」

「いったいここではどうなっちまってるんだ、知らなきゃならないいんだよ」

「テリー？　だれかいるのか？」

「さようなら、ヴァーン。わたし……」彼女はぴしゃりとドアをしめ、それきりついに、〝ごめんなさい〟とは言わなかった。

彼は背を向けて立ち去りかけた。どこかべつのところで、巨大な、筋ばった筋肉が躍動し、蛇のような喉がそらされ、爪が星にきらめいた。視界が曇り、一瞬晴れ、そしてその一瞬のあいだに、彼の体内を憤怒《ふんぬ》が荒れ狂った。玄関にむかってひきかえした彼は、そこの壁にもたれて、壁板を松葉杖でどんどんたたきはじめた。

家のなかで争う気配がした。だれかが玄関に出ようとするのを、テレサが制止しようとして言い争い、懇願しているのが聞こえた。だが一瞬のち、ドアは乱暴にあけられ、ゲイリー・ハワードが戸口に立った。ハイスクールの最終学年に最後に会ったときよりも、格段におとなびて、肩幅も広く、逞しくなり、そしてさらに無愛想になっていた。だがそのしかめつら——聖書のセールスマンか、心臓病予防財団の募金係、ガールスカウトのクッキー売り、夜遅くよその家の呼び鈴を悪戯する悪ガキ、などを予想したしかめつら——は、レスティグを見たとたん、わざとらしいにやにや笑いに変わった。

ハワードはドアの脇柱に寄りかかると、胸高に腕を組んだ。濃いグリーンのタンクトップの胸に、いかにもフットボール選手らしい筋肉が盛りあがった。

「いよう、ヴァーン。いつ帰ってきたんだ？」

レスティグはまっすぐ身を起こすと、松葉杖を腋の下にもどした。「テリーと話がしたいんだ」

「いつここに姿を見せるかなんて知らなかったよ、ヴァーン。だが必ずあらわれるとは思ってた。戦争はどうだったい？」

「彼女と話させてくれる気があるのかないのか、どうなんだ？」

「なにも彼女を妨げるものはないぜ、きみ。おれのワイフは、むかしのボーイフレンドと話すかぎりにおいちゃ、まったく自由の身さ。おれのワイフだぜ。この言葉、わかってるんだろうな……おい？」

「テリー？」彼は身をのりだして、ハワードの肩越しに呼びかけた。

　ゲイリー・ハワードは、〝ダンスのパートナーを女性が選ぶ夜〟的なほほえみを見せると、片手をあげて、レスティグの胸にあてた。

「でかい声を出すなよ、ヴァーン」

「彼女と話がしたいだけだ、ハワード。いますぐにだ、たとえあんたを押しのけて通らなきゃならなくとも」

　ハワードはいまだにレスティグの胸に手をあてたまま、ぐっと身をそらした。そして、気味が悪いほどおさえた声音で、「この腰抜けのくたばり損ないの卑怯者め」と言うなり、彼の胸を押した。レスティグは後ろによろめいた。松葉杖が腋の下からはずれ、彼は上がり口の階段から転落した。

　ハワードは彼を見おろした。あの〝最上級生クラスの級長〟然としたほほえみは消えていた。

「二度と面《つら》を見せるな、ヴァーン。今度きやがったら、その腐った心臓をたたきだしてくれるぞ」

　ドアが音高くしまり、つづいて家のなかで声がした。かんだかい声、そしてぴしゃりと打つ音。

　レスティグは松葉杖のところまで這ってゆくと、壁を支えにして立ちあがった。ふと、ドアを押し破ってはいろうかという気が起こったが、考えてみると、自分はレスティグ、陸上競技の……かつては……なのにたいし、ハワードはフットボールだ。いまでもそうだし、これからもきっとそうだろう。日曜の午後など、子供を相手に——涼しい土曜の夜、ベッドでテレサといっしょにつくった子供を相手に——フットボールを楽しむ父親。

彼は車にもどり、暗い運転席にすわった。影がゆらめいて、窓の外に寄ってくるまで、彼はしばらくそうしてすわっていたことに気づかなかった。彼はきっとなって首をねじむけた。

「ヴァーン……？」

「もどったほうがいい。これ以上、きみに迷惑はかけたくない」

「いま、販売報告書をつくるんで、二階に行ってるわ。彼、とても腕のいいセールスマンなのよ。空軍を除隊したあと、シュープ・モーターズに勤めたの。わたしたち、しあわせに暮らしてるわ、ヴァーン。彼、ほんとにわたしにはとてもやさしいの……おお、ヴァーン……なぜなの！　なぜあなたはあんなことをしたの？」

「もうもどったほうがいいぞ」

「待ったのよ、わたし。ほんと、待ってたことはわかってくれるでしょ、ヴァーン。でもそれから、ああいったひどいことが起きて……ヴァーン、ねえ、なぜ？　なぜあんなことをしたの？」

「よしてくれよ、テリー。ぼくは疲れてるんだ。ほっといてくれ」

「町じゅうがよ、ヴァーン。みんなすごく不面目に感じたわ。新聞社だのテレビ局だのがわんさと押しかけてきて、だれかれの見境いなしに質問をしかけたの。あなたのご両親、ニーオラ、三人とも、とてもこの町にはいたたまれなかったのよ……」

「どこにいる、みんなは、テリー？」

「引っ越したわ、ヴァーン。カンザス・シティ、だったと思うけど」

「おお、くそ」

「ニーオラはもっと近くにいるわ」

「どこ？」

「あなたには知られたくないって言ってるの。結婚したんじゃないかしら。とにかく名前は変えてるわ。レスティグって名は、ここらじゃもうあんまり喜ばれる名じゃないのよ」

「ぜひあいつと話さなくちゃならないんだ、テリー。後生だから教えてくれ、あいつの居場所を」

「言えないわ、ヴァーン。約束したんですもの」

「じゃあきみから電話してくれ。番号は知ってるんだろう？　あいつと連絡はとれるんだろう？」

「ええ、たぶんね。おお、ヴァーン……」

「電話してくれ。あいつと話すまでは、ぼくはこの町を立ち去らないと言ってやってくれ。

今夜じゅうにだ。頼む、テリー！」

しばらく彼女は無言で立っていた。それから言った。「わかったわ、ヴァーン。あなたのおうちで落ちあうようにする？」

彼は、ヘッドライトの光のなかを動いていた、くっきりした輪郭を持った人影を思い、桑の木の茂みに倒れている自分のそばから、悲鳴をあげながら逃げ去っていったあのものを思い浮かべた。「いや、教会で待ってると伝えてくれ」

「聖マタイ教会？」

「いや。ハーヴェスト・バプティストのほうだ」

「でも、あそこは閉鎖されてるのよ。もうずいぶん前からだわ」

「知ってる。ぼくが軍隊に行く前から、あそこは閉鎖されてた。けど、ちょっとした抜け穴を知ってるんだ。あいつも覚えてると思う。そこで待ってると伝えてやってくれ」

玄関から明るい光がこぼれてきて、盗んだ車の屋根をうつろに見つめているテレサ・ハワードの顔が、一瞬そのなかに浮かびあがった。彼女は「さよなら」は言わなかったが、冷たい手ですばやく彼の顔に触れ、それから家に駆けもどっていった。

いまふたたび行動を起こすときがきたのをさとって、竜の呼気を持った死の動物は、しなやかに身を起こし、果てしれぬ永遠の靄のなかを、ゆっくりとくだりはじめた。やわらかな、期待に満ちた、低いごろごろという音がその喉からもれ、その爛々《らんらん》たるまなこは、喜びに輝いた。

教会の座席のひとつに、長々と手足をのばして横たわっていると、やがて、ゆるんだ祭具室の壁板がかすかにきしんで、妹がやってきたことがわかった。レスティグは起きあがり、かすんだ目をこすってから、サングラスをかけなおした。なぜかそれをかけていると、ものがよく見えるような気がした。

彼女は祭壇の前の暗い通路を近づいてくると、立ちどまった。「ヴァーノン？」

「ここだよ、おまえ」

彼女は彼のいる座席のほうへきたが、三列離れたところで足をとめた。「兄さん、なんでいまさらもどってきたの？」

口のなかがからからからになった。無性にビールが飲みたかった。「ほかに行くところなんかないだろう」

「もういいかげん、ママやパパやあたしに迷惑をかけてるでしょうに」

彼はこの妹に、なにか言ってやりたかった――東南アジアのどこかに残してきた自分の右足のこと、視力のことなどを。けれども、闇のなかにほの白く浮かんで見える膚の色からだけでも、妹の顔が老けこみ、憔悴し、面変《おもが》わりして見えることはわかった。だから、それを口に出すことは、とてもできなかった。

「ひどかったのよ、ヴァーノン。ほんとにひどかったわ。いろんなひとが押しかけてきて、あたしたちを質問責めにして、一瞬たりともそっとしておいてくれないの。おまけに、家のなかにテレビカメラを据えつけるわ、家を映画に撮るわで、あたしたち、外に出ることもできなかったわ。それがようやく引き揚げてくれたと思ったら、今度は町のひとたち。そしてこのひとたちのほうが、もっとひどかった。おお、ヴァーノン、町のひとたちがなにをしたか、話しても、とても信じられないでしょうね。ある晩、あのひとたちは大勢で押しかけてくると、うちじゅうのものをこわしたり、庭の木を伐り倒したりしはじめたの。そしておとうさんが止めようとすると、寄ってたかっておとうさんをぶちのめしたわ。あのときのおとうさん、兄さんもぜひ見るべきだったわ。きっと悔し泣きしたはずよ」

そして彼は自分の足のことを思った。

「だからあたしたち、家を立ち退いたの、ヴァーン。そうするよりほかなかった。みんな思っていたわ、いっそ――」彼女は言いよどんだ。

「いっそおれが有罪と宣告されて、銃殺されるか、監獄行きになってればよかった、ってか?」

彼女はなにも言わなかった。

彼はあの小屋を思い、そしてそこのにおいのことを思った。

「オーケイ、おまえ。わかったよ」

「ごめんなさい、ヴァーノン。ほんとにあたし、気の毒には思ってるの。でも――でもなぜ兄さんはあたしたちに、こんな仕打ちをしてくれたの？　なぜ？」

　長いあいだ彼は答えなかった。そのうち、ついに彼女は彼のそばにやってくると、腕を彼にまわし、うなじに接吻した。それからその姿はするりと闇のなかに消え、壁板がきしんで、彼はひとりになった。

　彼はなにひとつ考えずに、そのままじっと座席にすわりつづけていた。そうしてうつろに目をみはって、暗がりを凝視していると、いつしか目が錯覚を起こしはじめ、目の前で小さな光の点が躍っているのが見えたような気がした。やがて、そのちらちらする光は変化し、合体して、赤い色に変わり、はじめは鏡に、ついで、なにか恐ろしい生き物の目に見入っているような心地がしてきた。頭が痛み、目がひりひりした……

　と、ふいに教会の造作がゆがみ、溶解し、彼の眼前で泳ぎだした。息をしようとして、彼は身をもがき、喉をかきむしった。すると、またしてもあたりの様相が一変し、彼はいま一度、あの小屋のなかにいて、彼らの尋問にさらされていた。

　彼は這っていた。

　土の床を這いずり、指でその土に溝を残しながら、芋虫さながらに体を前へ押し進めて、彼らからのがれようとしていた。

「這え！　這えば命だけは助けてやるかもしれんぞ！」

そうして彼は這い、彼らの脚は、彼の目の高さにあった。手をのばして、そのひとつに触れようとすると、彼らに殴打された。くりかえしくりかえし。だが、苦痛はその最悪の部分ではなかった。最悪だったのは、くる日もくる日も、日夜、彼らにとじこめられて過ごした、あの〝猿の檻〟だった。立つには小さすぎ、横臥するには狭すぎ、雨ざらしで、害虫は侵入しほうだい。虫たちは彼の脚の、生身の露出した切断面にたかって、そこに卵を産みつけ、その痒さたるや、無数の小人の矢を脇腹へむけて射こまれるようだった。それからまた、あのライト。樹間にはりめぐらされた応急の電線からぶらさがった、あのライト。夜も昼も、けっして消えることのないライト。そして睡眠も与えられずに、尋問また尋問、果てしない尋問……そうして彼は這いずった……おお神よ、どれだけ這いずったことだろう……もしも世界じゅうを這いずりまわることができるなら、そうして両の手と片足とで、ズボンの膝をすりきれさせながら、世界じゅうを這いまわることができるなら、きっとそうしていたはずだ。ただたんに眠るためにのみ、たんに苦痛の矢を止めるためにのみ……地球の中心にまで這いずっていって、その月経血を飲んでさえいたはずだ……ほんのつかのまの平安、ほんのちょっと脚をのばすこと、ほんのわずかな睡眠のためだけに。

いい、いい、いい、いい、いい、いい、いい、いい、いい、

どうして兄さんはあたしたちに、こんな仕打ちをしてくれたの？　どうして？

なぜならそれは、おれが人間だからだ。弱い人間であり、人間ならばだれしも、そんなことに堪えられる、などと期待されるべきではないからだ。なぜならおれは生身の人間で

あり、それに堪えるべきだと規定しているルールブックではないからだ。なぜならおれは一睡もできない状態に置かれ、それ以上はそこにいたくなどなかったから、そしてだれもおれを救ってくれるものはいなかったからだ。なぜならおれは生きたかったからだ。

　彼は板のきしむ音を聞いた。

　目をしばたたいた彼は、そっと起きなおって、耳をすました。たしかに教会のなかに人の気配がする。サングラスを手さぐりしたが、それは手の届くところにはなかった。そこでさらに手をのばしたとき、松葉杖がかたわらの座席からすべりおち、けたたましい音とともに、床に落下した。と、いっせいに彼らが襲いかかってきた。

　それがさいぜん家を襲ってきた一団とおなじ一団なのかどうか、ついに彼にはわからなかった。

　彼らはどっと押し寄せてくるなり、座席の列をとびこえ、おおいかぶさってきた。先刻、わが家であの男に用いた力――それがなんだったのかは自分でもわからないが――それを用いるひまもなかった。あの男はいま、市庁舎でテーブルの上に横たえられ、シーツでおおわれているが、そのシーツの下からは、緑色のしみがにじみだし、奇妙な腐臭がただよっている。

　彼らは彼にとびかかり、殴りつけてきた。折り重なってくる人体の山の下で、彼はもがき、ころげまわったが、そのうちふと、狂暴な目をしたマンドリルのような顔の男と目が合い、そしてその男を見た。

その男を見た。と同時に、死の呼気が吹きかけられた。

男は絶叫し、顔をかきむしった。すると、かきむしられた顔面の一部がぱっくり剝がれて、腐った肉が、指のあいだからぽたぽたしずくをしたたらせた。ほかの二人を道連れにして、男は仰向けざまに倒れたが、それを見たとき、レスティグはふいに思いだした。あの密林の小屋で、なにがあったかを。呼吸し、そして見ることを。そうしてこの、いまはあるじなき神の家で、彼は彼らに向きなおると、ひとりまたひとり、深く息を吸いこんでは、その顔に呼気を吐きかけ、まなこに力を凝らして、べつの宇宙の邪悪な夜のかなたから、彼らを直視した。そしてそのつど彼らは絶叫して死んでゆき、彼はいま一度、ひとりきりになった。ほかのものたち――祭具室の壁をくぐってやってこようとしていたものたち、ニーオラを尾行してきたものたち、妻を殴打して情報を訊きだしたゲイリー・ハワードから、電話で通報を受けたものたち――それらの男たちは、この場のようすを見て逃げ腰になり、やがていっせいに背を向けて逃げだした……

というわけで、そこにはひとりレスティグだけが残った。バシリスクの――それ自身、ある名も知れぬ、遠い暗黒神の使徒であるバシリスクの――その兄弟分たるレスティグ。そのレスティグだけが、たったひとり、かつては人間であったねじれた肉塊の山のなかに立っていた。

たったひとり、自らの身内に息づいている力と怒りとを感じながら。自らの目が爛々と輝き、死が自分の舌の上に、喉の奥にひそみ、肺のなかには死の呼気が宿っているのを感じながら。そうして彼は、夜のとばりがついにおりたのを知ったのだった。

彼らはまず真っ先に、町から出るたった二本の道路を封鎖した。それから、思いおもいに、強力な八電池式の大型懐中電灯だの、カンテラだの、角灯だのをたずさえて寄り集まり、さらに、以前、亜鉛鉱で働いていた何人かは、前額部にランプのついた坑内ヘルメットで身をかため、そのうえ、大まじめで棒の先にぼろ切れを巻き、それを灯油にひたして、火をつけさえした。そうして彼らは、彼らの息子を、夫を、兄弟を殺した下劣な売国奴を捜しに出かけ、そしてだれひとり、そのご大層ないでたちを、町じゅうを右往左往する光の集団を、大仰すぎると笑うものはいないのだった。それはなにか古い映画の一場面でも見るようだった。古い怪獣狩りの映画。彼らはそこに相似点を見いだそうとはしなかったし、かりに見いだしていたとしても、けっして笑いはしなかったろう。

夜を徹して捜索はつづけられたが、彼の行方は杳《よう》として知れなかった。やがて空が白みはじめると、彼らはランプを消し、町をぐるりと包囲した自動車隊のヘッドライトは、駐車灯に切り換えられたが、依然として彼は見つからなかった。そうしてついに、彼らは今後の対策を協議するため、緑陰遊歩道に集まってきた。

そして彼はそこにいた。

高々とそこにそびえたつ〈陸海軍戦没将兵記念碑〉、その上に彼は立っていた。ひと晩じゅうそこに——その、第一次世界大戦当時の軍装をして、ふりあげた手にスプリングフィールド銃を握った歩兵の像の足もとに——うずくまっていたのだった。彼はそこにいた。そして、そのことの象徴するものを、彼らは見のがしはしなかった。

「ひきずりおろせ！」だれかが叫んだ。そして群衆は、大理石と青銅の記念碑めがけて、なだれを打って押し寄せてきた。

ヴァーノン・レスティグはそこに立ちはだかって、殺到してくる彼らを見まもり、彼らのふりかざした小銃や、棍棒や、戦争の記念品であるルーガー拳銃などには、まったく無関心らしく見えた。

真っ先に碑の台座をよじのぼりはじめた男は、ゲイリー・ハワードだった。フィールドで観衆のやんやの喝采を浴びているときのような笑い、それがその面《おもて》には貼りついていた。レスティグの目が、サングラスのかげで大きくなった。そして、いとも無造作に彼はそれをはずすと、正面からその大柄な、白い歯並みのめだつ車のセールスマンを見据えた。

群衆のなかから言葉にならない叫びがあがり、記念碑めがけて殺到してくる人波は止まった。そのなかで、テレサの夫のまだ煙を噴いている体は、腕をひろげ、胴をよじって、のけぞるようにその群衆の上へ落ちていった。

後方で、一部のものがばらばらと駆けだそうとした。彼はそれをさえぎった。群衆の動きは止まった。ひとりの男が、拳銃を彼にむけて発射しようとしたが、その前に銃をとりおとした。男の顔は焼失し、目のあったところには、ぶすぶすとただれた腐肉がくすぶっていた。

群衆は棒立ちになった。棒立ちになって、おののく筋肉の世界に、行き場のないエネルギーの世界に凍りついた。

「見せてやるぞ！」彼はわめいた。「それがどんなものだか思い知らせてやる！　おまえたちは知りたがった。だから見せてやろうじゃないか！」

そうして彼は息を吐きだし、群衆はばたばたと死んでいった。そうして彼は見、さらにほかのものが倒れた。それから彼は言った――こよなく静かに、全員に自分の言葉が聞きとれるように。

「言うのは簡単なんだ、実際にそれが自分の身に起こるまでは。おまえたちにはわかるまい、愛国者めらが！　おまえたちはずっと生きていて、勝手なことを言う。勇者であるために必要なルールを、あれこれ言いたてる。だがおまえたちにはけっしてわからないんだ。いざそれが自分のことになるまでは。おれはそれを知った。それはそんなに簡単なことじゃない。いまおまえたちにもそれをわからせてやる！」

彼は地面をゆびさした。

「ひざまずけ、そして這え、愛国者めら！　這いずってここまでくれば、命だけは助けてやるかもしれんぞ。ひざまずけ、けもののように、そして腹這いのまま這いずってこい」

群衆のなかで怒号する声がし、そしてその男は死んだ。

「這え、這えと言ってるんだ！　這いずってここまでこい！」

そこここで、人波に姿を没するものがあらわれはじめた。後ろのほうで、ひとりの女が逃げだそうとしたが、彼はその女を燃えあがらせ、燃えがらは朽ち木の倒れるように、どうと倒れた。そして彼女の周囲、彼女の顔から立ちのぼる煙の見える範囲にいるものは、みな先を争って膝をついた。それから、そのあたりの一団がいっせいにひざまずき、つづいて、群衆のうちのおなじ側にいるものが、そろってそれに倣った。最後に、全員がひざまずいた。

「這え！　這いずれ、勇敢な愛国者たち、這いずれ、勇気あるわが同胞！　這いずれ、そして学ぶんだ、生きてるほうがまだましだってことを。どんな生きかたでも、命のあるほうがまだましだってことを。なぜならおまえたちは人間だからだ！　這え、そうすればよくわかるだろう、おまえたちのスローガンが、ただのお題目でしかないってことが。おまえたちのルールは、他人のためのものでしかないってことが！　這え、おまえたちのけちな命のために。そうすればそれが理解できる！　這え！　這いずれ！」

そうして彼らは這った。両手と両膝で、草の上を、セメントの上を、泥の上を、小さな灌木の枝の上を、土の上を。四つん這いになって彼らは這い進んだ。

そして遠くで、暗黒の靄を越えたかなたで、その兜《かぶと》をかぶった神は、万物を見おろす玉座にすわり、忠実なバシリスクを足もとにひきよせて、にんまりとほほえんだ。

「這え！　神の名において！」

だが彼は、自らの奉仕している神の名を知らなかった。

「這え！」

そして、群衆のまんなかで、腹這いになって進んでいたひとりの女――家の正面の窓に、戦死者の母の家をあらわす金の星をぶらさげている女――が、ころがっていたポリス・ポジティヴ三二口径にぶつかった。手がそれに触れ、彼女はそれをしっかとつかむなり、だしぬけに立ちあがって、「ケニーの仇《かたき》、思い知れぇぇぇ……！」と絶叫し、そしてそれを発射した。

銃弾はレスティグの鎖骨に命中し、彼はきりきり舞いして、兵士の像の巻きゲートルに倒れかかった。足を踏んばろうとしたものの、松葉杖が腋の下からはずれてしまっていて、それを見て勢いづいた群衆は、いっせいに立ちあがるや、雨あられと弾丸を浴びせかけはじめていた……

とある無銘の墓に、彼らは亡骸を葬り、それきりだれもそのことは口にしなかった。そして遠くで、高い玉座にすわり、忠実なマスティフ犬のように足もとに身を寄せかけているバシリスクの、そのなめらかな背を愛撫しながら、かの鎧を着た神もまた、そのことは語らなかった。それについて話すことはなにもなかった。レスティグは死んだが、それは当然、予想されていて然るべき死だったのだ。

力を賦与された武器は、ふたたびその力を失った。けれどもマルスは、《永遠なるもの》は、その《不死の神》、《未来の支配者》、《暗黒界の番人》、《つねに強力なる不和の継承者》、《人類の主人》である軍神マルスは、満足してすわっていた。

今回の徴募は、結果として好成績をおさめた。すべからく人民に力を与えよ、である。

血を流す石像

伊藤典夫◎訳

Bleeding Stones

群衆の頭上はるかな高みの錬金術。

産業革命に始まる百余年の歳月は、大気中に化学物質の魔術をまきちらした。スモッグの名で知られる煙霧質《えんむしつ》。硫黄を含む石炭と石油の粒子。その燃焼が作りだす亜硫酸ガス。それが大気中の酸素と結合して三酸化硫黄となり、さらに水蒸気に溶けて硫酸となる。石灰石を風化させる錬金術の秘法。煤煙《ばいえん》の粒子、灰の粒子。燃え残った炭化水素。窒素の酸化物。紫外線、光化学反応、光化学スモッグの魔術。それは不思議なことにゴムにひびを入れる。不飽和の炭化水素、オゾン、二酸化窒素、ホルムアルデヒド、アセトン。魔術。一酸化炭素、発ガン性を持つ炭化水素、日ごと夜ごと大気中におこる気温の逆転。炭素分子、金属粉、珪酸塩、弗化物、樹脂、タール、花粉、菌類、固体酸化物、芳香族、そこはかとない魔術のかおりすら。触媒現象。静電気の担体《キャリアー》。一九七二年版ブリタニカ百科事典の第十八巻百八十四ページにはこうある――「放射性であるという意味では、通常の放射線量は増え、ガンや突然変異の誘因ともなる」。

続けて――「最後に、たんなる塵としても、それは衣服、建物、身体をよごす厄介な存在である」。

錬金術を、魔術を行なう厄介物……群衆の頭上はるかな高み。

群がり、押しあい、へしあい、あふれ、流れ、どよめく……磁石に集まる鉄粉さながらに聖パトリック大聖堂に引き寄せられた四万の人びとは、歩道を埋め、五番街にあふれてゆく……ふくれあがる群衆、人間イースト菌は、五十一丁目と五番街の十字路を満たし、さらに五十丁目と五番街の角、五十二丁目と五番街の角へ……大波がうねるようにロックフェラー・センターの歩道、ビル玄関、散歩道にスペースを求める……。

ハレルヤ！　今こそジーザズ・ピープルはつどう――産業革命が神としておりたつこの国の、組織宗教の聖なる頂《いただき》に。一八五八年から七九年にかけて建てられた聖パトリック寺院は、そこに群がる鳩が胸をふくらませるように、百年あまり傲然《ごうぜん》と力を誇示してきた。が、その間、魔術もまた厄介な驚異をこつこつと生みだしていた。ゴムにひびを入れ、石を風化させ、金属をうがち、気温の変動と逆転をひきおこす錬金術。ハレルヤ！

いまや彼らジーザズ・ピープルは公認である。ひとつの道――救い主、神の子イエス・キリスト崇拝に結ばれて、ついに結集したのだ。ここ、目に見えぬ放射線の国、その最大の信仰収納庫に。組織化された権力の祭壇から、勢力拡大をはかるために。

　同じころ彼らの頭上、都会の林立する尖塔と大聖堂の胸壁の上では、厄介物が実を結び、石材は血を流しはじめている。

　正面の扉から、枢機卿《すうきけい》の姿が現われる。大司教その人が認めたのだ。ジーザズ・ピープルを。群衆は人さし指を上げる。ひとつの道への忠誠を誓い、天にむかって差しあげられる指、指、指。

　枢機卿はゆっくりと両腕をひろげる。日ざしを受けた豪華なローブの輝きが、錬金の秘薬を吐きだす一千の自動車に照りはえる。両腕があがり、ひとときその姿は人間十字架となるが、やがて腕は頭上に行き、両の人さし指が天をさし示す。群衆は喜びに声を震わせ、ため息をつく。彼らは理解されたのだ！

　枢機卿は左手に湿り気を感じ、まくれあがった袖の先を見あげる。親指と人さし指のあいだ、皮膚のたるみを伝って流れくだる血のしずく。とろりとした丸い血のしずくが、魔法の大気の中できらめいている。しずくはふくらみ、掌を一直線に走る。つかのまドキリとする。いつ怪我をしたのか？　ついで第二のしずくがあたり、血が上からしたたり落ちていることに気づく。

　目をあげる。

　聖パトリック大聖堂のもっとも高い尖塔の上に、動きがある。

この百年あまり、大聖堂の石材は、かたく、静かに、微動もせず、なにものも望まず存在してきた。だが今、ガーゴイルたちに生命が吹きこまれ、石は血を流しはじめている。

枢機卿は目をむく。見えるのは動きだけ……。

しかし頭上、都会の風が錬金の秘薬を運ぶこの高みでは、ガーゴイルの石像たちは震え、石の肉体は湿り気をおびはじめ、濡れたビーズ玉を思わせる血を浮かべている。

最初の身震いとともに、その目がゆっくりと開く。石の膚《はだ》に色が現われる。鉤爪《かぎづめ》のある両手が膝から離れ、指をのばす。ふしくれだった筋肉が、凍りついた百年ののち、ゆるみ、動きだす。その腹が波打ち、生命をうちに満たす。蝙蝠《こうもり》の翼がひくつき、とつぜん大きく開く。生き物は日ざしと大気を吸い、深々と吸いこみ、発ガン性物質を肺のふいごに心ゆくままに取り入れる。厄介物の突然変異はそこで終わる。百年の歳月ののち誕生したのは、地球を引き継ぐであろう種族。優しさはかけらもない。この新しい大気に適応した種族。ガーゴイルは頭をのけぞらす。石の牙が陽光を受けとめ、地上を走る乗物よりさらにまばゆい光を投げかえす。

クラリオンの高らかな響きが、ジーザズ・ピープルの真昼のどよめきにおおいかぶさる。群衆は静まる。そして見上げる。周囲を見わたすかぎり、百の摩天楼の百の尖塔の上で、継承者たちはうずくまっていた体をのばす。濁った猛毒の空を背に、くっきりとうかびあがる黒い影、影、影。

つぎの瞬間、ブラジルの喧嘩凧さながらに彼らは群衆の中に舞いおり、儀式殺戮《さつりく》を始める。

先頭を切る一ぴきが叫び声をあげて降下すると、ジーザズ・ピープルはちりぢりになる。地上にぶつかるかと見えた一瞬、灰色の死の凧は体を平たくし、群衆の上をかすめる。むきだした鉤爪、だらりとたらした腕。剃刃《かみそり》のように鋭い爪がひとりの男の頭部にくいこみ、引き裂き、ガーゴイルは犠牲者を引っかけたまま飛びつづける。それはふたたび空に舞いあがり、ぐったりした肉塊をその太い腕でビルの壁面にたたきつける。後頭部から尻まで裂け、そりかえった死体から、臓腑《はらわた》がはみだし、流れだす。赤い、ぬめぬめした汚物を残し、死体は壁をすべり落ちる。

また一ぴき、アイシングラスのように薄い、幾重にも重なったまぶたとトカゲの目を持つ怪物が、若い女に襲いかかる。女はホールターとブルージーンズ姿、生地には蝶や花、こみいった十字架のクロース・パッチが見える。生き物の両手にはそれぞれ四本の鉤爪。その途方もなく長い、鉛筆のように細い第一指がのび、女の眼窩《がんか》につきささる。女は悲鳴をあげながら、空中に吊りあげられ、二十階の高さから落下する。

鷲の頭とせむしの小人の胴体を持つ二ひきのガーゴイルが、五番街を走るバスの屋根にそろって激突する。二ひきは足の鉤爪で屋根を破り、内部に身を投げる。絶叫があふれ、バスの中は血みどろの汚物で満たされる。窓を割って、ひとりの老人が脱出をはかる。下級悪魔の一ぴきが、ぎざぎざのガラスのふちをのこぎりのように使って老人の首を落とし、頸動脈からほとばしる鮮血をおもての通りにまきちらす。けいれんを続ける死体。バスの窓はすべてどろどろの肉と臓腑《はらわた》で塗りつぶされる。下級悪魔たちは血の池につかり、赤んぼうさながらに血を飲み、血をはねあげる。

頭にスパイクの冠《かんむり》をかぶったガーゴイルが、ひざまずくジーザズ・ピープルの集団にとびこんでゆく。人びとは〈ジーザズ・イズ・ア・ソウル・マン〉をヒステリックに歌っている。生き物は、ひげづらの若者の両腕をもぎとり、ふりまわし、その仲間たちの頭蓋《ずがい》をたたきつぶす。頭から血を流しながら、ひとりの少年が這って逃げようとする。生き物は死体を蹴ちらして少年に近づき、少年が首に巻いた重い銀の鎖をつかむ。鎖には銀の十字架。生き物のねじる鎖は、少年の首の肉にくいこんでゆく。少年は叫び、体をおこそうともがき、両手で首絞め具をかきむしる。とびだす眼球。顔は黒ずみ、青黒くなり、耳や口から血が流れだす。ガーゴイルの翼がはためき、もがき苦しむ少年は銀の鎖に吊るされて、宙にうかぶ。死体は激しくふりまわされ、人間にぶつけられるうちに、ずたずたの肉塊に変わる。

一ぴきのガーゴイルは老女の腕をもぎとり、その体から皮膚と筋肉をはぐと、鋭い牙でむきだしの骨を研ぐ。それは聖パトリック大聖堂の正面階段をかけあがり、枢機卿の胴体を刺しつらぬく。苦痛にのたうつ枢機卿はさらに二ひきのガーゴイルによって空中にかつぎあげられ、忍び笑いと含み笑いの中で、大聖堂のもっとも高い尖塔に串刺しにされる。枢機卿は腹から先端を突き立てたまま、尖塔からすべり落ちる。ガーゴイルたちは死体を風車のようにくるくるまわす。

一ぴきのガーゴイルは死体の山の上にうずくまり、死にきらぬ人びとの体から心臓と肝臓をえぐりだし、むさぼり食う。また一ぴきは、死体の指の肉をしゃぶる。さらにもう一ぴきは眼球を噛みつぶし、硝子体液《しょうしたいえき》を飲む。

一ぴきのガーゴイルは、ジーザズ・ピープルとエレガントな買物客十数名を、とあるビルの玄関に追いつめたところ。血まみれの鉤爪でジャブを加え、泣き叫ぶ人びとを痛めつける。鉤爪がビルの石材を引っかき、火花がとび……どうしたものか火が燃えあがり、逃げまどう犠牲者たちにふりかかる。火は荒れ狂い、人びとは襲撃者の牙と鉤爪の中にころげこむ。人びとは死に、くすぶりながら玄関口に折り重なる。

大きな太鼓腹のガーゴイルが一ぴき、空を飛びまわり、群衆の上にしゃがんでは脱糞する。群衆はたがいに踏みつけあい、殺戮を逃れようとあらゆる方向に走る。糞便は下痢状であり、厚い緑と茶のカーテンとなって降りそそぎ、いたるところやわらかい糞便のたまりを作って、コンクリートやアスファルトを腐食させてゆく。それは酸である。人の膚に触れれば骨にまで達し、焼け焦げた切り口とくすぶる穴をあとに残す。倒れる人びとはあとをたたず、出口を失った群衆に踏みつぶされてゆく。

一ぴきのガーゴイルは、五番街六百三十番地の入口で、世界を両肩に負ってうずくまるブロンズのアトラス像の上に降り立つ。それは巨大なブロンズの丸時計を蹴りとばし、群衆の中にころがす。数十名が押しつぶされる。ガーゴイルはヒステリックに笑い、何回も何回も丸時計を蹴る。丸時計は轟音《ごうおん》をあげて通りをころがり、人も車もぺしゃんこにしてゆく。あとには、よじれた死体の列とどろどろの肉切れが残り、人体の残滓《ざんし》は路面からあふれて下水道をつまらせる。

尼僧をつかまえた三びきのガーゴイルがいる。二ひきは尼僧を頭上高くかつぎあげ、彼女の股を暢思骨《ちょうしこつ》のように広げ、まっ二つに裂こうとする。そして一ぴきはバス停の標識をへし折り、棒のぎざぎざになった先端を彼女の膣に突き立てる。「Regnum dei intra vos est（神《かみ》の國《くに》は汝《なんぢ》らの中《うち》に在《あ》るなり）」と叫びながら。

殺戮は際限なく何時間も続く。死にかけた人びとの絶叫は、自動的に鳴りわたる大聖堂の鐘の音に溶けあう。闇がおり、ガーゴイルたちにまといつく鬼火と、松明《たいまつ》に使われる死体の炎が、五番街を照らしだす。

殺戮は夜を徹して行なわれ、ガーゴイルたちはさらに足をのばし、破壊の領域を広げてゆく。なにものもとめることはできない。人類の武器は彼らに対してはなんの効果もない。彼らは、誕生の第一昼夜のうちに地球の継承を終える決意なのだ。

ついに、かつて石であった生き物たちを残し、市中にあるすべての動きはとまる。彼らは舞いあがる。産業社会の魔術が生んだステンレス・スチールとガラスの建造物の上空を飛びまわる。あまりにも長い眠りののち、疲れも取れ、軽い運動を求める者の飢えた目つきで、彼らは地上を見おろす。

そして勝ち誇って笑うと、蝙蝠の翼をはばたかせ、高度を上げ、東の空へと飛び立ってゆく。バチカンめざして。

◎訳者註◎

Jesus Movement（ジーザズ・ムーブメント）　ジーザス運動。イエス・キリストの教えを信じ、それを広めようとする若者の新しい運動。

Jesus People（ジーザズ・ピープル）　ジーザス運動に参加している若者たち。

――ユージン・E・ランディ原編、堀内克明訳編　『アメリカ俗語辞典』（研究社出版刊）より。

冷たい友達

小尾芙佐◎訳

Cold Friend

COLD FRIEND
by Harlan Ellison

　ぼくは悪性リンパ腫で死んでいたので、世界が消滅したとき、ただひとり助かった。医学用語では〈自然緩解《かんかい》〉というやつで、医学の世界では珍しいことではないらしい。どの医者も認める解釈というものはないのだが、ちょくちょくあることらしい。あなたがたの第一の疑問はこうだろう、世界じゅうの人間がいなくなったというのに、おまえはなんでこんなものを書いているのか？　そしてぼくの答えはこうだ。もし万一ぼくが消滅して、そしてものごとが変化したとき、そのとき、だれのためか、なんのためかわからないが、とにかくそいつらのために役に立つささやかな記録は残すべきではないか。

　これは偽善である。ぼくがこれを書いているのは、ぼくが、大きな自我を持つ考える生きものだからで、ここに存在していた自分が消滅して、あとになにも残らないと考えると、たえられないからだ。ぼくの血を受けついでぼくという存在をわずかでも伝えてくれる子孫も、もう決して望めないだろうし……この世に痕跡をとどめることもないだろう、なにしろこの世というものがないのだから……小説を書くつもりも、屋外の大型ポスターになることもないし、ラッシュモア山にぼくの顔を刻ませるつもりもないから……だからこれを書いている。それに、書いていると時間つぶしになる。この世界でわずかに残ったあの三街区《ブロック》ももう探険しつくしてしまったし、正直いって、ほかに愉《たの》しめることもあまりない。だからこれを書いている。

ぼくには自分を正当化しないと気がすまないという忌むべき性癖がある。

ぼくについてのなにか漠然とした噂とか、ゴシップの断片とか、このぼくの耳に入れてみたまえ、ぼくは何週間かかっても噂の出所をつきとめて、それを論駁《ろんばく》して、噂を流した張本人を法に照らして処断するだろう。いまとなってはまったくばかばかしいことだが。それなのにぼくはまたこうして自分を正当化しようとしている。記録はいまここにある。よかったら読んでくれてもいいし、読まなくてもいい。そういうこと。

ぼくは病院にいた。末期の患者だった。酸素テント、体じゅうに管がさしこまれ、きまった時間に鎮痛剤があたえられていたが、その痛みたるやすさまじく、やむことがなかった。それから……ただ、回復にむかったのだ。まずぼくは死んだ、死んだことはわかった。そんなことがどうして確信をもっていえるのか、自分が真実を話しているといえるのか、などと訊かないことだ、死ねば、あんたにもわかるから。麻酔剤を注射されてもわずかに意識はあった。だが死んだときの感じというのはこうだ。地下鉄の電車の前部にぴったり縛りつけられ、手足は周囲の壁にむかってのばされ、顔はトンネルに、暗闇にむけられている、そして電車は時速百万マイルのスピードで驀進《ばくしん》している。ぼくはまったくどうすることもできない。空気が肺から吸いだされ、電車は、前方の小さな光点にむかってやみくもに突進する。遠のいていく波のような音のなかに、ぼくの名前をよぶかすかな声が聞こえる。くりかえし、くりかえし。ユージーン、ユージーン、ユージーン……。

トンネルのむこうはしのその小さな光点にむかって、ぼくは悲鳴をあげつづける、目をつぶる、つぶっても見える。そしてさらに速力をあげて突進する、そして光点のなかに入ると、何も見えなくなり、ぼくは、自分が死んだことを知る。

それから長い時がたって——二百年もたったような……ことによると一日か二日だったかもしれない——目をあけると、ぼくは病院のベッドにいて、シーツが顔までかかっていた。

ほとんど一日ぼくはそのままでいた。シーツを通して天井の照明が見える。だれも助けにきてくれるものはいない。体がだるくて腹がすいていた。

しまいには腹がたってきて、ひどい空腹にもうたえられなかったし、シーツを顔からはらいのけて、腕についていたチューブを引きぬいて——たぶん栄養補給用の点滴チューブで、罎《びん》のなかに残っていたものがなんだか知らないが、それがぼくの生命を維持していたのだろう——ベッドからおりた。上履きをはいて——ぼくの踵《かかと》は、養護施設にいるばあさんの踵みたいに赤くなってひからびていた——それから、あのみっともない病衣のまんま、食べものを探しにいった。病院の調理場は見つからなかったが、キャンディ・マシーンが見つかった。十セント玉の持ちあわせがなかったけれどもナース・ステーションがそばにあった。いままで無視された腹いせに、引き出しをいくつかひっかきまわし、カウンターの下にあった財布を見つけ、ようやく小銭をひとつかみかきあつめた。

パワー・ハウスのチョコ・バーを四つ、ハーシーのアーモンド・チョコを二つ、ピンク色のカナディアン・ミントをひと箱食べた。

それから、トロピカル・フルーツ味のライフ・セイバーをなめながら、病院のスタッフを探しにいった。

病院がもぬけのからだったといいましたかね?

病院はもぬけのからだった。

もちろん、みんな消えていた。それは最初に話した。でもその事実を裏づけるために数時間かかった。ぼくは着がえをして外へ出た。どこもふだんと変わりはない。この町の名前はニュー・ハンプシャーのハノーヴァだ、知りたいというなら教えるが。通りやそのほかもろもろの名前が、この世界があったときはなんという名前だったかなどということにぼくは頭を悩ませたりしない。だってみんな新しい名前をつけてやったのだから。いまではここはぼくの町だ、みんなぼくのものだ、だから呼びたいように呼べばいいと思っている。だがこの町がこの世界にあったとき、ダートマス・カレッジはここにあったし、いいスキー場もあって冬はすごく寒かった。いまは、あの山もみんなななくなって、ここ一年かそこら、冬はこない。ダートマスもなくなった。世界が消えたときに助かった三ブロックの土地の外側にあったからだ。でもピザの店はある。ピザの作りかたは知らないが、でも作ってみた。なんといってもピザがなかったらさびしいだろうと思う。あれはこの世になくちゃならないものだもの！　やれやれ。

世界がなくなって、ぼくの生命の糧《かて》になりそうなものはピザだけだ。ぼくら人間たちは、なんて不運な生きものだったことか。ぼくら。ぼく。ぼくひとり。

そんなわけで、ぼくはまた生きかえった。ぼくが、みんなといっしょにどろんと消えなかったただひとつの理由は、みんな、ぼくが死んだと思ったからだろう。それが理由なんだと思う。ほんとうはどうだかわからない。推測にすぎない、もちろん。でも、はじめはなにがなんだかさっぱりわからなかったから、そう考えるよりしかたがなかった。

こんな狂った現象に対して、ぼくがいやに冷静で理性的だと思うかもしれないが、病院の前の通りに出ていって、通りに人っ子ひとりいないのを見たとき、どんなに狂乱したか、わかってもらえるだろう。ぼくは通りを歩きだし、こっちの店、あっちの店と首をつっこんでだれかいないかと探しまわった。そしてときどき立ちどまって両手をメガフォンのように口にあててさけんだ。「おーい！　だれかいないか！　ユージン・ハリスンだ！　おーい！　だれかいるか？」だが人っ子ひとりいなかった。

世界がここにあったとき、ぼくは郵便局員だった。ハノーヴァの人間じゃあない。ホワイト・サルファー・スプリングズに住んでいた。ぼくはハノーヴァに、病院に、死ぬために連れてこられた。

病院が建っている通りのはずれの、世界の縁《へり》にたどりついたとき、ぼくはただ目をみはった。縁に腰かけて足をぶらんぶらんさせながら、ただ目をみはった。

それから腹ばいになって、縁からのぞきこんだ。地面の下はスロープ状に後退していて、舗道の下には泥土があり――そこから木の根っこがぶらさがっているのが見える――ぼくをのせて浮かんでいる、この世界のかたまりの裏側はくさび形をしていた。そのかたまりの下にはなにもなかった。まあ、なにもないのだろう。ひと月ばかりしてから、登山用のザイルで下におりようとしてみたが、ザイルをいくら下に投げても、そいつは宙に浮かんだままで、下へおちていこうとしなかった。

きっと重力もいっしょになくなってしまったんだろう。

そこで、ぼくは起きあがって、このかたまりのまわりを一周することにした。三ブロック四方の広さで、ビルがいくつかと、小さな公園と、それから病院と家が数軒。合衆国郵便局もある。その後ぼくは、丸一日を費やして、世界が消え失せたときに残された郵便物を仕分けし、局の窓口にそれを積み上げ、カートの車輪に油をさし、どこの支局の貯蔵室にもそなえてある太い糸とどでかい針で保管袋の口を縫った。それは生涯でもっとも退屈な一日だった。

自分のことはあまり話したくない――またまた偽善的な――まあ、この先、身元もわからないまま忘れられないように、ぼくのことを少し伝えられればそれでいい。名前がユージン・ハリスンで、ホワイト・サルファー・スプリングズの出身、郵便局員だったことはもう話した。結婚したことはないが、少なくとも四人の女と関係があった。どれも長続きはしなかった――むこうがこっちに飽きがきたんだと思うが、たしかなところはわからない。まあまあの教育も受けている。ダートマス・カレッジに二年通い、落第して郵便局に勤めることになった。専攻は美術と文学、ということはたぶん、広告かテレビか新聞関係の業界に進むつもりだったのだと思う。これはまったく時間の無駄だった。きちんとした文章、多少洗練された文章は書けるにしても、ぼくは作家じゃない、それはたしかだ。うんと長いこと根《こん》をつめて書いていられない、うんと気が短い。どうも〝うんと〟という言葉を使いすぎるように思う。

自分が、いちど死んだ人間だというほかに、きわだって雄々しいところとか、秀れたところがあれば話したいと思うが、残念ながら、ぼくのまわりにいる人たちとなんら変わりない。いや、まわりにいたというべきだ。もうここにはいないんだから。これは事実だ。自分がごくごく平凡な人間だと認める人間は大物だと思う。ソックスは、いつもちゃんと揃っているし。ときどき車にガソリンを入れるのを忘れてガス欠になり、缶をぶらさげガソリン・スタンドまで歩いていくこともある。ときには責任逃れをすることもある。ときには女性にやさしいしぐさを見せることだってある。野菜は嫌いだ。

趣味は旅行と歴史。どちらも深入りはしない。夏にいちどだけユカタン半島に行ってきた。歴史の本はたくさん読んだ。どれもあまりおもしろくなかった。

自分が特別な人間だといえればいいんだが、あいにくそうじゃあない。年は三十一、ほんとに平々凡々な男なんだ、ちくしょう、ぼくは並みの人間だ、だからもうやめろ、ぐだぐだと質問するのはやめろ！　ぼくはとるにたりない人間、つまらん人間だ、窓口であんたに切手を売ったって、ぼくの顔なんざ見たことはないんだ、このいばりくさった豚め！　ぼくになにひとつ関心をもったことなんかないくせに、元気かいなんて訊いたこともないくせに、たいがい切手はシートで買っていくもんだけど、なかにはあんたみたいにばら買いするやつがいるから、そんなときは、ちゃんと縁《へり》を切りとって売ってやるのにそんなことにも気がつきゃしない、そんなささやかなサービスなんぞ気がついたこともないんだ！　こういうところがぼくの特別なところかな。小さなことにこだわるんだ。そしてあんたのほうはなにも気にしない……。

自分のことを話すのはもうたくさんだ。いいかい、書きたいのは、起こったことについての話で、ぼくのことじゃない、それにあんたはどっちみち、ぼくのことなんか気にしないんだから、こんなふうに自分のことなんか書く必要はないいんだ。

どうか、いま書いたことは許してください。感情が爆発したんだ。ごめんなさい。悪態《あくたい》ついてすみません。あんなことというつもりじゃなかった。ぼくはルター派の信者だ。ホワイト・サルファー・スプリングズのわが救世主ルター教会に属していた。悪態をつくような育てかたはされていない。

さて、起こったことを話そうか。

ぼくは、ぶっちぎれた世界のかたまりのまわりをぐるっと歩いてみた。きれいにぶっちぎられたわけではなかった。なにがこういうことをやったのか、世界を消しちまったのか知らないが、いいかげんなやりかただ。通りはぎざぎざにちょんぎれているし、電話線もだらんと切れていて、虚空にたれているやつは、水中の釣糸みたいに浮いている。

あの縁《へり》のむこうがどんなふうに見えるか話すべきだろう。冬の雪の日みたいにうすぼんやりしていて、雪片のようなこまかい光が降っているのに暗いのだ。その暗がりを通してむこうが見える。こいつにはぎょっとなった。暗闇を通してものが見えるなんてありっこないからだ。あそこには風があるんだが、吹いているわけじゃない。どうもうまく説明できないな。想像してもらうよりしょうがない。それに寒くも暑くもない。ただ快い。

それでぼくは、かつてハノーヴァだったところで日を送った。たったひとりで。ぼくはなにも英雄的なことをしたわけじゃない。ただはじめの一週間、約五十回にわたる侵略からわが町を救ったことを除けば。

なんだかすごい話に聞こえるだろうが、なに、たいしたことじゃない。最初のときは、大通りのダートマス生協《コープ》から、読もうと思った何冊かのペーパーバックをかかえて出てきたときだ、海賊《バイキング》がなにやらわめきながら通りを走ってきた。六フィートはゆうに越える身丈の大男、片手に両刃の斧をもって、角が二本ついている兜《かぶと》をかぶって、猛々しい赤ひげを生やしていた。毛皮をまとい、革のサンダルに、熊の皮のケープをはおって、野蛮な言葉で金切り声をあげながら、ぼくのほうにむかって突進してくる。目は血ばしって、ぼくを八つ裂きにせんばかりの勢いだ。

ぼくは恐怖にかられた。ペーパーバックを投げつけて逃げられるものなら逃げようと思ったが、やつにつかまるのは目に見えていた。

ところが、やつのしたことといったら。なにももっていないほうの手をさっとあげてペーパーバックをかわし、ぼくをよけるようにして横町へ逃げこんだのだ。ぼくはなにがなんだかわからなかったが、ペーパーバックを拾いあげて、そのあとを追った。全速力で走った。かなりの速さだったので、もう少しで追いつきそうになった。やつは肩ごしにふりかえってぼくを見ると、悲鳴をあげて猛烈な勢いで走りだした。

　ぼくは世界の縁《へり》まで追いつめた。

　やつは走りつづけ、あの雪嵐のさかまく暗闇のなかにとびこみ、しばらくすると姿を消したが、やつは見えなくなるまで全速力で走っていた。やつを追いかける勇気はなかった。

　その日はそのあと、大通りを銃撃するドイツの急降下爆撃機を撃退した、サムライ戦士の襲撃も、大きなバタンガス刀をふりかざすモロ族の襲撃も、黒馬の騎士の攻撃も——やつは紋章つきの槍をくりだしてきた——それからフン族、西ゴート族、ヴァンダル族、マシンガンをもったヴェトコン、矛《ほこ》をもったアマゾン族、プエルトリコの抱きつき強盗、棍棒をもったテディ・ボーイ、結び目をこしらえた絹のロープをもった薬づけの頭のおかしいカーリィ神信徒、左手遣いの短剣をもったヴェニスの剣士、最初の日にやってきたのはこれでぜんぶかどうか、もう忘れた。

　一週間のあいだこの調子だった。ぼくにできたのは読書だけだった。

　やがて彼らの攻撃がやみ、ぼくは自分の仕事にとりかかった。だが、べつだんたいしたことじゃない。新しい体制のほんの一部にすぎない。最初はテストされているのかと思ったが、そうではないと気がついた。じっさいうるさくなってきたので、病院の外の石段に立って、だれだか知らないが、この事態の責任者にむかってさけんでやった。

「おい、もうこんなことはたくさんだ。まったくくだらん、やめろ！」

そうしたら、ぱったりとやんだ。ぼくはほっとした。

ここにはテレビも映画もないし（映画館は消えてしまった）ラジオもないが、電気はちゃんと通じているし、音楽や朗読のレコードもあった。ディラン・トマスの『ミルクの森で』の朗読や、エロール・フリンのロビン・フッドの物語の朗読や、ベイジル・ラスボーンの『三銃士』の朗読などをきいた。これはとてもおもしろかった。

水道は出るしガスも使えた。電話は通じなかった。居心地はよかった。空に太陽はないし、夜は月もないが、いつだって真昼みたいに見えるし、夜は歩きまわるには充分に明るい。

彼女は郵便局の玄関の石段に腰かけていた――ぼくが死んでから一年ぐらいたっていたと思う。おかしいだろうが、いまは時間というものがちがうのだ――そしてぼくは、侵略者たちが通りで狂ったみたいにどなりちらすのをやめてからは、だれにも会わなかった。彼女はただそこにすわりこんで、片膝に肘をついてのひらに顎をのせていた。

ぼくは通りを歩いていき、郵便局の真ん前で止まった。彼女がとびあがって、うひ！うひ！と悲鳴をあげるのを待っていたが、相手はそうはしなかった。ただぼくを見つめているだけだった。

彼女はとてもきれいだった。ひとの姿かたちを説明するのは苦手だが、これだけはぼくの話を信じていい、彼女はとてもきれいだった。透けてみえるような薄くて白いドレスを着ていて、どこからどこまでもきれいだった。髪は長くてグレイだが、年寄りのグレイじゃない。そんな色が好きで染めているというような、若いひとに人気のあるグレイだった。ぼくのいう意味わかるだろう。

「ご気分はどう？」と彼女がとうとう口をきった。

「いいですよ、おかげさんで」

「すっかりなおったの？」

「すっかりよくなった。あんた、だれ？　どこから来たの？」

彼女は、世界の縁《へり》から通りのほうに手を振ってみせ、肩をすくめた。「わからないの。目がさめたらここにいたの。ほかのひとはみんな消えちゃった、そうでしょ？」

「そうだ。一年くらい前にいなくなってね。ああ、どこで目をさましたの？」

「ここでよ。もう一時間もここにすわってるの。で、やっといま自分のいる場所をたしかめようとしてたところ。あたしひとりなのかと思ってたわ」

「自分の名前、おぼえてる？」

この質問に気を悪くしたようだった。「ええ、もちろん。名前ぐらいおぼえてるわ。オパル・セラーズよ。ボストン生まれ」

「ここはハノーヴァだ、ニュー・ハンプシャーの」

「あなたはだれ?」

「ユージン・ハリスン。ホワイト・サルファー・スプリングズの出身だ」

彼女はとても青い顔をしていた。いわなかったけれども、ぼくがまっさきに気づいたのはそれなんだ。すけてみえるのは服だけじゃなかった、ほんとうに——顔のあの青白さだ。ただ真っ白で、雪のなかに長いことほうりだされていたみたいだった。皮膚の下に血が流れているのが見えるような気がしたのは、おそらく気のせいだろう。

きっと幽霊か、吸血鬼か、あるいは服を着た異星人じゃないかと思うひともいるだろうが、まあ、ネロ・ウルフがあの推理小説のなかでいってるように、それはくだらない思いすごしだ。彼女は人間以外のなにものでもないし、だからそういうたぐいのことは忘れてよろしい、たとえ次になにが起ころうと。彼女はぼく同様、この世の人間だった。

「ぼくが病気だってこと、どうしてわかったの?」と訊いてみる。

彼女はまた肩をすくめた。「さあね——ただ知ってたんだと思う。でもあなたが通りのむこうの病院から出てきたのは見たの」

「あそこに住んでいるんだ。でもなんでぼくが病気だったことがわかったのかな? じっさい死にかけたんだけどね。いや、それは正確じゃないな。ぼくは死んだんだ、でもいまは元気だよ」

「あたしたち、ここでなにをするの？」

「たいしてすることもないから、ま、気らくにしたら。ほかの世界は消えちゃって、行方もわからないんだ、だからまあ気らくにやればいいんじゃないの。八カ月前ぐらいは入れかわりたちかわり、どたばたと侵略さわぎがあったけど、それもぱったりやんだしね」

「住むところがいるわ」と彼女はいった。「病院はどうかしら？」

「そりゃ、いいな」とぼくはいった。「でもほんというと、あそこの小さな家に移ろうかと思っていたんだよ。もしよかったら、あのとなりに住んだらどうかな」


彼女はそうして、ぼくもそうしたので、数週間はうまくいった。ぼくは、女を相手にするときは、いつもぐずぐずしている。いや、相手の女のほうがぐずぐずしているのかもしれない。女は相手の男が気に入らなければ、放射線みたいなものを放出して、近づけないようにしているというのがぼくの持論だ。じっさいはどうかといわれても、ぼくにはよくわからない。

ぼくたち、オパルとぼくは仲むつまじくやった。彼女は自分の分を守り、ぼくは自分の分を守った。ちょくちょく夕食を共にし、一日のあいだにもよく顔を合わせた。あるとき――ぼくが郵便局でひまつぶしをしているのに気がつくと――彼女は一通の手紙をもってぼくの窓口にやってきて、エアメール用の切手を売ってちょうだいといった。金をもっていた。ぼくは売ってやった。彼女は切手を受け取るとこういった、「この細い白い縁《へり》をとってくれてありがとう。いつもこれには苦労するの、たいてい切手を破いちゃうか、はしっこが少し残ってたりするの。ほんとにご親切にありがとうございました」そして彼女は出ていった。

ぼくはうれしさのあまり呆然として、彼女がその手紙をどこへ出すのか考えることもできなかった。

だれにあてて書いたのかも。

ある晩いっしょに食事をした。彼女はフライド・チキンをこしらえた。食料品屋には食料の在庫はいくらでもあった、長いことかかって食べても食べきれないほど。そりゃまあ、なぜミルクがいつも新鮮で、肉はいつも切りたてなのかという疑問はたえずあった。だがこれも、電気をつけたり水道をだしたり、ゴミ集めをして通りをきれいに掃除しておいてくれるような仕組みの一部だと思った。じっさいそういうことをやっている人間を見かけたことはないが、とにかくそういうことになっているので、ぼくとしては頭を悩ませないことにした。

だってさ。ぼくが死ぬ前、世界がまだここにあったころ、ぼくは郵便トラックを運転し、ホンダのオートバイにも乗っていた。ああいうものがどういう仕組みで動くのかぼくは知らなかった。ときどきスパーク・プラグの掃除をして、ガソリン・タンクにガソリンを入れるとか、ちょっとした世話をしてやることぐらいは知っていたが、それについて頭を悩ませたことはなかった、だってちゃんとうまく動いていたからね、まあ、そういうこと。それとこれとなんのちがいがあるものか。なにもかも消えちまったって同じことだ。うまく働いているかぎり、理詰めで考える必要もない。だめになったら、そのときは考えればいい。でもだめになることはなかった、まあ、そういうわけだ。あんただって、同じように考えたと思う。

ともあれ。二人でフライド・チキンの夕食をたべたが、これはとてもうまかった。というのは、ぼくの好みどおり濃い黄金色に揚がっていて、表面はぱりぱり、なかはさくっとしていて、歯にねちゃっとくるあの油っこさがぜんぜんなかった。それからワインも飲んだ。

いまはたくさんは飲まない。弁解するつもりはないが、すぐにもどしてしまうから。でもワインがあった。

そしてぼくは、まあ、ちょっと酔った、ほんのちょっぴり。それから彼女に触れようとした。彼女はつめたかった。とてもつめたかった。とてもとてもつめたかった。彼女はわめいた、「あたしにぜったいさわらないで！」

彼女がぼくを愛している、あなたのものになりたい、と言ったのはほんの二週間前のことだった。〝あなたのものになりたい〟って、どういう意味だとぼくは訊いた。ぼくは、だれも所有したいとは思わなかった。彼女にしたってだれかの所有物になりたいなんて思わないだろうという確信があったんだが、彼女はこういった。

「愛してるわ、あなたのそばにいたいの」

「ほかに行くところもないしね」

「そういう意味じゃないのよ。ここでいっしょに暮していれば、顔を合わせずにはいられないでしょ。つまり、あたしはあなたを愛していて、この世界をあなたと共有したいのよ」

「どんなもんですかねえ」とぼくはいった。ぼくの本心としては、彼女と同じ気持ちだったが、そのうち、ぼくにあきがくるんじゃないかと心配だった。そうなったらどうする？ぼくたちのおかれた状況は、ごく正常とはいえない。少なくとも世間一般からみればぼくは充分に成熟しているんだ、ぼくの含むところがわかってもらえるなら。

そんなわけで。彼女は怒って外に出ていった。彼女が頭を冷やす時間を数分あたえてやってから、ぼくは彼女のあとを追った。

彼女はまっすぐに世界の縁《へり》まで歩き、そのまま歩きつづけた。ぼくがあとを追っていたのに気づいてはいなかったと思う。

ぼくは家にもどって、ひっくりかえっていた。

二時間ほどして彼女がもどってくると、ぼくは起きあがった。「いったいぜんたい、あんたは何者なんだ？」

彼女は怒っている。まだ怒っている。「そういうあんたは何者なのよ？」

「自分が何者かはわかっているさ」ぼくも腹がたってきた。「あんたが何者か知りたいね。あんたが縁《へり》の先を歩いていくのを見たんだ。ぼくにはあんなことはできない！」

「ああいう能力がそなわっているものもいれば、いないものもいる。それを受け入れることを学ばなくちゃ」なんという無礼な言い草だ、このあまめ！

「おれのほうが先にここにいた」

「それはインディアンの言い草よ、あの連中がどうなったか考えて！」

「くそっ、これはみんなおまえのせいだな、こんなとんでもないことになったのは？」

するると彼女はほんとうにかんしゃくを破裂させてどなりだした。「そうよ、このあほたれの能なし、あたしの責任だわよ。あたしがみんなやったのよ。あたしがこの世界をぶっこわしたのよ。さあ、それであんた、いったいどうするつもりなのよ？」

ぼくはあっけにとられてなにもいえなかった。まさか彼女のせいでこうなったなんて本気で考えてたわけじゃないが、彼女が認めたとなったいま、なんといえばいいのかわからなかった。ぼくは近づいてその肩をつかむとあのつめたさがじんと伝わってきた。「おまえは人間じゃない」とぼくはいった。

「ええい、くたばれ、このどあほう。あたしはあんたと同じ人間よ。あんたよりずっと人間らしいわ」

「白状したほうがいい」とぼくは脅しつけるようにいった、「さもないと――」

「さもないとなんだっていうのよ、この能なし。さもなかったら、この最後のかたまりもあんたも、残りのなにもかも消してやるわよ、そしてこんなことをやる前みたいに、ひとりぼっちになってやるわよ！」

「こんなことをやったって？」

「そうよ、やったのよ。なにもかもふきとばしてやったのよ、ただすわりこんで親指を口のなかに入れてこういったんだ、〝みんな消えろ、どこにいるか知らないけど、ユージン・ハリスンとあたしと、それから彼といっしょに暮せる小さな町だけ残して〟。そうして親指をぽんと口からだしたら、みんな消えちゃったのよ。それで、あのべたべたしたものをかきわけかきわけここまで歩いてきてあんたを見つけたのよ」

「なぜだ？」

「あたしがわからないのね、あんた、あほなの？　オパル・セラーズをおぼえてもいないのね？」

ぼくはまじまじと彼女を見つめた。

「まぬけ！」

ぼくは見つめつづけた。

「高校の卒業のとき同じクラスだったじゃない。卒業証書をもらいにいくとき、あんた、あたしのすぐうしろにいたわ。あたしは白いドレスを着ていて、お祈りのあいだ、あんたはあたしのうしろに立っていた。あたし、ちょうどメンスで、それがしみだして白いドレスまで通っちゃったのよ、あんた、あたしにそのことを耳うちしてくれて、あたし、死ぬほど困っちゃって、そしたら、あんた、自分の式帽を貸してくれたじゃない、あたしはそれをうしろにあてがってなんとかその場をしのいだ。あのとき、なんて親切な、なんてすてきなことをする人なんだろうと思った。それであんたを愛しちゃったのよ、この単純ばかの、鈍感の犬ちくしょうめ!」

そうして彼女は、スクリーンだか覆面だか仮面だかなんだかしらないが、自分をおおっていたものをとったのだ。さわったとき冷たかったのはそのせいだった。そしてそのなかにいたのがオパル・セラーズ、ふた目と見られない醜女《しこめ》だった。そうしたこちらの思いをさとった彼女は昔のようにすぐさま親指を口につっこんでなにやらつぶやきはじめたが——

——なにも起こらなかった。

するとまるで狂ったようになって、あの力をあんたに渡しちまったんだとさけんだ。そしてぼくをどうすることもできずに、ドアからとびだしていった。

ぼくはあとを追ったが、彼女は縁《へり》の外へ踏み出して、海賊《バイキング》や戦闘爆撃機やフン族やなにやかやと同じようにどんどん行ってしまった。いま思うと、あの連中をよこしてひとあばれさせたのは、ぼくが英雄みたいな気分になれるようにというあいつの思いやりだったのだろう。

と、まあこういうわけだった。

行っちゃった。どんどん歩いて。どこへ行ったか見当もつかない。ぼくはここを出ていくつもりはない、それはたしかだ、でも消えた彼女のことはどうしていいかわからない。彼女にはかわいそうなことをしたとぼくが思っていると、だれかがいってやらなきゃ、つまり、あれはいい女だったとかなんとか。

ぼくはここにいて、居心地よく暮している、これ以上のことをだれが望めよう。彼女はしじゅう愛についてしゃべっていた。くそっ、あんなものは愛じゃない。

ぼくは愛とは思わない。

でもぼくになにがわかるだろう？　女の子はいつだってすぐぼくにあきがきちゃうんだから。

ぼくはピザの作りかたをしっかりおぼえるつもりだ。

クロウトウン

伊藤典夫◎訳

Croatoan

CROATOAN
by Harlan Ellison

その都市の地下には、またひとつの都市がある。じめじめした暗い異境。下水道をかけまわる濡れた生き物と、逃れることにあまりにも死にもの狂いのため冥府のリステックスさえも抑えきれぬ急流の都市。その失われた地底の都市で、ぼくは子どもを見つけた。

ああ、どこから始めればよいのか。子どもからか？　いや、それより前だ。アリゲーターからか？　ちがう、もっと前。キャロルからか？　そう、おそらく。話はいつもキャロルとやらから始まるのだ。アンドレアとか。ステファニーとか。いつも誰かから。臆病者は自殺しない。自殺には決意が必要だ。

「やめろ！　いいかげんにしてくれ……やめるんだ……」けっきょく殴らなければならなかった。力を入れたつもりはない。だがキャロルはゆらゆらと、つまずきながら歩いていた。コーヒー・テーブルにのけぞり、一冊五十ドルのギフト・ブックの山が彼女の上になだれ落ちた。ソファと倒れたテーブルにはさまれ、身動きがとれずにいる。ぼくはテーブルを足でどかし、かがんで助けおこそうとした。だがキャロルが腰にしがみつき、引き倒された。泣きじゃくり、なんとかしろとせがみつづける。おさえつけ、彼女の髪に顔を埋《うず》め、適当なことばをさがした。しかしなにがいえよう？

ドニーズとジョアンナは器具といっしょに姿を消していた。掻爬《そうは》のあとキャロルは、金づちで打ちのめされたようにひっそりとしていた。声もなく体をかたくし、涙こそ見えないがうつろな眼で、ポリ袋を持つぼくを見つめていた。トイレの水を流す音に、キャロルはキッチンからかけだしてきた。そこのマットレスに寝かされていたのだ。近づく足音と叫び声に気づき、ちょうどキャロルが廊下をバスルームにむかって突進しかけたところでつかまえた。殴ったのはそのときだ。本気ではなかった。袋が吸いこまれ、流れていってしまうまで、押しとどめようとしただけだった。

「な、なにかして」息もつけず、声にならぬ声でいう。

ぼくはキャロル、キャロルとしか言えず、その体をだきしめ、左右にゆすり、頭ごしにリビングルームのつきあたりのキッチンを見つめていた。チークのダイニング・テーブルが戸口に見え、その縁《ふち》から琥珀色のしみのついたマットレスが半分たれさがっている。とびおきたはずみに、ずれたのだろう。

何分かたつうち、興奮は、紙やすりをあてたような乾いたため息にまで衰えた。抱きおこし、ソファにすわらせると、キャロルはぼくを見上げた。

「追いかけて、ゲイブ。おねがい。おねがい、追いかけて」

「な、キャロル、やめてくれ。ぼくだってあまりいい気持ちは……」

「返してったら、この人でなし！」金切り声。こめかみに青筋がういた。

「追いかけられるもんか、パイプに吸いこまれたんだ。いまごろはどぶ川を流れてるだろう！　やめろ、つべこべ言うな、ほっといてくれ！」どなりかえしていた。

キャロルはまた涙の新しい蛇口を見つけ、それから三十分近く、ぼくはソファにむかいあってすわり、たったひとつのライトがほの暗い光を投げるリビングルームで、両手を膝の上ににぎりしめ、この女が死ねば、誰もかれもが死んでしまえば……ただ子どもさえ生きていれば、と念じていた。が。死んだのは子どもだけ。いまは便器の奥底。ポリ袋に入り、流れてしまったのだ。死んだのだ。

キャロルがまた顔を上げた。その下半分が影に切りとられたので、ことばは闇の中にひびき、口ぶりは目から察するしかなかった。「あの子を見つけてきて」と彼女はいった。こんな声音は聞いたことがない。いまだかつて一度も。ことばの深みでぶつかりあう潮の流れに気づいたとたん、ゆらめく幻影が現われた。幽鬼のような女たちが、ドレイノー(洗浄剤《トイレ》)を飲み、あるいは頭をガス・オーブンの中に突っこんで横たわり、あるいは髪をクラゲのように波うたせながら、浴槽のねっとりした赤い水の中に顔だけ出して浮かんでいる。

そうしかねない剣幕だった。軽くあしらう勇気はなかった。「やってみるよ」と、ぼくはいった。

出てゆくぼくを、キャロルはソファから見守っていた。エレベーターを待つあいだも、視線が背中に感じられた。夜明け前の冷たい静まりかえった通りに出たところで、川べりまで歩いて時間をつぶそうと思いたった。さっきは失敗したけれど、帰ってもう一度なだめれば、同じ嘘でも受けいれてくれるだろう。

だがキャロルは窓ぎわに立ち、見おろしていた。

マンホールの蓋はぼくのすぐ目の前、静かな通りの真ん中にあった。

マンホールの蓋からアパートの窓へ、蓋から窓へ何回も目を移す。キャロルは待っている。監視している。ぼくは鉄の蓋に近寄り、片ひざをつき、蓋をこじあけようとした。動かない。爪から血がにじむまで奮闘し、これで彼女も満足したろうと思って立ちあがった。ビルにむかって一歩踏みだし、窓ぎわに影が見えないのに気づいた。キャロルは無言のまま歩道に立っていた。その手にある細長い鉄棒は、戸じまりを厳重にするときドアに使う突っかい棒だ。

キャロルのところに行き、顔色をうかがう。ぼくが言おうとしていることはお見通しのようだった。ぼくはこう言いたかったのだ。もう充分だろう？　これくらいで許してくれないか？

キャロルは鉄棒をさしだした。まだ充分ではないというわけだ。

重い鉄棒をとり、マンホールの蓋をこじあける。蓋はかたくしまり、穴からなかなか持ちあがらなかった。蓋がはずれて落ちたとたん、すさまじい大音響が周囲のアパート・ビルにひびきわたった。両手で押して横にずらす。ぽっかりとあいた完全円の闇から目をあげ、鉄棒をわたされた場所をふりかえると、キャロルの姿はなかった。見上げる。キャロルは窓の中にもどっていた。

マンホールの口から、汚れた都会のにおいがたちのぼってくる。ひんやりと冷たい、打ち捨てられた風。鼻毛がむずむずし、ぼくは顔をそむけた。

そもそもぼくは弁護士になる気はなかった。夢は牧場で働くことだった。だが家には財産があり、また肉体とともに滅んで久しい、先祖という名の影たちに自分を証明する必要があった。自分のしたいことをしている人間は少ない。人はたいてい状況に迫られてものをするのだ。ぼくが死体安置所の臭気の中へ、湿った闇の中へおりていったのにも、筋のとおった理由はなかった。理屈もなにもなかった。中絶センターに勤めるドニーズとジョアンナが十一年来のつきあいだという点を除けば。二人と寝た回数も数えきれない。いっしょに寝る感動などは、ぼくにしても彼女たちにしてもとうに卒業してしまった仲といえるだろう。双方ともそれは気づいている。ぼくが気づいていることもまた気づいていて、キャロルとかアンドレアとかステファニーとかとぼくが事をおこすたびに、処置料の一部にあてつけがましくその関係を持ちだすのだ。それが彼女たちにしてみれば報復なのだった。二人とも本心はともかく、ぼくを気に入っている。が、五分五分の関係に立つには報復が必要なのだった。その五分五分のために、この十一年間、二人にはいろいろと世話になった。最初の処置は、二人のうちどちらかが妊娠したときだ。どちらがどうだったのか、今ではもう覚えてない。その五分五分のために、どれほどトイレの水を流したことだろう。下水道におりるのに筋のとおった理由はなにもない。なにひとつなかった。

だがアパートの窓から監視する目がある。

ぼくはうずくまり、マンホールの開いた口に両足をおろした。つかのま通りにすわると、縁に体をずらせ、おりはじめた。

開いた墓穴にすべりこむ。地底のにおいがそこにある。しかし土はない。水は有毒だ。際限もなく汚《けが》された生命の液体。あらゆるものが、闇の中にほの白く光る緑のかすにおおわれている。都市の死骸が倒れる時を辛抱強く待ちうける開いた墓穴。

ぼくは、急流を見おろすコンクリートの堤《つつみ》に立った。汚水に浮かび、さらに暗い淵へと流れこんでゆくもはや取返しようのない生命、そのぐっしょりと水を吸った重みが体じゅうに感じられた。くそっ、こんなところにいるというだけで正気じゃないぞ、とぼくは思った。とうとう全身にまわったのだ。気ままな関係、無責任な嘘をつみ重ねれば、はなからあったはずの罪悪感も、無視できない量にふくれあがるだろう。で、ここにいるというわけだ。本来いるべき場所に。

人は、状況に迫られてなにかをするのだ。

ぼくは、アーチを描く地下道の折れ口めざして歩きだした。頭上の通りへ出るスチールの梯子は、うしろに遠のいた。地底をあてもなく歩くのもいいじゃないか。ぼくの言う意味はわかるか?

何年も前のことだが、事務所の後輩の細君とできてしまったことがある。ジェリーにはばれなかった。いまは離婚している。彼は疑いもしなかったと思う。あの女のへんちきぶりは、彼にいっそ話したらおもしろかろうと思った以上にただごとではなかったようだ。あのときも処置はやはりドニーズとジョアンナだった。ぼくからセックスを奪ったら、あとになにが残るのか。ある週末、ぼくらはいっしょにケンタッキーへ飛んだ。ちょうど扱っている訴訟事件があり、ターミナルでおちあって、夫人同伴のご家族割引で飛んだ。ルイヴィルでの仕事にけりがつくと、二人で郊外にドライブに出た。法律をやる前には、ぼくはカレッジで地質学を副専攻にしていた。ケンタッキーには洞窟がいっぱいある。洞窟探検に手ごろなハイキング・コースを土地の人から聞き、車を停めると、スポーツ用具店で買い集めた最小限の装備で、山々とハイキング・コースの下、空洞の入り組んだ連なりの中に下った。ぼくは闇が好きだ。安定した気温も、なめらかな川の流れも、濡れた鏡のような水たまりを横ぎる盲目の魚や水中生物も好きだ。彼女がついてきたのは、タイムズ・スクエアのダフィー神父像の下や、ブルーミングデールのメイン・ウィンドウや、第二チャンネルの「深夜ニュース」直前の時間などでは、セックスが許されないからだった。洞窟は、それに続く絶好地だったのだ。

ぼくのほうは、曲がりくねる道を下って――途中ちらかった紙屑やドクター・ペッパーの缶などから、そこが未踏の地にほど遠いことは知れるものの――地中へ地中へと分けいるスリルに夢中のあまり、貝殻をちりばめた地底の川べりで「荒々しく犯して」ほしいという彼女の（少女趣味的な）誘惑にさえも気乗り薄となっていた。

大地に押しつつまれているあの感覚が、ぼくにはこたえられなかったのだ。閉所恐怖症の気はすこしもないかわり、ぼくは――どこか倒錯的な意味あいで――すばらしく解放された自分を感じていた。天にのぼる心地！　地の底で、ぼくは天にのぼる心地なのだった！

下水道の深みへの旅は不快でも憂鬱でもなかった。どちらかといえば、ひとりでいるのが楽しかった。においは強烈だが、考えていたのとは違う強烈さだった。嘔吐《おうと》と汚物を考えていたのなら、そのにおいでないことは確かだった。ただよってくるのはあまずっぱい腐敗臭――フロリダのマングローブの沼を連想させた。シナモンと、ウォールペーパーの糊と、焦げたゴムのにおいがあった。ネズミの血と沼地の生暖かいにおい。溶けたボール紙、ウール、まだ香りを残すコーヒーの出しがら、錆。

下り坂の水路が平坦になった。コンクリートの堤は広々とした平地に変わり、水のほとんどは排水管に吸いこまれて、泡だつ白っぽい浮きかすだけが扇形に闇の中に流れだしていた。深さはちょうど靴の踵《かかと》が水をかぶるくらい。フローシャイムの靴だが、この程度ならだいじょうぶだろう。ぼくは歩きつづけた。と、前方に光が見えた。

またたく薄暗い光だった。それが一瞬消えた。なにかが手前を動いて光をさえぎったのだ。薄暗いオレンジの光がもどると、ぼくは光の方向に歩きだした。

それは浮浪者のコミューンだった。安全と友情の形骸を都会の地下に求めて、かたまりあった落伍者たち。厚ぼったいオーバーコート姿の老人五人と、拾い物のアーミー・ジャケットを着たさらに年配の老人三人……が、年配の老人たちのほうが年は若いのだった。よぼよぼに見えるだけなのだ。ドヤ暮らしがそうさせるのだろう。男たちは、ドラム缶を使ったたき火のまわりにすわっていた。薄暗い、おとなしい、見ばえのしない火だった。その炎がスロー・モーションでゆらめき、のびあがり、火花をちらす。夢中遊行する火、夢遊病の火、催眠術にかかった火。見守るうち、一本のしなびた炎の腕がヤブガラシの蔓のようにドラム缶のふちに現われ、影になったアーチ形のトンネル天井めざして這いあがりだした。細くのびきったところで、炎は涙のつぶのような火花をひとつ放つと、声ひとつあげず缶の中に倒れ落ちていった。

男たちはうずくまり、近づくぼくを見つめていた。中のひとりが、すぐとなりの男の耳もとに口を寄せてなにかをいった。唇の動きはほとんどなく、目はぼくに釘づけにされていた。距離が狭まるにつれ、男たちは待ちかねるように身じろぎを始めた。ひとりはオーバーの深いポケットの中に手をねじこみ、なにかかさばるものをつかんだ。ぼくは立ちどまり、男たちをみた。

男たちは、キャロルがよこした重い鉄棒を見ていた。

なにもかも巻きあげるつもりなのだろう。できるものなら。

こわいという気持ちはなかった。ここは地の底、ぼく自身が鉄棒でもあるのだ。連中のほしいものは手に入らない。それは彼らも知っていた。世の中に殺人が思ったほど多くないのも、理由はそのあたりにあるのだろう。人は常に知るのだ。

ぼくは水路のむかい側にわたり、壁ぎわに来た。油断ない目を浮浪者たちに走らせて。中のひとりが、腕力に自信があるのか、それともただバカなだけなのか、立ちあがると、両手をオーバーのポケットに深く突っこみ、ぼくと並行に水路を歩きだした。

水路は相変わらずわずかな傾斜を保っていた。ぼくと男はドラム缶とたき火と地下生活者の疲れたコミューンに背をむけて、歩きつづけた。男がいつ行動に出るのか莫然と考えたが、不安はなかった。男はこちらを見ている。深まる闇の中で、目をこらしているように思えた。だが水路をわたろうとはしなかった。ぼくが最初に角をまがった。待っていると、ネズミの巣から鳴き声が聞こえた。

男はまだ曲がり角に来ない。

トンネルの壁に工事用のくぼみがあるのを見つけ、すべりこんだ。男が同じ角をまがって現われた。隠れがの前を通りすぎたとき、とびだすこともできたろう。男を鉄棒でたたきのめし、加害者が被害者に転じた瞬間もきづかせず殺すこともできたろう。

だが、ぼくはなにもしなかった。息を殺してくぼみにへばりつき、相手をやりすごした。ぬめぬめする壁に背を押しつけ、周囲をつつむ完全な、究極の、手にふれることさえできそうな暗黒に耳をすませていた。ネズミのかすかな鳴き声を除けば、人跡未踏の洞窟の迷宮、地下二マイルの中央空洞に迷いこんだといっても通りそうだった。

なぜこうなったかという経緯《いきさつ》にもロジックらしいものはない。キャロルとの仲も、はじめは他愛ないつきあいだった。たまたま行きあったもうひとつの知性、いっしょにいて楽しいウィットに富んだパーソナリティ、ぼくの動きにぴったり調子を合わせる機能的に優れた女体。ぼくはたちまち飽きてしまった。これはユーモアのセンスの問題ではない――すべったりはねたり這ったりする動物界のあらゆる生き物に、ユーモアのセンスがあるとぐらい、神さまならお見通しだ――犬や猫にだってユーモアのセンスはある――問題はウィットだ！　ウィットこそすべてなのだ。女の中にウィットのひらめきを感じたとする。

そのとたん、ぼくはいない。われを忘れているのだ。はじめて会ったとき、ところは地方検事選のリベラル派候補を支援する昼食会の席上だったが、ぼくは言った、「よく出入《フールアラウンド》りするの？」

「わたしは馬鹿《フール》みたいなことしないわ」すかさず答えがあった。時間経過なし、リハーサルなし、一瞬のひらめき。「わたし、馬鹿は嫌いなの。あなた馬鹿？」

ぼくは小躍りすると同時に打ちのめされていた。全身がフニャフニャだった。彼女は間をおかなかった。「イエスかノーかだけでいいのよ。じゃ、これに答えて。丸いビルにはいくつの壁《サイド》があるか？」

ぼくは笑いだした。彼女は愉快そうに見つめており、ぼくは生まれてはじめて、人間の目がいたずらっぽくきらめくのを見た。「さあね」と、ぼくは言った。「丸いビルにはいくつ壁《サイド》があるんだい？」

「ふたつよ。内側《インサイド》と外側《アウトサイド》。あなたはたぶん馬鹿ね。わたしをベッドに誘う資格はないわ」と彼女は歩き去った。

ぼくはあっけにとられていた。タイム・マシンを使ってぼくがなにを言うか知り、二分前にもどってまたぼくを巻きこんだとしても、あれ以上快調にはいかないだろう。で、ぼくは彼女を追いかけた。山を登り、谷を下り、退屈きわまるある昼食会の会場をめぐり歩いて、とうとうある片隅に彼女を追いつめた——それこそまさに彼女がめざしたものでもあったのだ。

「ボガートがメアリ・アスターに言ったみたいに、〝きみはすてきだ、シュイートハート、最高にすてきだ（映画《マルタの鷹》でサム・スペードが真犯人とわかった女にいう）〟」ぼくはすばやく言った。また追いかけまわすのはこりごりだったからだ。彼女はマティーニを手に壁によりかかり、あのきらめく目でぼくを見上げた。

　はじめは他愛ないつきあいだった。が、キャロルには深みがあった、したたかさがあった、落ち着きはらったムードがあった。だから、ぼくの視野からほかの女たちがフェイド・アウトしてゆき、彼女が自分では意識せずに必要とし、要求している関心をそそぎこんだのは当然の成り行きだった。

　ぼくはキャロルを気づかうようになったのだ。

なぜ事前の注意を怠ったのか？　これにもまたロジックらしいものはない。ぼくはキャロルがしているものと思っていた。事実しばらくのあいだは、していた。だが、そこでやめてしまったのだ。やめたと言ったのは覚えている。体調がおかしくなって、産婦人科医からピルはすこし控えるようにと注意をうけたのだ。ぼくがパイプ・カットをしたらどうか、と彼女はいった。考えたすえ、その提案は、無視することにした。それでも、いっしょに寝るのだけはやめなかったのだ。

　ドニーズとジョアンナに電話を入れ、キャロルが妊娠したと話すと、電話口からため息が聞こえた。悲しげに首をふっている二人が見えるようだった。ぼくは社会の害虫呼ばわりされたが、中絶センターに連れてくれれば、吸上げポンプで処理しようというありがたいお言葉だった。ぼくはためらいがちに、もう遅すぎてポンプは使えない旨を伝えた。「このドジのゲス野郎《コックサッカー》！」ジョアンナの唸り声が聞こえ、彼女の回線が切れた。ドニーズのほうは、さらに二十分にわたってぼくをなじりつづけた。パイプ・カットのかわりに、剝製師に頼んでチーズおろし器でぼくの器官を除去するのがいちばんだと、イメージゆたかに説きつけた。もちろん麻酔なし。

だが二人は拡張搔爬器具を持って、来てくれた。そしてチークのテーブルにマットレスを敷き、その上にキャロルを寝かせると、しばらく後にはもう姿を消していた——戸口でちょっと足をとめたジョアンナが、ぼくにむかって、これが最後、最後だ、我慢できる最後の一回だと念を押しただけ。もうこれが最後なのだ、そこのところを頭にくっきりと、しっかりと、がっちりと刻みつけたか？　最後だぞ、と。

で、ぼくはこの下水道にいるというわけだ。

ぼくはキャロルの姿かたちを思いだそうとした。だが頭に浮かぶイメージは、ジョアンナの言葉ほどくっきりしたものではなかった。これが。最。後。だ。

ぼくは工事用のくぼみから出た。

追いかけてきた若い／老いた浮浪者は、ひっそりと待ちかまえていた。はじめその姿は見えなかった——左手の闇が、曲がり角のむこうにあるドラム缶のたき火のせいでどことなく明るく思える程度——だが男がいるのはわかった。男もまた、ぼくが隠れているのに最初から気づいていたようだった。男は口をきかず、ぼくも口をきかず、そうするうち男の輪郭が見えてきた。まだ両手をポケットにつっこんだまま。

「なんだ？」ぼくは声に威丈高な調子をこめた。

男は答えない。

「どけ」

男は悲しげに見つめた。ぼくにはそう思えたが、そんなばかなことはない。そう思えただけだろう。

「手を出さないほうが身のためだぜ」

男はぼくを見つめたまま、わきにどいた。

男のわきを通りすぎ、水路を先に進みはじめた。

ついてくる気配はなかった。だが油断せずうしろ向きに歩いた。男はまだ目を離さない。足をとめる。「なんだ、用は？」ときいてみた。「金がほしいのか？」

男は近づいた。不思議なことに恐怖はおぼえなかった。もっとはっきり、近くから見ようとしている。そんな印象をうけた。

「あんたの物なんか要らん」錆びついた、穴だらけ傷だらけの、役に立たない、ぶざまな声だった。

「じゃ、なぜつけてくる？」

「なぜここへおりてきた？」

どう答えてよいのかわからなかった。

「こんなとこにいるもんじゃない。どうして上へあがらないんだ？　おれたちをほっといてくれ」

「ここにいる権利がある？」なぜこんなことを言ったのか？

「こんなところにいる権利はない。上にもどれ、自分のいるところに。ここにいるとよくない、おれたちにはわかってる」

おそう気はないらしい、いてほしくないだけなのだ。人間が落ちられる最低のレベルにいるこの落伍者たちからも爪はじきにされているのだ。男の両手はポケットの中にある。

「手をポケットから出せ、ゆっくりと。背中を見せたとたんぶちのめされるのではかなわないからな。先へ進むよ、もどらない。さあ、手を抜け。ゆっくりと、静かに」

男はポケットからゆっくりと両手を出し、上にあげた。そこには手はなかった。切り株のような腕が、さっきマンホールからおりたときの周囲の壁のように、ほんのりと緑に光って見えた。

ぼくは背を向け、男から逃れた。

空気は暖かくなり、壁のぬるぬるがほの白い緑の光を投げかけるようになった。水路が都市の底へとのみこまれるままに、ぼくはおりてきたのだ。もはやそこは高貴な街路掃除夫たちが見知っている世界ではなかった。沈黙と虚無に破壊された土地。上も下も両側もすべて石ばかり。石は名前のない川を地底へと運んでゆく。帰る道がないとしたら、あの浮浪者たちと同じようにここで暮らすしかない。だが、ぼくは歩きつづけた。ときどき泣いたが、理由がなんなのか、目的がなんなのか、誰のためなのか見当もつかなかった。ぼく自身のために泣いたのではないことは確かだった。

ぼく以上にすべてを手中にした人間がいるだろうか？　気のきいたやりとり、すばやい動作、肌にふれるやわらかな服地、愛を与える対象。あれが愛だと気づいてさえいたならば。

なにかに襲われたのか、ネズミの群れがかん高く騒ぎたてた。ぼくが引き寄せられた脇道は、輝く緑の悪気があたりに光と影を投げかけ、むかし靴屋で見た機械の内部のような情景を呈しているところだった。こんな連想がわくのも何年ぶりだろう。X線が子どもの足に有害だとわかるまで、靴屋には不格好な機械が据えつけてあり、人は機械の上にあがって新しい靴をはいた足をさしこんでいたのだ。ボタンが押されると、緑色をしたX線の光が照射され、皮膚の下に隠れた骨が見えてくる。緑と黒で。緑は光、すすけた黒が骨。

長いあいだ思いだしたこともなかったが、脇道はちょうどそのときと似た光に満ちあふれていた。

一ぴきのアリゲーターが、赤んぼうネズミたちを食い荒らしていた。

ワニは巣に押しいり、ずたずたに裂かれたネズミの死体をかきわけて無防備な仔ネズミたちに襲いかかり、むさぼり食っているのだった。ぼくは立ちつくしていた。胸の悪くなる光景だが、すっかり魅了されていたのだ。やがて苦悶の叫びがおさまると、巨大な爬虫類、ティラノサウルス・レックス直系の子孫は、獲物を一ぴきずつのみこみ、尻尾をぴしゃりと振ってぼくをふりかえった。

生き物には手がなかった。切り株のような前肢が、壁と同じ緑色にほんのり光って見えた。

脇道の壁にとびさがると、アリゲーターは引き綱をずるずる引きずりながら這って通りすぎた。鱗《うろこ》におおわれた太い尻尾が足首をかすり、思わず身をちぢめた。

その目は、宗教裁判の拷問人さながらに赤く輝いていた。

見おろす泥の中には、鉤爪《かぎづめ》のある足跡がえぐられたように残った。ぼくはワニのあとを追った。行跡は、泥に刻まれた引き綱のあとからも明らかだった。

フランセスには五つになる娘がいた。ある年、フランセスが娘を連れてマイアミ・ビーチに保養に出かけたことがあった。ぼくもマイアミにとび、二、三日いっしょに過ごした。

セミノール族の村に行くと、インディアンの老婆たちがシンガーのミシンで縫いものをしていた。ぼくにはなぜか悲しい風景だった。祖先の文化遺産を失ったのが悲しかったのか、自分でもわからない。娘が——名前は思いだせないのだが——赤んぼうのアリゲーターをほしがった。かわいいワニだった。空気穴をあけたボール箱に入れ、飛行機で持ち帰った。ひと月もしないうちに、ワニは目に入るものをなんでもガブリと嚙めるくらいに大きくなった。歯はまだ大きくはないが、ガブリとやるのに支障はなかった。ワニはこう宣言していたのだ。これがオレの正体だ、ティラノサウルス・レックス直系の子孫なのだぞ。ある夜、ぼくらがセックスを終えたのち、フランセスはワニをトイレに流してしまった。娘はとなりの部屋で眠っていた。あくる朝、フランセスは、ワニが逃げてしまったと娘に言ってきかせた。

都会の下水道には、大きな図体をしたワニがはびこっている。予防措置がどれほどとられても、ハンターたちがライフルや石弓や火炎放射器を手にいくら乗りこんでも、ワニを根絶やしにするまでには至っていない。下水道はいまだにワニの巣と化したまま。作業員は周囲に気を配りながら進む。ぼくもそうだった。

アリゲーターは休みなく這ってゆく。優雅に身をくねらせて、ひとつのトンネルからまたひとつの脇道へ、なだらかな傾斜をどこまでも、地の底へと進んでゆく。ぼくは引き綱のあとをたどった。

前方に大きな水の淀みが現われ、ワニは油のように水中にすべりこんだ。流木に似た鼻づらを悪臭ただよう水面にのぞかせ、異端審問官トルケマダの目は目的地をひたと見据えていた。

ぼくはズボンの中に鉄棒を押しこみ、抜けないようにベルトを締めなおすと、そろそろと水に入った。水はたちまち肩まで上がり、ぼくは体を横にして犬かきをはじめた。鉄棒が邪魔をして片足しか動かなかった。光は今では緑が濃くなり、目にまぶしかった。

ワニはむかい側の泥の浜にあがると、トンネルの壁に一個所あいた穴にむかった。ぼくも浜にあがり、鉄棒を抜いてあとに続いた。穴の奥は闇につつまれていた。だが通り抜ける途中、壁にそってずらしていた手が、とあるドアにふれた。足をとめ、びっくりして闇をまさぐる。鉄のドアだった。上部にはアーチ形の金属アームがあり、ほかに掛け金。かすかに錆のにおいがする大きな鋲《びょう》が、表面に打ちつけられている。

ドアをくぐり……立ちどまった。

ほかにもまだ手がなにかにふれたのだ。ぼくはあともどりし、開いたドアの表面にもう一度手をすべらせた。すぐに彫刻だとわかった。指先でまさぐりながら、完全な闇の中で、その正体をつかもうとした。せめて手がかりだけでも……注意深く指をなぞらせる。

文字だ。C。指がカーブにそって動いた。R。鉄に彫りこまれたらしい。O。こんなところになぜドアがあるのか？　A。非常に古い彫刻のようで、文字は磨滅しかけ、かすがこびりついていた。T。大きな規則正しい文字。O。意味ははっきりしない。ぼくの知っている単語ではなかった。A。文字の列の終わりに来た。N。

クロウトウン。ちんぷんかんぷんだった。つかのま動きをとめ、衛生技師がなにかの貯蔵のために設けた区域の名前ではないかと思い迷っていた。クロウトウン（CROATOAN）。無意味な言葉。CROATIAN《クロエィシャン》（クロアチア人）ではない、クロウトウンだ。記憶の片隅になにかひっかかるものがあった。この語は以前聞いたことがある。遠いむかし、どこかで聞いている。時の風に乗って過去から運ばれてきたこだま。だが、つかみきれなかった。思いあたるものがなかった。

またドアを通りぬける。

今では、アリゲーターが引きずる綱のあとも見えなかった。ぼくは鉄棒を持ち、歩きつづけた。

両側からなにかが近づいてくる音が聞こえた。どうやらアリゲーターで、数も多いようだった。脇道から押しよせてくるのだ。足をとめ、水路の壁に手をのばした。壁はなかった。ふりかえり、ドアに帰りつこうと、いま来た道を早足でもどったが、ドアは見つからなかった。闇がどこまでも続いているだけ。二叉道を違う方向に入ったか、でなければ方向感覚が狂ってしまったのだ。地面を這う音は近づいてくる。

はじめて恐怖がわきあがった！　地底世界の安全な暖かい、すべてを包みこむ闇は、周囲の物音が加わっただけで、一瞬息もつまる屍衣に変じた。かたく踏みかためられた六フィートの粘土《へな》の下、棺の中でとつぜん目覚めたようだった。ポオが、彼自身そうなることを恐れるあまり、みごとに描写したあの身動きならぬ恐怖……早すぎた埋葬。洞窟はもはやくつろぎの場ではなかった。

　ぼくはかけだした！

　鉄棒はなくしていた。ぼくの武器、ぼくの安全の保障であった鉄棒は、手の中にはなかった。

　すべり、泥の中に顔からつんのめった。

　四つん這いになって、さらに進む。壁はない、光はない、手がかりとなる穴も出っぱりもない。生きている実感を与えるものはなにもなく、始めも終わりもない辺土をさまよいつづけるのだ。

　とうとう精根つきはて、倒れこむと、つかのまぐったりしていた。周囲一帯に這いまわる音が聞こえ、かろうじてすわる姿勢をとった。背中が壁とこすれあい、喜びのうめき声をあげて倒れかかった。すくなくともなにかがある。壁にもたれて死ねるのだ。

　ワニのあぎとを待ちうけながら、どれくらい寝ていたのかは判らない。すると、なにかがぼくの手にさわった。悲鳴をあげてのけぞった！　冷たい、乾いた、柔らかな感触だった。蛇とか両棲類が冷たく乾いているのを思いだしたのだろうか？　そんな連想がはたらいたのか？　ぼくは震えていた。

そのとき光が見えた。ちらつき、ゆらめき、かすかに上下する光が、こちらに近づいてくる。

光が明るく大きくなるにつれ、なにかがぼくのとなりにいるのに気づいた。いましがたぼくにさわったなにかが。しばらく前からいたようで、じっとぼくを見つめていた。

子どもだった。

丸はだか。死人のように白い肌。その巨大な光る目は、ミルク色の透明な膜におおわれている。小さく、幼く、体毛はなく、腕は異常に短く、その無毛の頭には、羊皮紙にある血の網目模様のように紫と真紅の血管が浮きでている。端整な顔だち、浅く息を吸うたびにひろがる鼻孔、どこか小鬼に似て先端のとがった耳。はだしだが、足には水かき。子どもはぼくを見つめ、見上げ、舌をのぞかせ、小さな歯のならぶ口をひろげると、なにか言葉を作ろうとし、なにもいわず、不思議なものを見つけたように、メガネザルを思わせる大きな目を見開き、膜におおわれた眼球の奥で光をまたたかせた。子ども。

光はますます近づいた。光はたくさんの光点から成っていた。子どもたちがアリゲーターにまたがり、松明《たいまつ》をかかげているのだった。

都市の下には、またひとつの都市がある。じめじめした暗い異境。

その異境の入口に、何者かが――子どもたちではない、彼らがそんなことをするはずはない——遠いむかし道路標識を立てた。標識は腐った丸太で、その上には桜の木に彫りこんだ一冊の本とひとつの手。本のページは開かれ、手は本の上にある。その開かれたページ、指がさし示すところにはひとつの単語。CROATOAN。

一五九〇年八月十三日、ヴァージニア植民地のジョン・ホワイト総督は、ノース・キャロライナの植民地ロアノークに取り残された開拓民のもとにようやく帰りついた。開拓民はもう三年間も補給物資の到着を待っていたが、政局の混乱と悪天候とスペイン無敵艦隊に災いされ、物資は容易にとどかなかった。一行が上陸すると、まずひとすじの煙が目にはいった。植民地にたどりついたところ、砦《とりで》の壁はインディアンの攻撃に備えるかのように堅固なままだったが、迎える人影はなかった。ロアノーク植民地は消え失せていた。男ばかりか、女子どもまでも見あたらなかった。CROATOANのただ一語が残されていただけ。「正面右手、柱というべきか太い樹木の並びのうち、一本は樹皮がはがされ、地上五フィートあたりにCROATOANと彫りこまれし美麗なる大文字を発見せり。苦難のあとは見えず」

CROATAN《クローターン》という島はあるけれど場所はその近くではない。CROATAN《クローターン》と呼ばれるハッテラス・インディアンの部族は存在したが、彼らは消えた植民地の場所など知らなかった。伝説として今に残るのは、アメリカ大陸で英国人を父母にはじめて生まれた子どもヴァージニア・デアの物語と、ロアノークの開拓民にまつわる話ばかり。

この都市の地下の国に、子どもたちは生きている。暮らしは一風変わっているが、決して辛《つら》いものではない。彼らの信じがたい生き方を、いまぼくはようやく学びはじめたところだ。子どもたちがどうやって食っているか、なにを食っているか、どのようにして生命をつなぎ、数百年を生きのびてきたか。驚きに次ぐ驚きの中で、ぼくは日一日と学んでいる。

ここにいるおとなは、ぼくひとりだ。

彼らはぼくを待っていた。

ぼくを父さんと呼んでくれる。

解 消 日

伊藤典夫◎訳

Shatterday

SHATTERDAY
by Harlan Ellison

1　酔狂日

それほど時がたってからではない。だが、とにかくあとになって、彼はそれまでのいきさつを思いかえし、なにひとつ見落としはないと確信した。ことの次第はこうだ――。

よけいなことに気を取られ、ぼんやりしていた時間があった。なにを考えたのかそれはこのさい重要ではない。レストランの公衆電話に行き、ジェイミーを呼びだそうとした。あの女、どこで油を売っているのか、どういうつもりで三十五分もこのくだらないバーで待たせておくのか。だが頭にはなにか別のことがあった。さして深い考えではない。ただとりとめもない空想である。まわしたダイアルが自宅の番号だと気づいたときには、むこうのベルは鳴りだしていた。前にもやったことがある。しょっちゅうでもないが、まあ、人なみの回数はやっているだろう。暗記している電話番号を意識せずにまわしそれが自宅の番号だったりする。だれでもやるのだ（と、あとになって彼は思った）、みんなやっている、つまらんヘマだ。

電話を切ろうとした。コインをもどしてジェイミーにかけなおそう、としたとき、回線のむこうで受話器があがった。

自分が出てきた。

彼自身が電話に出たのだ。

すぐ自分の声だとわかった。だが理性は受けつけなかった。

呼出音に応じて相手の声をテープにとる装置はつけていない。電話応対サービスもここしばらくは断っている(仕事がルーズなのだ。自分がかけるときは三度目のベルで出るようにと口がすっぱくなるほど言っているのに、それが守れない)。アパートには客もおいていない。まったくなにもない。彼は留守で、いまはこのレストランにおり、自分のアパートに電話をしている。ところが、それに自分が出たのだ。

「もしもし?」

彼はちょっと間《ま》をおいて訊いた。「だれだ?」

相手が訊きかえした。「どなたですか?」

「待った。そっちこそだれだ?」

回線のむこうでは、じれったそうに自分の声が、「もしもし、何番におかけですか?」

「そちらビーコン3の6189だろう、そうだな?」

用心深く、「だとすれば……？」

「ピーター・ノヴィンズの部屋だな？」

つかのま沈黙があり、やがて「そうだ」

彼はレストランの調理場の音を聞いていた。「そこがノヴィンズの部屋なら、あんたはだれだ？」

回線のむこう側、彼のアパートでは、深く息を吸いこむ音、「こちらはノヴィンズだ」

夜のレストランの中、電話ボックスの中に立ち、彼は受話器を耳にあて、自分の声を聞いていた。

ようやく、はりつめた声が出てきた。「ノヴィンズはおれだよ」

「どこからかけてる？」

「ハイ・タイドでジェイミーを待ってる」

回線を通じ、おそろしいまでに穏やかに自分の声がたずねた。「おれなのか？」

恐怖がつきあげてきたが、彼は最後の可能性にすがって切り抜けようとした。「もしこれがなんかの悪ふざけなら……フレディ……おまえか、え？　モリイか？　アートか？」

沈黙。やがてゆっくりと、「おれはノヴィンズだ。神かけて」

喉がカラカラにかわいた。「おれはここにいる。おまえが……じゃない、おれがアパートにいるはずがない」

「ほう、そうかい。だけど、いるぜ」

「あとでまたかける」ピーター・ノヴィンズは電話を切った。

バーにもどり、スコッチのダブルを氷なしのストレートで注文すると、ふた口で飲みほし、胃の腑《ふ》が灼《や》けるにまかせた。すわって両手を見つめる。何回もひっくりかえし、その手が自分のものであって、目をはなした隙に移植された他人の肉ではないことを確かめた。

やがて電話ボックスにもどると、ドアをしめて腰をおろし、自宅の番号をまわした。細心の注意をこめて。

ベルが六回鳴ったところで受話器があがった。

回線のむこうにいる自分が、なぜ六回もベルを鳴るままにしておいたのか、理由は見当がついた。自分の声をだす蛇を喜んでつまみあげるやつはいない。

「もしもし?」先方の声はかすかにうわずっていた。

「おれだ」彼はいい、目をとじた。

「なんてこった」つぶやき。

そのまま二人は声もなく、それぞれの場所にすわっていた。ややあってノヴィンズがいった、「あんたをジェイと呼ぶことにする」

「いいとも」回線のむこうの自分がいった。それは彼のミドル・ネームなのだ。ふだん使うことはないが、保険証書、運転免許証、社会保障カードにはその名ものっている。ジェイがいった。「ジェイミーは着いたのか？」

「いや、例のとおり遅れてる」

ジェイが大きく息を吸った。「これは話し合ったほうがいいな」

「そう思う」とノヴィンズ。「もっとも話したくてしようがないわけじゃないんだぜ。あんたの声を聞いてると肝がちぢむよ」

「おれのほうはどう感じてると思う？」

「おれと似たようなものだろう」

二人はしばらく考えていた。やがてジェイがいった、「おれたちはそっくり同じように物を感じるんだろうか？」

ノヴィンズは熟慮ののち、「もしあんたがほんとにおれなら、そういうことだろうな。実験してみるか」

ノヴィンズは考え、やがて言った、

「好き嫌いを比べてみよう。こいつは手始めだ。べつに問題はないだろう？」

「ないね。どちらから始める？」

「言いだしっぺはおれだ」ノヴィンズはいい、そこではじめてほくそ笑んだ。「おれが好きなのは、ええと、ウエルダンに焼いた極上のあばら肉、ヨークシャー・プディング、パイプをすうこと、マックス・エルンストの絵、ロバート・アルトマンの映画、ウィリアム・ゴールドマンの小説、手紙をもらうこと、ただ返事はひとつも書かない、うう……」

彼は言葉を切った。しゃべるうちにむなしくなってきたのだ。「こんなのは駄目だ」

ジェイはため息をついた。「そうだよ。あんたが好きなものなら、おれも好きだ。なにも答えが出てくるわけじゃない」

「おれには問題のほうだってわからん!」

「それはかんたんさ」とジェイ。「問題はひとつだけだ。どちらがおれなのか、そのおれがやつをどうやって消してしまうか、だ」

悪寒がノヴィンズの肩におりた。「どういうことだ、それは? 消す?」

「いいか、おれたちは二人ともノヴィンズではいられない。どちらかがはみでるんだ」

「待てよ、待て。そのロジックはいいかげんだぞ。第一に、おれがこの電話を切ったとたん、おまえが現われたときと同じように消えてしまわないと、だれが言い——」

「ばかな」

「ああ、そうかい、だろうな。しかしだ、おまえがもし消えないとして、といっても、そんな気が狂ったような話をおれが認めてるわけじゃないぞ。かりにおまえが存在するとしても——」

「信じてくれよ、ベイビー、おれは存在するんだ」ジェイは低い笑い声をもらした。ノヴィンズは相手に憎しみをおぼえた。

「——かりにおまえが存在するとしても、おれたちが共存し、別々の幸せな人生をおくることができないとは言えんだろう」

「いま気がついたんだがね、ノヴィンズ、おまえさんくらいデタラメな男もいないな。あんたがひとりで勝手に幸せな人生をおくれるわけがないじゃないか。おれがここにいて同じ人生を生きているというのに」

「おれが幸せに生きられないとはどういうことだ？　おまえになにがわかる？」ノヴィンズは口をつぐんだ。もちろんジェイは知っている。なにもかも知っているのだ。

「現実を直視したほうがいいぞ、ノヴィンズ。遅すぎた感じもするが、今からでも知っておくに越したことはない。それで安らかに往生できるさ」

ノヴィンズはその場で受話器をたたきつけたくなった。怒りと恐怖が同時にこみあげてきた。もうひとりのノヴィンズの語ることがどれほど真相をついているか、それは彼にもわかった。反論の余地はなかった。なにしろ言っているのは彼自身なのだから。「ひとりだけが生き残るわけだ」ノヴィンズははりつめた声でいった。「そのひとりというのは、おれだぜ」

「よくそれだけ自信たっぷりにいえるものだな、ノヴィンズ？　あんたは家から締めだされたんだぞ。ところが、おれは自分が本来いるべきわが家でこうして安全に暮らしている」

「こういう見方をすればどうだ？」すかさずノヴィンズがいった。「あんたはそこに閉じこめられている、三・五室のアパートの中でまわりの世界から隔絶されているんだ。おれはどこへでも動くことができる。あんたは囚人。おれは自由だ」

すこしのあいだ沈黙があった。

やがてジェイがいった。「どうやら話は袋小路にはいったようだな。外にいるから自由だという説、中にいるから安全だという説もある。ただびっくりするのは、おれたちがこの状況を妙にすんなり受けいれてしまったことだ」

ノヴィンズは答えなかった。ほかに道がなかったから受けいれただけだ。

「考えさせてくれ」とノヴィンズはいった。「考えれば、もうちょっとうまい解決法も出てくるだろう。おまえはそこにこもっていろ。おれは今夜はホテルに泊まる。あしたまた電話するからな」

電話を切ろうとする動きを、ジェイの声がさえぎった。「もしジェイミーがそこに着いて、あんたがいないと知っておれのほうにかけてきたらどうする？」

ノヴィンズは笑った。「それはおまえさんの問題だよ、くそったれ」

彼はひねくれた満足感を味わいながら受話器をおいた。

2　目標日

　彼は特別措置を講じた。手始めは銀行、当座預金の金額引き出しである。ゆうべジェイミーと会うため家を出るとき、小切手帳を持ってきたことを彼は神に感謝した。だが預金通帳は、部屋においてある。つまり、ジェイはまだ一万ドル近い金を自由にできるわけだ。当座預金は未払い勘定をすべて清算しても千五百ドルは残り、あと三十日ほどすれば貯蓄貸付組合の債券が満期になるので、口座には——彼は預金伝票の裏を使って利息を計算した——一万とんで四百六十五ドル七セントが振り込まれるはずだった。新しい口座は、同じ銀行の別の支店に開き、ジェイがそこから勝手に引き出さないように大幅に書体を変えて照合カードにサインした。これですくなくとも支払い能力はついたわけである。当面は。

　だが仕事はぜんぶアパートに残してきた。いま扱っている広告関係の資料すべて。データのあらゆる切れっぱし、計画書、電話番号、図表、そのぜんぶが、あの小さなオフィス兼用アパートにおいてあるのだ。これで世を渡るつては、みごとに断たれたことになる。

　だがある意味では、それは天の配剤だった。彼がいないあいだ、仕事に追いまくられるのはジェイなのだ。これでしばらく重圧ともおさらばだ。ジェイのほうもピーター・ジェイ・ノヴィンズの生活が決してきれいごとでジェイミーばかりではないことを思い知るにちがいない。そう考えたとたん、彼は輝くばかりの解放感と悪魔的ともいえる喜びが内にこみあげるのを感じた。

ホテル・アメリカーナにとった部屋にもどると、彼はこれからしなければならないこと——生き残るための行動を個条書きにした。新しい考えかたの第一歩だった。断ちきられた日常のきまりきった行動をひとつひとつ定めてゆくのだ。

用事をすべて片づけ、午後三時にホテルの部屋にもどると、枕を背にベッドに寝ころび、外線の九を、ついで自宅の番号をまわした。

回線のむこうで受話器があがった。だがジェイは無言だった。

「おれだ」とノヴィンズ。「どうだ、おれの皮をかぶって過ごした第一日目の感想は？」

「おれの皮を脱いだ感想はどうなんだ？」ジェイが言いかえした。

「いいか、手はぜんぶ打ったぞ。あとは時間の問題だ。当座預金はもうない。さがさないほうが身のためだ。おまえのところには、食料品屋もミルク屋もクリーニング屋も新聞も来ない。その連中に電話して、おまえのところになにも届ける気にならないように、さんざん悪態《あくたい》をついておいたからな。腹がへってのこのこ出てきたら最後——」

「お見事」とジェイ。「しかしそのお手間をとらせないように、きょう部屋の錠前を変えといたよ。あんたの鍵はもう使えん。食料も買った。宝石箱に五千ドルしまっておいたのを覚えているか？」

ノヴィンズはこっそり舌打ちした。忘れていたのだ。

「あれから考えたんだがね、ノヴィンズ。ジャック・ロンドンの小説に『星を駆ける者』というのがあるのを覚えているか？　精神が肉体からぬけだしてさまようんだ。そいつがどうやらおれに起こったらしい。気がつかないうちにあんたを送りだしていたんだ。だから、おれが本人だと思うことにしたよ。あんたはさまよいでたおれのかけらだ。そんなかけらなんぞなくても立派にやっていける。いいかげんで消え――」

「待った」ノヴィンズがさえぎった。「そりゃご大層な理論だ。しかし、うさんくさいもいいところだぞ。以前、週末にケニイの研究所に行ったことがあったろう。あのとき、おれのオーラのキルリアン写真をとったな？　そこでなにかが起こって、オーラからもうひとりの自分が作りだされたんじゃないかというのが、おれの理論なんだがね……」

彼の声はしだいにか細くなり、消えた。どちらの理論も考えるほどの価値はない。ほんとうをいえば、なにがどうなったのかまったくわからないのだ。二人のあいだに長い沈黙がおりた。やがてジェイがいった。「今朝おふくろから電話があったよ」

ノヴィンズは胸が締めつけられるような気がした。「なんと言ってた？」

「おまえが嘘をついてフロリダにいたのは知っている。でも、おまえを愛しているから、それは許す。わたしの願いは、おまえといっしょに住みたいだけだ。そういう話さ」

ノヴィンズは目を閉じた。考えたくはなかった。母親は八十を過ぎ、病弱で、二度目の心臓発作からようやく立ちなおりかけているところなのだ。月々仕送りこそしているが、昔からソリが合わないと決めこんでいる彼には、いっしょに住む気は毛ほどもなかった。仕事でフロリダに行ったときも、マイアミ・ビーチの母のアパートに長居をせず、仕事にかこつけて一日早くとびだすと、その夜は女とのデートを楽しんでいた。

「どうしてバレた？」ノヴィンズはきいた。

「ここへ電話をかけたら、電話応対サービスがおまえはまだフロリダからもどってないと言ったそうだよ」

ノヴィンズは舌打ちした。「すばらしい。しかし、おまえだって打つ手はないだろう？」

「とんでもない」とジェイがいった。「おまえさんが考えもしなかったことをしたよ。おふくろをここに呼びよせる手続きをとったところだ」

ノヴィンズはうめき声をあげた。

「なにをしたって？　きさま、頭がおかしくなったのか。ニューヨークであのばあさんの面倒を、おれがどうやって見られるというんだ？　仕事はしなきゃならん、出歩かなきゃならん、おれにも生活がある――」

「もうその必要はないんだよ、この自分勝手のばかやろうめ。せいぜい気まずい思いをするがいいさ、おれは違う。おふくろは一週間後に来る」

「くそ野郎」ノヴィンズは絶叫した。

「きさま、完全に狂ってるぞ！」

「そうだとも」ジェイはひっそりといい、つけ加えた。「あんたはおふくろを亡くしたんだ。そこんところをよく考えるんだな、卑怯者」

そして電話を切った。

3　緊張日

協議のうえ、二人のうちピーター・ノヴィンズの正当な資格を持つものが本来の人生を生きつづけることに決まった。それはやむをえない決定だった。二人が同時に今までどおりの生活を営むわけにはいかない。ひとりの人生を二人で分けあうのが不可能なことは、最初の二日ですでに明らかだった。

ジェイの提案で、二人はノヴィンズのこれまでの人生にあったいくつかの転機を検討し、ノヴィンズにほんとうに生きる資格があるかどうかを考えなおすことになった。

「だれにだって生きる資格はあるんだ」切り口上でノヴィンズがいった。「だから、おれたちは生きている」

「あんたはそんなことを信じちゃいないよ、ノヴィンズ。あんたはミザントロープなんだ。

人間嫌いだ」

「それは違う。人間たちのすることの中に、おれの嫌いなものがあるというだけだ」

「偽善者め」ジェイがうなり声で返した。「おまえは図々しくそう抜かす裏で、カンバーランドの仕事を引き受けるんだ」

「それはまったく別の話だ！」

「あほ。カンバーランドにはこの国の自然を根こそぎにする計画があって、それをおまえの広告で切り抜けようとしていることぐらい、おまえは充分承知の上だ。おまえはたしかに有能な広告マンだよ、ノヴィンズ、しかし倫理観はイタチなみだ」

ノヴィンズは激昂していた。だがジェイの言葉に嘘はなかった。カンバーランドの件を引き受けるにあたっては、はじめから釈然としないものがあったのだ。しかしカンバーランドはなにしろ大きいし、国際的だし、予算は六桁にのぼる数字だった。彼はこれまでのあらゆる仕事と同じ熱意で取り組み、がっちりした計画をたてたのだ。「おれだって生きなきゃならない。それに、おれがやらなきゃ、だれかがやる。おれはただ仕事をしてるだけだ。カンバーランドは大規模な復旧案も考えている、それを忘れるな。土地はすっかりもとどおりになるさ」

ジェイは笑った。「アイヒマンもそう言ってたな、〝われわれには大規模な復旧案がある、ユダヤ人はもとの生活を保証されるであろう、その前にちょっとガスを嗅がせて連中をしゃきんとさせるだけだ〃アイヒマンだって仕事をしていただけだぜ、ノヴィンズ」

ノヴィンズはまたどなりだしていた。「おまえなら、そんな仕事は断ったことだろうよ」

「そのとおりさ、相棒。きょう電話をして、お引き取り願ったよ。いまラルフ・ネイダーに電話で問いあわせているところだ。ここのファイルにある資料がどんな役に立つかと思ってな」

ゆっくりと受話器をフックにもどす。わずか三日で、彼の人生は崩壊を始めているのだ。ひとつにまとめることはまもなく不可能になるだろう。

彼は途方に暮れていた。ひとつだけ確かなのは、自分が敗者の側にいるということだった。

4　動揺日

土曜日、ジェイから電話がかかってきた。どうやって捜しあてたのか、説明はなかった。「どうだ、気分は？」ノヴィンズは口もきけない状態だった。きのうから体が妙に熱っぽく、動くのも大儀だった。「いまジニーンとパティ、それからデンヴァーに住んでるあの女と電話で話したところだ」ジェイはいい、そこからノヴィンズがこれまで持った恋愛関係とその結末の、長い、重苦しい説明にはいった。内容はノヴィンズの記憶どおりではなかった。

「それは違う」ノヴィンズは声をふりしぼってようやく言った。

「このとおりさ、ノヴィンズ。だから残念なんだ。このとおりなのに、おまえはそれを認める勇気がなかったんだ。女から女へ渡りあるき、なにも与えようとせず、ただ奪うだけ。二度結婚し、二度離婚した。恋愛も二、三十は経験しているだろう。なのに、おまえさんは自分が女にとっては不幸しかもたらさない男だということが、まるきりわからなかったんだ。それがいま四十二になって、これからの人生を夜も昼もひとりきりですごすことになりそうなのが、やっとぼんやりとわかりかけてきた。というのは、おまえさんがひと月以上はとても別の人間との同居に耐えられない性格だからなんだ」

「そんなことがあるものか」ノヴィンズはつぶやいた。

「そうなんだよ、ノヴィンズ、そうなんだ。おまえはパティを追いかけまわし、彼女の亭主との仲を裂いてしまった。とびだしてきたパティと子どもを月三百ドルのアパートに住まわせたはいいが、そこでおまえは逃げだし、彼女ひとりに苦労をしょいこませたんだ。このとおりさ。だから〝幸せな人生〟だとかなんとかのおためごかしは、おれには言わないでくれ」

ノヴィンズは目を閉じて横たわり、高熱に震えていた。

ややあってジェイがいった。「ゆうべジェイミーに会ったよ。将来のことを話しあった。あんなにしゃべったことはない。彼女はあんたに愛想をつかしかけていた。だけど、おれが真剣に詰めていけばなにもかもうまくいくと思う。こんどは真剣にいこうと思うんだ。今までみたいな生活はまっぴらだからな、ノヴィンズ。それも、きょうかぎり終わりだ」

窓の外に黒々とうかびあがる高層ビルの輪郭が震えているようだった。ノヴィンズはひどいさむけを感じた。彼は答えなかった。

「赤んぼうができたら、あんたの名前をいただくぜ、ピーター」ジェイはいい、電話を切った。

それが土曜日だった。

5　忍従日

その日、電話はなかった。ノヴィンズはベッドに寝ていた。彼はほとんど眠りどおしだった。彼は、ジニーンのこと、パティのこと、名前も忘れてしまったデンヴァーの女のこと、そしてジェイミーのことを思った。

その日、電話はなかった。日曜日だった。

午前〇時よりすこし前、熱がぶりかえし、彼は泣きじゃくりながら眠りにおちた。

6　欠用日

ドアのロックに鍵がさしこまれ、ホテルの部屋のドアがあいた。ノヴィンズは椅子にかけ、窓の外にそびえるガラス張り高層ビルの不可解な図形の群れをながめていた。夕暮れ時で、都市はボール紙を思わせる灰色に染まっていた。

ドアのあく音にふりかえったが、入ってきた自分を見ても驚いたようすはなかった。

ジェイはコートを脱ぐと、寝乱れたベッドの上にそれを放り投げた。彼はトイレにはいり、ノヴィンズの耳に水の流れる音が聞こえてきた。

数分後、ジェイは両手をもみながらもどった。「すっきりした」と彼はいい、ベッドのふちにすわるとノヴィンズを見つめた。

「顔色がわるいぞ、ピーター」とジェイがいった。

「調子が全然よくないんだ」無感情な声が出た。「このところ自分が自分じゃなくなったような気がする」

ジェイはにこっとした。「納得してきたようだな。それで気が楽になるだろう」

ノヴィンズが立ちあがった。くもりガラスのむこうで白い火が燃えているように、大きな窓から入る光が彼の体をすかして見えた。「元気そうじゃないか」

「よくなりかけてるというところだな、ピーター。もうちょっと時間はかかりそうだが、まあ大丈夫だろう」

ノヴィンズは部屋を横切り、両手をうしろで握って壁にもたれた。彼の姿はその位置ではほとんど見えなかった。「ユングの心理学でいう元型《アーキタイプ》を思いだしたよ。あんたはおれの影なのか、仮面《ペルソナ》なのか、アニマ、それともアニムスなのか？」

「今のおれのことか？　分離したばかりのときのおれのことか？」

「両方ともだ」

「前はあんたの影だったと思う。今ではおれは自分だ」

「そして、おれが影になりつつあるわけか」

「ちがう。思い出になりかけているんだ。悪い思い出に」

「きびしいことを言ってくれるね」

「おれは長いこと具合がわるかったんだ、ピーター。おれたちが分離した引金がなんだったのか、それはわからない。だが、とにかく分離して、結果は悪くなかったとおれは思っている。もしあのままでいたら、おれは死ぬまであんたのままだ。くだらない人生をおくり、悲惨な死を遂げているだろう」

ノヴィンズは肩をすくめた。「もうその心配はいらん。ジェイミーとはうまくいってるのか？」

ジェイはうなずいた。「ああ。おふくろも金曜の午後には来る。車を借りてケネディ空港にむかえに行くよ。医者とも話した。もう長くはないそうだ。しかし、あとどれくらい生きられるにしろ、父さんが死んでから今まで二十五年の借りは埋め合わせるつもりだ」

ノヴィンズは微笑し、うなずいた。「それはけっこう」

「そこでだが」ジェイが言いにくそうにゆっくりと言った。「ここに来たのは、あんたが頼みたいことがまだなにかあったらと思って……つまり、自分がしておきたかったこと……もしこんなことにならなかったら、やっているはずだった……」

ノヴィンズはつかのま考えていた。

「いや、なにもない。ないと思う。ジニーンの母親にいくらか金を送ってくれ、ジニーンのために。べつに問題はないだろう」

「それはもうやったよ。あんたが気にしてると思ったので」

ノヴィンズは笑った。「そうか。ありがとう」

「ほかには……？」

ノヴィンズは首をふった。二人はそのまま身じろぎもせず、窓の外に夜がおりるまですわっていた。暗がりの中では、ノヴィンズの姿はかすかにしか見えなかった。弱い光にすぎなかった。

やがてジェイは立ちあがるとコートを着た。「そろそろ行かなければ」

影の中からノヴィンズがいった。「うん。体を大切にしろよ」

ジェイは答えなかった。かわりにノヴィンズのところに歩みよると右手をさしだした。ノヴィンズの手の感触は、冷たい隙間風のようだった。圧迫感はなかった。

ジェイが部屋から出ていった。

ノヴィンズは窓べにもどり、おもてをながめた。彼の体を通して、昼間の最後の残光がぼんやりとさしこんでいた。

7　解消日

ベッドを整えるためメイドがはいったとき、部屋はがらんとしていた。四十五階の部屋は妙に肌寒かった。その日、そしてあくる日になっても、ピーター・ノヴィンズがもどらないとわかると、アメリカーナでは彼が宿泊料を踏み倒したと考え、集金代行業者に取立てを依頼した。

請求書はまもなく、マンハッタンのアパート、イースト・サイドにあるピーター・ノヴィンズのアパートに送られた。

宿泊料は、ピーター・ジェイ・ノヴィンズによってただちに支払われた。それには、短いけれども心のこもった詫び状が添えられていた。

ヒトラーの描いた薔薇

伊藤典夫◎訳

Hitler Painted Roses

地獄の扉がひらくその正確な刻限は、十三日の金曜日、慣例であった秋分の瞬間よりも明らかに十日早まって到来した。このくいちがいは、しかし、皮相的なものでしかない。一五八二年の、ユリウス暦からグレゴリオ暦への移行を知る者には、この十日間のずれはまったく筋の通ったものなのである。くすぶる太陽が、南北に走る天の赤道をわたるにつれ、数知れぬ予兆が顕現した。ドーセットの小さな町ブランドフォードの近くでは、双頭の仔牛が生まれた。マリアナ海溝の深みから、いく隻もの難破船が浮かびあがった。いたるところで子どもたちが、その眼に老いた、賢い光を宿した。インドはマハラシュトラ州の上空では、雲が戦う軍勢のかたちをとった。ケルトの巨石遺構の南面に、爛《ただ》れた皮膚を思わせる苔《こけ》がみるみる生え、数分ののちには枯れた。ギリシャでは、可憐なナデシコの花が血を流し、周囲の地面は腐敗臭を発した。紀元前一世紀、ユリウス・カエサルによって選定された十六種の凶兆が、塩やワインをこぼすこと、つまずくこと、くしゃみ、椅子のきしみも含めて、すべて現われた。マオリ族は南極光を見た。バスク人たちは、角のある馬がヴィスキーアの通りを駆けぬけるのを見た。ほか無数の前兆。

そして地獄の扉がひらいた。

ほんの一瞬の間だった。宇宙の広大無辺な迷宮に出口が生じ、脱走が始まった。切り裂きジャックは逃亡した。カリギュラは行方をくらました。シャルロット・コルデーは、いまだマラーの血にまみれた両手をのばし、すかさずこの機会をつかんだ。もじゃもじゃの豊かなひげを、焦げて色のぬけたリボンでとめたエドワード・ティーチ（海賊黒ひげ）は、すさまじい哄笑《こうしょう》とともに逐電した。バークとヘアとクリッペン（彼らは地獄で友人となっていた）は、いっしょに逃げだした（バークとヘアの二人組とクリッペンは、ともに英国犯罪史上名高い殺人犯）。カインも解放された。チェーザレとルクレチア・ボルジアは先を争って逃亡をはかり、不能の兄を置き去りにして妹が非道な自由をかちとった。ジョージ・アームストロング・カスターは燃えさかる幽霊馬にまたがると、長いブロンドの髪から炎をたなびかせ、猟犬の群れに追われながら駆け走った。ほか多勢。

ヒトラーは扉のすぐわきにいたので、逃げることはできた。だが逃げなかった。彼は心のふるさとを見いだしたのである。彼の永劫《えいごう》は、地獄の壁に薔薇《ばら》を描くことに捧げられていた。傑作をあとに残していくわけにはいかなかった。

扉がしまり、すべてはもとの状態にかえった。しまる利那《せつな》、パラドキシカルな渦動が銀河流の中に創りだされ、ひとりを残してすべての呪われた魂を吸いもどした。

マーガレット・スラシュウッドは気づかれることなく逃亡した。完璧な記録が最新の情報も含めて保管されている地獄では、およそありえないことだが、彼女の不在はまったく問題にされなかった。地獄はなべてこともない状態に復した。

しかし、地獄に来てまもないマーガレット・スラシュウッドは、ふたたび現世に立ちもどっていた。

一九三五年、ダウニーヴィルで大量殺人が行なわれた。

ダウニーヴィルの町には、建物の形にちなんで八角館と呼ばれる家があった。八角館を建て、そこに住んだ家族の名前は、ラムズデルといった。ラムズデル一家は鉱山を経営し、鉱山から利益があがらなくなると、牧畜と酪農に転じた。裕福で気さくで、コミュニティに関心が深く、大不況期にも人びとに施し、分け与えるラムズデル一家は、ダウニーヴィルの住民に愛され、尊敬されていた。

ラムズデル八角館で起こった大量殺人事件は、神を畏《おそ》れる町の住民を驚かせ、激昂させた。

マーガレット・スラシュウッド（女中、三十一歳）は、その惨劇のただひとりの生存者だった。彼女は全身に血潮を浴び、泣きじゃくりながら、半裸の姿でダイニング・ルームにうずくまっているところを発見された。部屋には、ラムズデル家の人びと六人の死体が散乱していた。うち三人は子どもであった。町の住民は彼女を家から引き立て、近くの井戸に投げこんで溺死《できし》させた。リンチは、一九三五年の当時にあっては、ごくありふれたことだった。

十三日の金曜日、冷たい風が吹き、四方《よも》の川がつかのま逆流の気配を見せたその日、マーガレット・スラシュウッドの焼けただれた亡霊はダウニーヴィルに帰ってきた。

ヘンリー・〝ドック〟・トマスは、もはやこの町に住んではいない。

一九六一年に死んだのである。

マーガレット・スラシュウッドの亡霊である、いまだくすぶりつづける燃えがらは、ダウニーヴィルに長居はしなかった。ミドガルドの常として、ヘンリー・〝ドック〟・トマスの影は、さほど長いあいだこの地で待ってはいなかった。マーガレット・スラシュウッドはさがしつづけ、彼がいないとわかると、悲痛な叫びを発した。町じゅうの赤んぼうが、火のついたように泣きだすほどの声だった。彼女はさがしつづけた。ヘンリー・トマスは地獄へは行っていない……地獄にいれば、当然そこで出会い、二人のあいだに話はついているはずだ。これまたおよそありえないことだが、宇宙は善と悪、正義と不義を一点のくもりなく裁くという通念をくつがえし、あらゆる論理に逆らって、ヘンリー・トマスは天国に召されたのである。

地獄から解き放たれたマーガレット・スラシュウッドは、自分の処女を奪った男をさがすため、天国にはいあがって行った。

天国に着いたのは夕暮れに近いころだった。極楽往生を遂げた人びとが、ゆったりと威厳たっぷりに逍遥《しょうよう》している。壮大なパステル都市、天国は人口過剰に悩んでいた。住民の顔にはかすかな緊張がうかがえるが、低い笑い声がいたるところから聞こえた。地獄に比べれば、かなり涼しい。空に鳥の姿は見えない。コオロギが鳴いていた。

マーガレット・スラシュウッドは何回か道をたずね、やがて公共の広場にたどりついた。暮れなずむ空を背に、あわい金色に染まった池があり、ひそやかな水音が聞こえている。その水辺に、彼女はさがし求める人を見いだした。ヘンリー・トマスは素足を池に入れてすわっていた。

うしろから近づくにつれ、知らず知らずのうちに拳《こぶし》がかたく結ばれていた。両手が焼けただれているので、にぎりしめた掌《て》が痛い。彼をたたきのめしてやりたかった。

話しかけようとしたが、声が出なかった。感情が高ぶりすぎているのか、それともあまりにも長いあいだ、地獄で（悲鳴以外に）声を出さなかったせいなのか。もう一度力をこめると、かろうじて名前が出てきた。

「先生《ドック》」

男の背中にふるえが走り、彼は正面を見据えた。もう一度名前を呼ぶ。ヘンリー・トマスはゆっくりと頭をまわし、彼女を見上げた。眼が合ったとたん、彼は泣きだした。

二人のあいだには、あの夜の記憶があった。

彼女は膝をつき、男の顔をのぞきこんだ。一九三五年、彼女の愛を強要したときより、それは二十六歳老《ふ》けこんだ顔だった。整った顔には、責め苦のあとが鉄さびのようにこびりついていた。不精ひげを生やしている。ここでは、ひげを剃る必要はないのだろうか。それとも死んだとき、ひげを剃っていなかったのか。死にぎわはどんなふうだったのだろう、と彼女は思った。だが、その思いは気まぐれな風に似ていた。黒焦げの両手に彼の顔を抱きとめ、その温かみにふたたび触れてみたかった。だが、それは不可能なことだった。あまりにも長い時が、地獄で過ごしたあまりにも多くの瞬間が、あの夜の記憶とともに二人を隔てていた。

そして彼は泣いた。

途方に暮れた眼差しで彼女を見つめた。いまや男は完全に屈服していた。彼女の名をささやき、もう一度ささやいた。

二度目に名前を聞いたとき、彼女の中の憎しみは流れ去っていた。マーガレットは体をのりだすと、煤《すす》だらけの顔を男の肩にのせた。男の白い肌に黒い煤のあとが残った。赤んぼうに対するように、やさしい声であやしつづけるうち、彼女自身の体もふるえだしていた。こんなふうな彼を見るのは、はじめてだった。最後に会ったあの夜も……

天国のふちが流れだした。

マーガレットはドックの肩越しに眼をこらした。天国の空にしみが浮かび、しずくがしたたりはじめている。これと似た現象が一軒の家に起こるのを、彼女はその前の年、一九三四年に見たことがあった。紫外線と湿気が、古びたペンキに含まれる亜麻仁油の結合剤を急速に変成させてゆく。雨が鼻隠し板や窓枠にしみこみ、ペンキ屋がいう〝粉をふいた〟状態を引き起こすのだ。こうして色がぬけてゆく。一九三四年、三五年にあっては、これは珍しいことではなかった。

足もとの地面に震動が走った。あわい金色の水面がゆったりと左にゆれ、ついで右にゆれた。池が波立ち、はじめ片側に水がこぼれ、つぎに反対側にこぼれた。

気温もさっきより上がっていた。鳥の啼《な》き声が聞こえたような気がしたが、空に鳥の影は依然としてなかった。鳥はいない。流れ落ちる空の色の薄よごれた霧雨の中には、なにひとつ見えない。

彼女は力のかぎりドックにすがりついた。

天国に満ちあふれる、光源のない銀色の光が衰え、広場の周辺の空虚に、ところどころ不気味な闇の潰瘍《かいよう》が口をあけた。

マーガレットはドックにきつく体を押しつけた。ちょうどあの夜のように。八角館裏手の使用人部屋でしていたように。そう、あの部屋。彼女の心の眼には、いまそれが見えるのだった。あのときと変わりなく、くっきりとあざやかに……あれはいつのことだったのだろう？　何十年も昔のことなのか、つい昨日のことなのか、一九三五年のあの夜は？

一夜明けたあくる日には、男たちは彼女を家から引きずりだし、井戸のつるべ縄を足首に巻きつけていた。男のひとりが拳《こぶし》をかため、こめかみに一撃を加える。またひとりは、井戸のれんが壁に彼女の顔をたたきつける。彼女は吊りさげられ、なかば意識を失い、もがき、泣き叫びながら、いまや丸はだかにされ、恥ずかしさに言葉もなくし、闇のあぎとに頭をさしいれ、まっ逆さまに落ちてゆく、底知れぬ深みへ、はるかな地獄の奥底へ——そのわずか一日前、現実の時間ではそれだけしかたっていないのだろうか、それとも炎に焼かれるうち、四十年、五十年、百年の歳月が過ぎ去ってしまったのだろうか？　心の眼に、居心地よい、こぢんまりしたあの部屋が見えた。オクスナードのパルニー医師のところから、ラムズデル家に移ったときあてがわれた部屋。そこへは広々としたキッチンを通ってゆく。中央には、肉屋にあるようなブロック・テーブル。フックに吊るされて整然とならぶ銅張り底のフライパン。朝食用テーブルにかけられた洗いたてのオイルクロスのさわやかな匂い。すでにガスが引かれているのに、ラムズデル家お気に入りのストーブでは薪《まき》が燃えている。キッチンから食器室《パントリー》へ入る。通りぬけ自由の大きなパントリーで、奥の壁ぎわには螺旋《らせん》階段。それは一家の寝室のある二階と三階に通じており、夜半空腹をおぼえるとラムズデル氏は、軽い夜食をとりに直接パントリーにおりてくることができる。その先は彼女の部屋、使用人部屋のドア。彼女はそこに二十八歳のときから、よい給金をもらい、住みこみの女中として住んでいる。部屋は螺旋階段のすぐ下にあり、夜おそく空腹を満たすためにおりてきたラムズデル氏の前には、彼女のこぎれいな部屋に通じるドアがある。

空が流れ、地面がゆれ、渦巻く闇がパステル都市をのみこんだ。気温の上昇に耐えかねて天国の住人たちが逃げまどうなか、マーガレット・スラシュウッドはすすりなくドック・トマスの体に、力のかぎりしがみついていた。ちょうどあの夜と同じように。

「わたしの夢がどっから来ているか知りたくない？」

ドックは彼女を見おろした。まじめな顔をしようと努めているが、微笑は隠せなかった。

「なぜ知らなくちゃいけないんだい、その夢の出どころを？」

「夢というのが、自分に近いところからきているということを知るためよ。心の中で大切にしているものが、夢になって出てくるの。でなければ、おカネをたくさんほしいとか、大きな土地を持ちたいとか、キャビアをおなかいっぱい食べたいというのと同じでしょ」

「じゃ、教えてくれよ」

大きなパントリーの奥にある小部屋のベッドの中で、マーガレットは体を起こした。身につけているのは、スリップと絹のストッキングだけ。二人はベッドの中で愛しあっていたのだ。強い力で押しつけられたため、彼女の肌はピンク色に上気していた。胸と二の腕にある小さなあざが、二人の愛の激しさを物語っている。情欲のあかしを人目にさらす危険はあるものの、彼の歯を拒むだけの意志は、そのときの彼女にはなかった。

「わたしの夢はね、母をずっと見てきたことから来ているの。母はバーミンガムの出なの、イギリスの。この話、しなかったかしら?」

彼はほほえんだ。それは、翼の折れたハチドリをその朝持ってやって来た子どもに、彼が見せたものと同じほほえみだった。「うん、その話は聞いた」

「そうね、話したはずだもの。抱いて。もっとお話してあげるから」

彼がふたたびベッドにすべりこみ、二人はならんで横たわった。彼はマーガレットの栗色の髪に腕をまわした。ふくらはぎに届くほどに伸ばした美しい髪は、いま彼女の裸身を毛布のようにおおっている。彼のあごの下の深いくぼみに顔を埋《うず》め、マーガレットは遠くから聞こえる自分の声に耳をすませた。

「母はいつも働いていたわ。休んでいるところなんか思い出せないくらい。父はわたしが小さいころ死んだし。母から聞いているのは、それだけ」

「だけど、きみはお母さんの話を信じなかった」彼が低い声でいった。

マーガレットは起きあがり、彼を見つめた。「そうよ、先生《ドック》、どうしてわかった？」彼は手招きし、マーガレットをもとのところに引き寄せた。その瞬間、咳が出た。彼は軽い夏風邪をひいていた。それにしては咳は大きかった。マーガレットはおびえた顔になり、彼の上にもたれかかると、その口を掌でふさいだ。「シーッ。いま夕食の最中。みんなは、わたしが考えごとをしていると思ってるの。こんなところにいるのが見つかったら大変……だけど、先生《ドック》、なぜこんな早く来てしまったの……？」

「会いたくてたまらなかったんだ」声は手の中でくぐもっていた。彼はその掌に唇を押しつけた。

「そんな、いけないわ。これからは駄目よ。夜おそくなってから。いいのはそのときだけ。うんとおそくなってからよ、先生《ドック》」そしてなにごとか思いついたように間《ま》を置くと、こうつけ加えた。「でも、ときどきはあまり夜おそくならないうちね」

それがどういう意味なのか、たずねる間《ま》はなかった。

「ほんとは父は家を出ていってしまったの。母はおカネをためて、ニューヨークまで追っていったわ。いつまで待っていても旅費を送ってこないから。父は家具の修理をしていたの。母は自分で働いて、おカネをためて、いきなり父のところを訪ねたわけ。女と同棲してるんじゃないかと疑っていたのね。もちろん、そのとおりだったんだけど。そしたら父は女を二人とも置いて逃げてしまったの。母はその女《ひと》と仲よくなったわ。それがわたしのサリーおばさん」

スリップが脚にそって引き上げられてゆく。押しもどそうとしたが、彼の手はもうそこに来ていた。それがはじめてであるかのように「ああ」と声がもれ、男の体が上にのしかかると、もう一度「ああ」といった。

ドアがあいた。

ドアのまえに空《から》のボール箱があり、それが床をすべる低い音が、彼女の耳に聞こえていた。彼女は毎晩、当然のことのようにボール箱をドアの前においていた。眠っているうち、だれかが忍びこんで来ても、物音からそれとわかるからだ。夜がふけ、家族が寝静まると、空腹なのか、それともほかに用事があるのか、ときおりラムズデル氏が階下におりてくることがあった。

ドックの肩越しに目をやると、ラムズデル氏がこちらを見つめていた。

とめるようすはなかった。

彼の見守る中で、ドックは枕に顔を埋めて声を殺し、行為を終えた。自分が先にイッたのか、あとだったのか確かめようとわずかに体を起こしたとき、ドックは彼女の眼が自分の背後を見つめているのに気づいた。彼女がなにを見ているのか、その方角に首をまわしたとたん、ラムズデル氏の声がとんだ。「うちに淫売を置くわけにはいかん。食事が終わるまでに、荷物をまとめて消えろ」

ラムズデル氏はドアをあけはなしたまま、きびすを返した。六フィートの長身が、寝室へ上がる螺旋階段の手前でかがみ、遠ざかった。

ドックは両手で体重を支え、下にいる半裸の彼女を見つめた。

「母が死んだのは、一九一一年のトライアングル・シャツウェストの火事のとき」マーガレットは話をつづけた。会話を妨げるなにものも存在しなかったかのように。彼の行為そのものがなかったかのように。だれひとり見咎める者はなかったかのように。ラムズデル氏の燃えさかる神の眼も見なかったかのように。ただちに去れという命令も聞こえなかったかのように。「いつも働いていたわ。わたしの夢は、だから、そこから来ているわけ」

つぎの瞬間、彼女は泣きだした。

ヘンリー・トマスはベッドから起きあがった。マーガレットを見おろした。ひらいた戸口とボール箱に目をやった。なぜボール箱があるのか不思議に思ったことはあった。人の出入りを防ぐには軽すぎるし、つっぱりもきかない。

なぜ彼女がそこに置いたのか、いぶかしんだことはあった。ときどきは夜あまりおそくならないように、という警告の意味を、いま彼ははじめて理解した。

と、体が縮んだように思われた。みるみる小さくなってゆく。ヘンリー・トマスは長身の男である。翼の折れたハチドリや、寄生虫のいる子犬、喧嘩で片目をつぶした猫、そういった生き物を運びこむ子どもたちに、獣医としての信頼感を与えるには充分な上背がある。だが、縮んでいった。しぼんでいった。胸のはりさけるような、傷ついた、すさまじい声を発して、彼はおのれの内に縮潰《しゅくかい》していった。

そして狂気がおそった。

長い栗色の髪に手をかけ、彼女をベッドから引きずりだすと、ひらいた戸口からパントリーのリノリュームの床に投げとばした。とつぜん体が大きくなった。毒素が送りこまれたように、全身がふくれあがってゆく。彼女を追って駆けだし、髪をつかむと、キッチンのリノリュームの上を引きずっていった。体を返そうとあがくマーガレットが彼の手に見たのは、壁の棚から抜いた肉切り包丁だった。いつ包丁を手にとったのか、彼女には見定める余裕もなかった。

ダイニング・ルームになだれこむ。ドックは、泥棒だの、貴重品の盗難だの、神の冒瀆《ぼうとく》だのと、意味の通らぬ気が狂ったような言葉をわめきちらし、つぎの瞬間、全身に血を浴びていた。包丁をにぎった手が目にもとまらぬ速さで上下し、血潮は壁を流れ、ダマスクのテーブルクロスにしみこみ、低いシャンデリアの水晶プリズムには、どんよりしたしみがいくつも浮かんだ。悲鳴はいまだにつづいていた。

そしてマーガレット・スラシュウッド、三十一歳は、半裸のまま、血の海の中に取り残された。八角館のダイニング・ルームに生き残った、ただひとりの人間であった。

やがて男たちが現われ、彼女を井戸に投げこんだ。

天国の池は溶岩《ようがん》でみたされた。池の底の亀裂からしみだして来たもので、あわい金色の水はすでにことごとく蒸発していた。ひび割れ、ゆれ動く外殻の下で、いまや溶岩は、緑、黒、あるいはどぎつい真紅に染まり、わきかえっている。

ヘンリー・トマスにすがりついたマーガレット・スラシュウッドは、二人の体が同調してふるえているのに気づいた。「なぜわたしを捨てていったの？」問いかける声は、溶岩の破裂音の中では聞きとれぬほどかすかなものだった。

マーガレット・スラシュウッドは恋人を抱き起こした。彼は素足を池の中に、溶岩の中に投げだしていたはずである。だが、いまこうしてながめても、火傷のあとはなかった。地獄では、彼女は溶岩の池にいた。同じものではないのだ。おそらくそれが、天国と地獄の大きな違いなのだろう。

彼の手をとり、池をはなれる。パステル・カラーの壁ぎわにとりあえず退避したが、そのなめらかな表面にも、稲妻を思わせる亀裂が走りはじめた。大気はよどみ、電気を帯びている。

そのとき二人のまえに神が現われた。本来的に神は多重存在であり、その属性については、哀れだの滑稽だの、伝説にあるとおりだの、想像を絶するほど賢いだの、ありとあらゆる形容が可能とはいえ、すくなくとも彼らにユーモラスなところは微塵《みじん》もなかった。彼らは、マーガレット・スラシュウッドと、いまや震える影でしかないヘンリー・〝ドック〟・トマスのもとに現われ、傲然《ごうぜん》といいはなった。「おまえはこの地には異質の者だ。去れ」

「行きません」とマーガレット・スラシュウッドはいった。それは彼女が、生前も死後も口にしたことがないほど自信にみちた言葉だった。彼らが神にはほど遠い存在であるかのように、マーガレット・スラシュウッドは自信をもっていった。「これはまちがいなんです。わたし、悪いことはしていません。この人がぜんぶやって、逃げてしまったんです。わたしは釈明することもできませんでした。わかってください！　記録はちゃんとあるんでしょう？」

だが神はかたくなに、マーガレット・スラシュウッドのはい上がってきた方角を示すばかりだった。

「彼を連れていきなさい」いってから、彼女は考えなおした。「いいえ、それはやめます。この人をここに置いてください。あちらの暮らしには、きっと耐えられないでしょうから」

神が彼女の腕をひっぱっている。「わかった、わかった！　ひっぱらなくてもいいでしょ。わたし、ひとりで歩けます。ありがとう」腕が自由になると、彼女は神に「ちょっと時間をください」といった。神は応じたが、天国の崩壊がいたるところで進んでいるいま、いらだっているようすがありありと見てとれた。

マーガレットはヘンリー・トマスの顔に両手を上げ、その眼を見つめた。気がつくと、ちょうどあの夜と同じように、彼の姿はみすぼらしく縮まり、彼女は大きくなっていた。マーガレットはむかしの恋人に顔を寄せ、ささやき声でいった。「とんだ勘違いだわね、先生《ドック》。神さまがヘマをするなんて。そのうえ、嘘を押し通そうとする。みんなが信じているという、ただそれだけの理由で。彼らは真実なんて知りたくもないんだわ。このほうがかんたんなんですもの。世の中の人の大部分が幻想を信じこんでしまったら、そう、そのときにはそれはもう現実なのね。だけど、わたしたちは知っているわ、先生《ドック》。だれがどこに属するか、わたしたちだけは知っているわね？」

そして彼にそっとキスすると、その頬をかるくたたき、あきれはてたといった体で首をふった。彼女は神を見つめ、彼らもまたいらだたしげに見つめかえした。「世の中には、恋をする資格のない人間もいるんですね」と彼女は神にいった。「くだらない男。ラムズデルさんがなんだっていうの？　なにがどれほど大事だっていうの？」

こうして彼女は神にみちびかれ、地獄に下った。

扉のまえに着くと、神がノックし、ややあって扉がひらかれた。すさまじい臭気が吹きつけた。「ここから先はひとりで行けます」とマーガレット・スラシュウッドはいい、雄雄しく姿勢を正した。そして敷居をまたいだが、扉がしまる直前、神のほうをふりかえっていった。「ラムズデルさんに会ったら、よろしくと伝えてください」

彼女が中にはいると、地獄の扉はふたたびとじた。

マーガレット・スラシュウッドは真紅の闇の中にはいおりてゆく。その姿を見送る神が最後に目にしたのは、扉のすぐ内側に立つ小柄な、定かならぬ人影だった。焼けただれた体からは煙がたちのぼり、手には絵筆とパレットをにぎっている。

扉のすぐ内側、地獄の壁をおおいつくして、そこにフレスコ画法で描かれているのは、数知れぬ薔薇の花。その美しさは神の眼にも耐えがたく、およそ似つかわしくない場所で発見したこの偉観を、一刻も早くミケランジェロに伝えなければと彼らの気持ちははやるばかりだった。

大理石の上に

伊藤典夫◎訳

On the Slab

ON THE SLAB
by Harlan Ellison

　ギブリー。ふしくれだった木ばかりのリンゴ園四エーカーをかかえる農夫。ロードアイランド州はプロヴィデンスにほど近いチパチェットで、ますます減ってゆく実りに一年後は草置場で血まみれの死を迎えようかという、そのジョージ・ギブリーが土地の北東の片隅に、気味のわるい生き物を見つけたのは九月もすえのころ。凶暴な電光の季節だった。
　みだらにねじくれた木々は——腐爛《ふらん》病を思わせる傷あとも黒々と——たびかさなる電撃に耐えたが、それでも年ごとにすこしずつ裂け、年ごとにすこしずつ枯れ、年ごとにすこしずつ死へとむかっていた。マッキントッシュ種の実も、奇形の幼体さながらみにくくしなびている。引き寄せられる稲妻は、夜ごと耳をつんざく音を発してのたうちまわり、やがてある夜、この宇宙的ゲームに飽いたかのように、枝分かれした巨大な電光をふりおろすと、たぎりたつ力で生き物の墓所をあばきだした。

あくる朝、ジョージ・ギブリーは果樹園の見まわりに出た。エマのいる自宅が遠のくころ、はじめてこらえていた涙を流した彼は、クレーターをのぞきこみ、そこにながながと仰臥《ぎょうが》する生き物を見いだした。ふたつの瞳孔のあるグリーンの隻眼《せきがん》が朝日にどぎつく輝き、左腕は朝の大気をつかもうとでもいうのか、肘から先を上に向けている。それはあたかも生き物が地中からぬけだそうとして、天の怒りに打たれたかのようだった。

つかのまではあったが、穴のなかに目をこらしたときジョージ・ギブリーは、脳をつなぎとめる神経節がばらばらとちぎれてゆくような感覚を味わった。首根っこの上で頭がふるえだし……その信じがたい巨人から、長さ三十フィートの穴を埋めて横たわる姿から、視線をもぎはなすだけで精いっぱいだった。

果樹園のなかに、虫の音と数羽の小鳥の声、それにジョージ・ギブリーのすすり泣きが聞かれた。

果樹園に無断侵入する子どもたちが、巨人を見つけた。うわさは町に広まり、ひとりのフリーライターのもとにも通報がとびこんだ。〈プロヴィデンス・ジャーナル〉の社会面にときおりコラムを寄稿している女性だった。彼女はギブリー邸に車をとばしたが、ジョージ・ギブリーが口をひらくどころか客には目もくれず、背のまっすぐな椅子にすわって窓の外をながめているばかりなので、エマ・ギブリーをいいくるめ、ひとり果樹園を歩きまわる許可を得た。

のった記事は小さかったが、時は十月はじめであり、世の中は静まっていた。記事は関心を呼んだ。

人類学をおさめる大学院生の一団が教授とともに到着するころには、巨大な死体のあちこちは、すでに野の獣や物見高い見物人によってえぐり取られていた。一行の中からひとりがロードアイランド大学キングストン校に送られ、大学の法的代理人たちに連絡をとって、この恐るべき大発見の買収をはかることになった。これは明らかにまがいものではない。P・T・バーナムの〝カーディフの巨人〟とはちがう。いまだかつて存在を知られていなかった生物なのだ。

夜が来ると、教授はやむなく学生のうちもっとも扱いやすい者たちを説きふせ、死体のそばに置くことにした。コールマン灯とダウンジャケットと小型ストーブが持ちこまれた。だが夜明けを待たずに、学生はみんな逃げだしていた。

それから三日後、大学側の弁護士がエマ・ギブリーに条件を提示するよりわずか六時間早く、プロヴィデンスのあるロック興行主が、死んだ巨人に対する全収益権と所有権を三千ドルで手中にした。あの朝、墓のふちに立ちひとつ目の生き物を見おろして以来、夫がまったく口をきかないので、エマ・ギブリーは狂乱状態にあった。彼女の将来には医者と病院が待ちうけていた。

過去十年、一流ロック・グループをことごとく呼んだ実績を背景に、フランク・ネラーが借りたプロヴィデンス・シビックセンターの展示スペースは、時が十月のまだ第二週、世の中が落ち着いていたこともあって、ばか安値で折り合いがついた。つぎにネラーは自分の持つ広告会社に、巨人への関心を全国的にかきたてる仕事をあてがった。これはむずかしい仕事ではなかった。

小型カメラの注視をあびて、巨人の姿は三大ネットワークすべての夜のニュースにのった。フランク・ネラーの劇的演出の才は、空振りに終わらなかったのである。

ピンクの肌をした三十フィートの類人生物は、くわっと見ひらいたひとつ目でカメラの放列をにらみつけ、なめるような大写しのなか、ネラーが地元の石材店につくらせた大理石の厚板の上に横たわっていた。

イェール大学のピルビームが来た。あとにはクリーヴランド自然史博物館のジョハンソンが、リーキー一族が、そしてカリフォルニア大学からもリヴァーサイド校のテイラーが、ラ・ホヤ校のハンス・スースとともに到着した。誰もがまぎれもなく本物と断言した。が、どこから現われたのかとなると、誰もがことばをにごした。しかし地球の生物にはちがいがなかった。身の丈三十フィート、ひとつ目、犀《さい》の角のように硬い体表を持ちながら……それは人間だった。もうひとつ、全員が気づいたことがある——

その胸部、ちょうど心臓の真上にあたるところに、見るも無残な傷があるのだ。古代ローマの百人隊長たちが、この化けもののはりつけにさいして槍をいくたびも突きたてたかのような。そう形容したいほど痛ましい裂傷のあと。ただれた皮膚はいまだいきりたつ深紅に染まり、ほかには無傷の全身がおだやかなピンクであるだけに、いっそうきわだって見えた。

無傷。ただし、やじうまが爪やすりやペンナイフで、みやげにえぐっていった部分を除いての話である。

そこにきてネラーは、学者たちを追いはらった。彼らは目のあたりにした驚異に首をふり、自分の研究所に持ち帰りたくて気も狂わんばかりだったが、ネラーの明白かつ揺るぎない所有権のまえに勝ち目はなかった。やがて最後のひとりが去り、石板に横たわるキュクロープス（ひとつ目巨人）の写真が、雑誌や新聞をにぎわし、はてはポスターにまでなると、ようやくフランク・ネラーは展示の腰をあげた。

そこ、ロードアイランド州議会議事堂の間近。丸屋根の頂《いただき》から、金箔をはった高さ十二フィートの〈独立人〉の像が見おろすその場所で。

物見高い人びとは長蛇の列をつくり、ひとり三ドルの入場料を払っては、死せる巨人を見ようと中にくりこんだ。シビックセンターの外壁には、三十フィートの実物大ポスターがたれさがり、でかでかと「世界第九の不思議！」を誇示した（第九とは、ここが宣伝家や興行主にまれな、フランク・ネラーらしい機知のひらめきと歴史感覚によるのだが、第八はキング・コングだからだ）。それはゲテ物映画ファンなら見逃すはずのない優雅な敬意のあかしであり、このちょっとした気配りによってネラーは、さもなければ得られなかった支持を通人たちから博することになった。

加えて、この巨人がプロヴィデンス、あのロードアイランド州で発掘されたことにも、鳴りひびく協和音さながらの必然性がついてまわった。ニューイングランド地方では別格のヤンキー州。ロジャー・ウィリアムズが「良心ゆえに苦しむ人びと」のために建設し、また歴史的にも、思想の独立と信仰の自由によって知られてきた州。珍奇と怪異が日常と溶けあい、ポオがかつて住み、ラヴクラフトが住んだ土地。彼らの見た異様なヴィジョンや恐ろしい夢は、書き残されて、文学の流れを動かしている。そして都市を精神的に牛耳《ぎゅうじ》るのは、マフィアという名の現代の魔女集団。以上のすべて、またさらに数かぎりなく報告される奇怪な出来事、目撃例、集会、異端説が、〈プロヴィデンス・ジャーナル〉を、あたかも怪奇現象収集家チャールズ・フォートの本の付録と見まがうばかりにし……凛とした〝異質〟の空気をかもしだすのに役立っていた。

行列は短くなることがないようだった。群衆はバスを連ねて押しよせ、カセット・プレイヤーを借りては、TVのオカルト番組で司会役を務めた男の解説に聞きいった。小学生は、見すえるグリーンの眼球の前をがやがやと騒ぎながら、引率されて通りすぎた。恐怖映画で感覚の鈍ったティーンエイジャーは、五人、十人とかたまってやってきた。なにごとも分かちあいたい恋人たちは、立ちどまって驚嘆した。驚嘆などとうの昔にすりきれた年配の市民たちは、笑みをうかべ、指さし、舌を鳴らした。懐疑論者、冷笑家、プロのすっぱ抜き屋たちは、わが目を疑って立ちすくみ、動転したまま去っていった。

フランク・ネラー自身、かつて経験したことがないほど自分がのめりこんでいるのに気づいた。これまで契約を結んだ中で、もっとも芸術の才に恵まれたグループにさえ覚えたことのない感情だった。毎夜ベッドに入るとき、体はへとへとだが気分は高揚しているのだ。そして毎朝のめざめには、時を有効につかっているという充実感がある。大学時代にいっしょに下宿していた仲で、彼の経理士をつとめる年来の親友にこのことを話すと、「品格がそなわった」という形容が返ってきた。このことばをじっくり嚙みしめ、ネラーは同感した。

怪物を見せるのは、なにか大切なことなのだ。

その理由を、ネラーは真底知りたいと思った。緑につつまれた心の空き地に、ひとつの声がいくたびもこだました。なぜ？

「あの巨人が展示されている広間で、毎晩おやすみだとか？」深夜ＴＶのトークショウのホストが身をのりだした。タバコの灰が、くっきりと折り目のついたスラックスの上に落ちそうなほど長くのびている。男は気づかない。

　ネラーはうなずいた。「ええ、そのとおりです」

「なぜ？」

「なぜというのは、あの偉大な人を買いとって、人に見せるようになってから、ずっと自分に問いかけている疑問で……」

「いや、ぶっちゃけたところをお聞きしたいんですがね」とホストはいった。「あなたはただ巨人を見せてるわけじゃない……見物料をとっている。つまりは、見世物を出してらっしゃるわけだ。これは必ずしも人道的な行為とはいえないでしょう」

　ネラーは口をすぼめ、認めた。「そうです、それはそのとおりです。しかしいっておきたいが、資力さえあったら、わたしは金なんかとっていない。先立つものがもちろんないんで、シビックセンターの場所代として料金をいただいてるということです。それだけだ。それ以上じゃない」

　インタビュアーは狡猾な笑みを浮かべた。「まあまあ……」

「いや、ほんと、神かけて、これは本気です」フランクは早口でいった。「開場して十一カ月、偉大な人を見るためにもう何千、何万押しかけてきたことか。百万じゃきかんと思う。はっきりした数はわからないが。で、見た人間はみんな、前よりいくらか気分がよくなり、ほんのすこし自信にみちて帰ってゆく……」

「宗教体験ですかな？」インタビュアーは笑っていなかった。

フランクは肩をすくめた。「いや、あの偉大な人のまえに出ると、誰しも品格が上がったように感じるということです」

「ずっと巨人のことを〝偉大な人〟とおっしゃってますな。変わった言いまわしだが、なぜそういうふうに？」

「ぴったり来る、それだけですよ」

「そういえば、まだお聞きしていなかった。あなたがなぜ、展示会場になっているあの場所でおやすみになるのか」

フランク・ネラーは、インタビュアーの目をまっすぐに見つめた。毎日をニューヨークで過ごさなければならず、そのため安らぎとはなにかを理解してもいないであろう男。フランクはこういった。「あの気分が好きでね。わたしが、創られるにふさわしい人間であったような気がしてくるんです。それに長いあいだ目を離しているのもつらい。で、ベッドをしつらえたわけです。あなたからすれば、いかれているように聞こえるかもしれないが……」

しかし大理石上の動かぬ姿とともに生きたいという思いを、もし押さえつけていたなら、フランク・ネラーは殺戮《さつりく》者が現われた夜、そこにいあわせることもなかっただろう。

巨大な天窓からさしこむ月光が、展示区域を中心とする円形の広間にあふれていた。ネラーはいつもどおり眠気の訪れないまま、しかし偉大な人のまえで心は安らかに、両手を頭の下におき仰臥していた。

大理石の上に横たわる巨人は、その三十フィートの石板ごと遠い壁にななめにたてかけてあるので、顔はいま影のなかに入って見えない。ネラーには明かりは要らなかった。隻眼が見ひらかれ、ふたつの瞳孔がまっすぐ正面を見すえているのを、彼は知っていた。人間と巨人、二人はいまでは友だちだった。そして例のごとくフランクは、怪物の前を通りすぎた何万もの人間が、誰ひとり気づかなかったものに目をとめた。天井に近い闇のなかで、巨人の胸にひろがる傷あとがかすかに光っているのだ。それは琥珀色のプランクトンのようにも、また大地の底の底にある空洞内部で、石灰岩の壁にまとわりついて生きるちっぽけな生物のようにも見えた。夜がおりると、フランクは耐えがたい悲しみにうちひしがれた。この途方もない存在がどこで、どのように生きてきたにしても……昼と夜がどんなふうに過ぎていったにしても……この巨人がこうむった苦しみは、人間ふぜいには考えもおよばぬ恐ろしいものであったにちがいない。なにがその肉体にこれほど無残な傷を与えたのか、しかも不充分ではあれ、どうしてここまで癒《いや》しえたのか、それはネラーには推し量りようのないことだった。

だがその苦痛が、いつ果てるともない、すさまじいものであることだけは知っていた。

あおむけに横たわり、夜ごとそうしてきたように、彼はふたたび考えにふけった。この巨人がたどった生涯のこと、巨人にとってこの土地がどのようなものであったのか、などなど。

　疑問はあまりにも重く、あまりにもこみいっており、フランク・ネラーの力では正しく推定することすらおぼつかなかった。

　巨人は自然法則と条理を否定していた。

　そのとき殺戮者の影が天窓にかかり、猛烈な風の音がシビックセンターをつつみ、フランク・ネラーの肝をちぢみあがらせた。なにか空から降りてくるものがある。そのものの狙いが大理石の上の巨人にあることは、目を上げなくとも察しがついた。

　風の雄叫《おたけ》びは可聴域をこえて高まり、歯の根をふるわせた。おもての闇は天窓にのしかかるような動きを見せ、夜気にひびく途方もない翼のはばたきとともに、強化ガラスの天井がこなごなに砕けた。

　鋭い鍾乳石のかけらが、ベッドに、フロアに、壁にとびちった。一本の長い槍は、ついいましがたフランクの寝ていた枕に突きささり、マットレスをつらぬき、闇の中ですくみあがっている体から数センチのところでとまった。

　なにか巨大なものが、ベッドの脚のむこうで動いていた。

　ガラスがきらびやかな絨毯と化して、広間に敷きつめられている。月光はそれでもさしこみ、展示区域を照らしていた。

　フランク・ネラーは目を上げ、悪夢を見た。

天窓を破壊したのは、一羽の鳥だった。あまりにも大きな鳥なので、子どものころ寝室の窓のそとで見つけた、あの駒鳥と同じ種に属するとは思えなかった。窓ガラスに反射する日光に目がくらんだ駒鳥……ぶつかって落ちたその駒鳥は、彼が家から出てひろいあげるまで動きもしなかった。流れだす血は水のように薄く、さわると手のひらに脈打つ心臓が感じられた。小鳥は身を守るすべもなく、弱り、おびえ、死にかけていた。おびえ、死にかけているのが、彼にはわかった。泣きながら母親のもとへ走り、元気にして空にもどしてやってと懇願した。母親はむかしフランクのミルクに肝油を落とすのに使ったスポイトを出し、駒鳥に砂糖水を飲ませようとした。

だが小鳥は死んだ。

あれほど小さいのに、おびえながら死んでいったのだ。

広間の生き物は同じ種ではあったが、小さくもなければ、おびえてもいなかった。いままで見たどんな鳥とも、かつて人が見たどんな鳥とも、かつて地上に存在したどんな鳥とも似ていなかった。シンドバッドが知っていた鳥はこんなふうであったかもしれない。だが、ほかにこのような殺戮者を見た人間はいないだろう。それは桁はずれの大きさだった。フランク・ネラーにはその大きさは測りかねた。なぜなら鳥の丈は巨人に劣らず、しかも喉にからむ不気味な鳴き声とともに、ふいごのように胸をふくらませ、その翼を波うつ天蓋《てんがい》よろしく広げたとき、羽先が両側の壁をかすったからである。壁と壁のあいだは七十五フィートあった。

怪鳥は身の毛もよだつ叫びをあげると、偃月刀《えんげつ》のようなかぎ爪を巨人の石化した体にめりこませ、影のなかでほのかに輝いていた胸部のみみずばれに、残忍なくちばしを突きたてた。

犀の角そこのけにかたい肉が裂けた。

くちばしに硬直した肉塊をくわえ、鳥は首を持ちあげた。すると、見守るネラーの目の前で、肉からごつごつした感じが消え、やわらかくなり、死肉喰いの凶暴なくちばしから血がほとばしった。その瞬間、巨人はうめき声をあげた。

目がまたたいた。

鳥はまたおそいかかり、広間に肉片をばらまいている。

フランクの脳は破裂するかと思われた。正視には耐えられなかった。

しかし鳥は仕事を休まず、傷ついた組織の下にある心臓めざして胸部を引き裂いてゆく。

フランク・ネラーは暗がりからはいだし、なすすべもなく立ちつくした。生き物は巨大だった。自分こそ駒鳥なのだ。哀れな、小さい……。

そのとき壁にとりつけられた消火器が目にとまった。ベッドから枕をつかむと、消火器ケースにかけより、枕で手をかばいながらガラスを破る。留め具からもぎとって黒い鳥のところへ走り、消火器のレバーを力まかせに引っぱると針金はわけなく切れた。鳥が肉を投げすてようとのけぞった瞬間をねらい、猛毒のハロン1301混合物が白い噴流となってその顔面にほとばしった。フッ素、臭素、ヨウ素、塩素の混合物が怪鳥をおそい、その眼球にとびちり口中にあふれた。鳥はひと声猛々《たけだけ》しい叫びをあげると、かぎ爪を引きはなし、夜空へと舞いあがった。ぎくしゃくとはばたく翼はまともにフランク・ネラーの顔を打ち、彼の体を三十フィートも隅にはねとばした。ネラーは壁に激突し、全景が灰色に変わった。

ようやく膝がつけるようになると、脇腹が猛烈に痛みだし、肋骨が何本か折れているのが即座にわかった。だが、頭を占めているのは、ただ巨人のことだけだった。

フロアをはって進み、大理石の台座にたどりつくと、目をあげた。その闇のなかで……。すさまじい苦痛に耐えながら、巨人は見おろしていた。

うめきが巨大な口からもれた。

(なにかできることはないのか?)ネラーは狂おしく考えた。

すると頭のなかにことばがあった。(なにもない。鳥はまた来るだろう)

ネラーは見上げた。傷あとがほのかに輝いていた胸は、いまやぱっくりと切り裂かれ、巨人の心臓が脈打つ血につかって、そこにのぞいていた。その一部は引きちぎられてなくなっている。

(あなたは何者か、これでわかった)とネラーはいった。(あなたの名前は知っている)

巨人は不思議なはにかんだ笑みを浮かべた。巨大なグリーンのひとつ目が、こころなしか愛嬌のある表情を見せた。（そうだ）と巨人はいった。（そう、おまえはわたしが何者か知っている）

（あなたの涙が大地とまざって、わたしたちを創りあげたのだ）

（そう）

（あなたは火をくれた）

（そう。そして知恵も）

（そのために、あなたはずっと責めを受けている）

「教えてください」とフランク・ネラーはいった。「知りたいのです。あなたは、かつてわたしたちがそうであったようなものなのか。わたしたちがいまのようになる前の時代には」

ふたたびすさまじい風の音が起こった。殺戮者が夜のなかを飛び、もどってくるのだ。人間の化学物質に、鳥のつめを妨げる力はなかった。長く追いやる力はないのだった。

（鳥はまた来る）と巨人はネラーの心に語りかけた。（だが、わたしはもう来ない）「教えてくれ！　あなたは、かつてわたしたちが……？」

広間に影が落ち、闇がふたたび二人にのしかかったその最後の瞬間、巨人の声が聞こえた。（ちがう。わたしは、おまえたちがなっていたはずのものだ……）

そして神々のつかわした死肉喰いが、つぎのひとことを加える巨人をおそった……。

何時間ものち、折れた肋骨の切り裂くような痛みに失神したそのフロアで、フランク・ネラーがわれに返ると、心のなかには巨人の最後のことばがこだましていた。そして、ことばは生涯の終わりまでやむことなくひびきつづけた。

ちがう。わたしは、おまえたちがなっていたはずのものだ……もしおまえたちが相応のものであったなら。

その夜、極から極にいたるまで、世界のおもてをおおう静けさはさらに深く、みずからを人間と呼ぶ生物の経験にもかつてないほど深かった。が、まもなく訪れる静けさほど、それは深くはなかった。

ヴァージル・オッダムとともに
東極に立つ

伊藤典夫◎訳

With Virgil Oddum at the East Pole

WITH VIRGIL ODDUM AT THE EAST POLE
by Harlan Ellison

　そいつが厳寒のアイスランドからはいだしてきた日、大懸崖《けんがい》からずりおちる氷河は海のみどりに染まり、色あいも形もさまざまなエメラルドの果てしない川は、内側からの光に照らされていた。ついえたいくつもの勝機の思い出が、氷のなかに輝いていた。あの日のことは、いまでもはっきりと覚えている。シルヴァー・クレセントのピーナツ畑で紫外線灯の光のなかを大挙して飛んだにちがいない、舞いおりる風船胞子の死骸がホットランドのむらさきの空を埋めつくした日。それはまた——はっきりと思いだす——ホットランドの地平線上に、巨大惑星アルゴが、虹色ガラスの壺をさかさまに置いたように居すわっていた日でもあった。

　そいつが来たのは、ちょうどおれが賢者エイモスと名づけた年寄りの人馬といっしょにいるときだった。そいつは東の岬の細長くのびた陸の橋をはって、そう、文字どおりはいずって、このメディテーション島にやってきた。半解けの雪とヘドロと薄黄色の泥をかきわけながら、明暗界線上最大のこの島にはいあがってきた。

保温スーツは垢《あか》じみ、ひびわれができている。そいつはベルクロの口おおいをはがすと、中の衣服がよごれるのもかまわず、こぼれ木のやぶに這い進んだ。

その植物を食おうとしているのだと気づき、おれはあわててそばに行くと、やつが手をだせないように前にしゃがんだ。

「これは食わせるわけにはいかないね。食えば死ぬ」

そいつはなにもいわず、よつんばいの姿勢のままおれを見上げた。その表情がすべてを語っていた。この男は飢えている。こぼれ木に代わるものをすぐにも見つけてこないかぎり、死のうがどうなろうが男はこれを食うだろう。

人類がみずから生んだ数々の驚異をたずさえて、この惑星メディアにおりたってからわずか百十九年。おれはこのメディテーション島で罪のつぐないをする身だが、人間の仲間ができたと喜んでよいものかどうかは、なんともいいかねた。人馬族と意思疎通するだけでもけっこう難儀しているのだ。やつの面倒を見る——というか、命を救うという、ほんのちょっとした手間もわずらわしかった。

それにしても、心のはたらきというのはおもしろい。やつの必死のまなざしを受けとめて、その瞬間思いだしたのは、むかし見たことのあるひとコマ漫画だった。渇きに苦しむ男が砂漠から這いでてくるという、よくあるパターンの漫画で、やせおとろえたひげぼうぼうの男のうしろには、長い這いあとが地平線の果てまでつづいている。その手前には、馬にのった男がひとり。哀れな遭難者が、空をつかむように片手を上げて懇願する姿を見おろして、馬上から笑いながらいう。「ピーナツ・バター・サンドウィッチかね？」言われたほうはたまったものじゃないだろう。

目をはなしたすきに食われては大変なので、おれはこぼれ木を抜き、枝編み小屋にとびかえって、丸めたピーナツ・チーズと、嚙みきって飲む水バルブを持ってもどると、食事がとれるように助け起こした。

一段落するまでにはちょっと時間がかかり、そのころには二人とも、もちろん、白とピンクの胞子をすっかり頭からかぶっていた。においもひどいものだった。

手を貸して、そいつを立たせる。体はぐらつき気味で、小屋へ足をはこぶ途中もおれにもたれっぱなしだった。空気マットレスに寝かせると、目をつむり、たちまち眠りに落ちた。というよりも失神したのか。そのあたりはなんともいえない。

そいつの名前はヴァージル・オッダムといった。だが、その時点でわかったわけではない。

やつ自身のこともほとんどわからなかった。そのときはおろか、あとになっても、いまでさえ……。それにしても、やつがなにをしたかはみんな知っているが、なぜしたか、そもそも何者だったのかとなると、誰にもわからないというのは愉快な話だ。ごく最近まで、名前以上のものはまったく知られていなかった。

　ある意味で、これはじつに腹がたつ。おれが多少とも知られている理由はなにかといえば、やつ、ヴァージル・オッダムと知りあいだったからだ。だが連中はおれには見向きもしないし、そのときどういう境遇にあったかなど鼻もひっかけない。狙いはあの男、あいつがなにをしたかだけなのだから。おれの名前はポーグという。ウィリアム・ロナルド・ポーグ。〝ごろつき《ローグ》〟と韻をふむ。おれだって重要には違いないだろう。人の名前は覚えておくものだ。

　イアソンがテセウスを追って、明暗界線の真上のたそがれの空にかかるころ、そいつは目をさました。死んだ風船胞子の雲は通りすぎ、空は琥珀色にもどって、アルゴのふくれあがった表面をさまざまな色彩の帯が流れていた。おれはそのとき賢者エイモスと語りあおうとしていた。すくなくとも、その試みだけはつづけていた。

　シルヴァー・クレセントのパーデュー農園にある本部基地の異星人類学者たちは、人馬族との意思疎通をエクスティシスと名づけている。字義どおりに訳せば、〝おのれの外に立つ〟こと。濃厚な感情移入の一種で、コンセプトや複合した情緒はつたわるが、ことばやイメージといったものにはほど遠い。おれがあぐらをかいて人馬に面とむかうと、むこうも後軀《こうく》をおろしてすわり、こちらを見つめ返す。すると相手の考えていることが、おたがいの頭の中にわきあがってくるのだ。早くいえばそういうことか。漠然とした気分や感情の起伏などに塗りこめられてはいるものの、彼が経てきたさまざまな体験……。自分が狩人として山野をかけていたころ。いまは欠け落ちてしまったが、余分な後軀をそなえた雄であったころ。環状海の〈七つの柱〉の近くで一度見た高さ一キロもある津波のイメージ。雌を追いかけ、際限なく交尾をかさねた思い出。なにもかもがそこにある。十五メデイア年――人馬にしては長い人生の一瞬一瞬が。

だが、すべては単調だ。技法は凝りに凝っていても、魂のぬけたドラマのように。思念の並びかたは行きあたりばったりで、連続性もなければ流れもない。色彩も、解釈も、人馬族にとってそれがどういう意味を持つかという理解もない。味もそっけもない素朴なデータの集積なのだ。

そんなわけでエイモスと〝話す〟のは、含蓄のこもった独創的な詩をつくるのにコンピュータを持ちだすような感じだった。こいつはおれのご機嫌とりとお目付け役に〝ふりあてられ〟たんじゃないかと思ったこともある。

男が小屋から現われたとき、おれはエイモスとのエクスティシスに入っていた。人馬族がこの世界の太陽カストルCと宗教的にどうつながっているか、そのイメージを体系化させようとしていたのだ。彼らが〝母方の祖父〟〝父方の祖父〟と見るその連星を、地球人はプリクソス、そしてヘレーと呼んでいる。

交流の意味と感興の高まりを、色の変化でエイモスに伝えようとしているとき、おれたちのあいだに二重の影がおり、顔をあげるとそいつがうしろに立っていた。おなじ瞬間、エクスティシスがゆるんだ。どこかの受信局が出力を落としたような、とでも形容したらいいのか。

男はおぼつかなげに立ち、ゆらゆらとバランスをとりながらエイモスを見つめていた。人馬も相手を見ている。コミュニケーションをしているようすだが、なにが行きかっているのか見当もつかない。そのうちエイモスが立ちあがり、歩きだした。後軀が欠け落ちたあと、雄の年寄り人馬にそなわる、あのうねるような滑らかな足どり。おれは立ちあがるのに苦労した。メディアに来てから膝に軽い関節炎がでて、あぐらをかくと体がこわばってしまうのだ。

立ったとたん、やつのほうが倒れはじめた。アイスランドからはいだすには、まだまだ体力が追いついていない。体を受けとめたときには、正直にいって当惑しかなかった。手間のかかるものがまたひとつ増えたわけだ。

「おいおい、そうあせるなって」と、おれはいった。

小屋へ連れかえると、空気マットレスにもどした。「いいか、兄さん。べつに冷たくしたいわけじゃないが、おれは事情があって、ここでひとりで暮らしてる。糧食《りょうしょく》の補給は、あと四ヵ月たたないと届かない。あんたをここに置いとくわけにはいかないんだ」

やつはなんにも言わない。ただ見つめるだけ。

「あんたは誰だ？　どっから来た？」

おれを観察している。むかしは人の表情をぴたりと読みとれたものだ。観察する目には憎しみの色があった。知りあいでもないのに……。なにがどうなのか、なぜおれがメディテーション島にいるのか、まるっきりわかってもいないのに……。おれを憎む理由などないはずだ。

「どうやってここまで来た？」

目つきは変わらない。返事はない。

「いいか、あんた、結局こういうことさ。誰かに連絡をとって、あんたを送りとどけてもらう方法はない。糧食も充分じゃないから、置いとくわけにもいかん。いっしょに住まわせて、飢え死にするのをながめるつもりもない。そのうち、あんたはきっと食いものがほしくなるだろうし、おれだっておめおめわたす気はないから、どっちかが死ぬのは目に見えている。承知でそういう事態を招きたくはない。わかるな？　多少冷淡かもしれんが、出てってくれ。二日三日は余裕をくれてやる。そのあいだに力をつけろ。西の岬をつっって、ひたすらホットランドをめざせば、畑に殺虫剤をまいてる連中が見つけてくれるだろう。そううまくいくかどうかは怪しいもんだが、まあ運がよければな」

無言。ただ憎々しげに見つめるだけ。

「どっから来た？　まさかあっちのアイスランドじゃないだろう。あそこじゃ生きちゃいけん。摂氏マイナス三十度だ。あっちはな」沈黙。「氷河だけだ。あっちは」

沈黙。例のおさえのきかない怒りがむらむらとこみあげてきた。

「なあ、兄さん、おれはこれには首をつっこまんことにする。わかるか？　おれはまったく関係ないんだ。出てってくれ。おたくがモンテ・クレスポ伯爵だろうが行方知れずのスレックスの王太子だろうが、そんなことはかまわん。這う力がついたら、さっさと出てくんだ」見上げるやつの顔を、おれは思いきりはりとばしたくなった。しかし、ここは自制が肝心。メディテーション島などにくすぶる羽目になったのも、そのあたりが原因なのだ。かわりにおれはすわりこみ、こんどはこちらから長いこと観察してやることにした。やつはまばたきもしなかった。相変わらず見つめるだけ。とうとうおれは小声でいった。

「人馬というのをどう思う？」

二重の影が戸口のフロアに落ち、おれは顔をあげた。賢者エイモスだった。両手がいっぱいなので、彼はフラップを尾ではねあげて入ってきた。左右の筋ばった長い三本指に、獲れたばかりの矢魚が計六ぴき刺さっている。赤っぽい空の光をブルーの毛にコロナのようにまとい、人馬は戸口に立ったまま串刺しの魚をさしだした。

メディテーション島に来て六カ月。そのあいだおれは毎日、矢魚を銛《もり》でつこうとしていた。瞬間冷凍食品とピーナッ・チーズと糧食パックでは、じきに飽きがくる。銀色のラップを見ただけで、げえとなるほどだ。六カ月、おれは毎日なにか生き物を獲ろうとしていた。だが、みんな速すぎた。でなければ、矢魚なんて名前はつかない。人馬どもはそれを見ていたわけだ。獲りかたを教えてやろうなどというのは、ひとりもいなかった。それがいま、この年寄りの中性エイモスは、六ぴきもよこそうとしているのだ。男が人馬になにをいったか、おれは納得した。

「あんた、誰なんだ?」これほど手詰まりな状況もなかった。すこし痛めつけて本音を吐かせ、あの憎々しげな表情をほぐし、面倒を見なくてすむように結着をつける必要がある。男はひとこともいわず、目をすえたまま。動いたのは人馬のほうだった。エイモスは小屋に入ってくると——こんなことははじめてだ、つり目野郎め!——矢魚をさしだしながら、おれたちのあいだをうろうろしはじめた。

この男はなんらかのかたちで原住民の心をつかんでいる。なにをいったわけでもないのに、エイモスは心得きってあいだに入り、魚を取れとすすめているのだ。おれは内心舌打ちしながら、なすがままになった。

魚を抜こうとしたとき、この年寄り人馬がいままでになかった強さで、おれを交流に引きこむのを感じた。賢者エイモスはこう伝えた。これはたいへん尊《たっと》い生き物である、この者はアイスランドからはいだしてきた、手厚くもてなすように、さもなくば……。最後の

〝さもなくば〟がどういうことなのか、ヒントとなるイメージすらない。だが、それは力強い流れ、おれがはじめて味わう強力なエクスティシスだった。

魚を受けとり、貯蔵庫に入れ、心をこめた感謝の意を伝える。エイモスはそれに対して、蚊が目をまわすほどの関心もはらわず、流れをたちきった。そして次には、マットレスに横たわる客とこころゆくまでエクスティシスを行ない、やがて背をむけると小屋を出て、姿を消した。

その夜はほとんど徹夜で男を見守った。男はしばらくこっちを見ていたが、ふと気がつくと眠りこんでいた。こうして第一夜は、へたばった男のかたわらにすわり、もしやつが現われなかったら、おれが寝ていたであろう場所を見つめて過ぎた。眠りのなかでも、やつはおれを憎んでいた。だが目をあけて悦に入るには、体が弱りすぎていた。

こいつは何者だろう、そう考えながらほとんど夜っぴて見つめていた。だがさすがにうんざりし、朝がた近く、どうでもなれと寝床にもぐりこんだ。

食料のさしいれはつづいた。魚ばかりではない。いままで見たこともない植物、ずっと西のホットランド、いつもゴミ溜めみたいな腐臭がたちこめているところでとれたものまで運びこまれた。火をいれる必要のある植物もあれば、生で食ってもおいしいものもあった。だが、それらはみんな、男がもし現われなかったら、決しておれの口に入らなかったものなのだ。

　男は無言の行をつづけ、キャンプにきた最初の夜にされたことを人馬族に話すでもなく、また態度も変わりなかった。もっとも、やつが口をきけることは知っていた。眠っている最中、ころがったりもがいたりしながら寝言を叫んでいたからだ。どこか他星《よそ》の言語なのだろう、内容はさっぱりわからない。だがなんであるにしろ、それは思いだすのもいとわしい記憶のようで、眠りのなかにあっても男は責めさいなまれていた。

　そいつが居つく決心をしたことは、二日目になってわかった。貯蔵物資をちょろまかしているところをつかまえたのだ。

　いや、そういっては不正確になる。やり口は堂々としていた。おれもつかまえはしなかった。漁っているのは車庫にしまってあるもので、おれにすればまだ当分用のない、いまの暮らしには役に立たなくなった用具類である。ひっかきまわす現場をおさえたときには、品物のいくつかはちゃっかり男のものになっていた。いまの枝編み小屋は、嵐で倒れたフェルナ樹を組んだものだが、その前に使っていたニートスキンのテントが見あたらない。予備の空気マットレスもない。ここに来るとき持ちこんだホログラム投射機も消えうせている。最初の一カ月は、見つくろってきたレーザー・ビーズ（ほとんどは能楽と謎なぞドラマ）をいろいろかけて、退屈をまぎらしていたものだ。だが娯楽は、謹慎生活にはしっくりこない。たちまち飽きがきた。男はビーズには見向きもせず、投射機だけを持ちだしていた。ありとあらゆるものを引きずりだし、積みあげていた。

「なにをしてるんだ？」おれはこぶしを固めてうしろに立ち、荒々しい返事がかえってくるのを待った。

男は、昨夜けられた胸のあたりを押さえながら、苦しげに体をのばした。ふりむき、平然と見返す。驚いたのは、前日までの憎しみがその顔から嘘のように消えていたことだ。体はこちらのほうがでかいし、なぐるなり放っておくなり、考えかたしだいでどうにでも料理できることは、相手も承知のはずだ。だが、その目に恐怖はなかった。ただ見返し、おれがメッセージを呑みこむのを待っている。

メッセージはこうだった。こっちの都合はともかく、しばらくここにいる。

「消えてくれ」と、おれはいった。「おたくが嫌いなんだ。これは先にいっても変わらん。あのこぼれ木を抜いたのが間違いだったが、二度と失敗はせんつもりだ。食料庫には近づくな。おれにも近づくな。それから、おれと人馬のことにはちょっかいを出さないでくれ。こっちの仕事にあんたは邪魔っけなんだ……なんなら重りをつけて沈めてやるぜ。バケツ魚が食い残したものは最寒部《アイスボックス》に打ち上げられるだろう。わかるか？」

やくたいもないからいばりだ。この手の無分別な言動で、おれの人生は一度破滅している。だが、その轍をうっかり踏んでしまった以上に始末がわるいのは、相手がこれをこけおどしだと察していることだった。面目まるつぶれのふりなど、そういつまでも続きはしない。やつは目をすえたまま、おれの表情が変わるのを気長に待ち、それからまた廃品あさりにもどった。人馬たちにきいてみようと外にでたが、連中はその日は近づいてこなかった。

　夜には男の住まいは完成していた。

　あくる日、エイモスはおれのところに雌を二人つれてきた。雌たちが六本足をくずすと、すわった姿勢に近くなった。年寄り人馬はおれにこう伝えた。この二人――エクスティシスで〝年ごろ〟のイメージが送られてくる――はおまえと交流し、自分たちが〝母方の祖父〟とどうつながっているか説明してくれるであろう。それはこの六カ月で、人馬族がはじめて見せた積極的な協力姿勢だった。

　おなじ日みどり苺のとげだらけの枝が、小屋を建てるとき使った自在支柱のあいだに挿してあるのを見つけた。枝はたわわに実をむすんでいた。この荒れはてた土地のどこで見つけてきたのか、見当もつかない。苺はいたみかけていたが、おれはとびつくと、両手が傷だらけになるのもかまわず、エメラルド色の果汁を歯でかみしめた。

　とにかく招かれざる客は、おれの行き届かない世話を無償では受けなかったことになる。

　おれたちの関係はそのままつづいた。やつはこそこそ出歩いては、エイモスたちと飽きもせず何時間も話しつづけ、こっちは慣れない領主役を演じながらどかどか歩いて、人馬族に哲学的コンセプトを説いてまわった。相手は神妙に聞いているが、最後に返ってくるのは、〝母方の祖父〟の飢えもわからない知恵おくれという心象ばかり。成果はまるでなかった。

そんなある日、男は姿を消した。交差シーズンの早いころで、強い風がホットランド方面から吹いてくる。おれしかいないことは、小屋を出たときにわかった。だがひとまずテントに行って、中をのぞいた。案の定、もぬけのから。近くの丘で、雄の人馬二人と中性のひとりが、熱心に地面をたたいている。おれは丘にあがり、かたわれはどこへ行ったのかとたずねた。狩人たちは交流に入るのをこばみ、なにかの儀式だろう、地面をたたく作業をやめない。年寄り人馬が、濃いブルーの毛をぼりぼりかきながら、尊い生き物はアイスランドに行ったと教えてくれた。性懲りもなく。

おれは東の岬のはずれに行き、不毛の氷河地帯に目をこらした。寒さはゆるんでいるが、この先は無人の荒地だ。スキッドのあとがうっすらと見えるが、追いかける気にはなれなかった。自殺したいのならしたいで、それはやつの勝手だ。

理屈にあわない虚脱感がわいてきた。

三十秒ほどつづいたろうか、それから笑顔になると、年寄り人馬のところにもどり、また会話のつづきにとりかかった。

八日目に男はもどった。その姿は、こちらがおぞ気をもよおすほどだった。保温スーツはつぎが当てられている。ひびわれは残り、用済み寸前のように見えるが、そいつは遠くから力強い足どりで歩いてきた。ブーツに取り付けたスキッドはからだを前へ前へと豪快にはこび、ついに泥雪のところに着いた。やつはかがむと、ほとんど歩調を乱すふうもなく、スキッドをはずし前進をつづけた。キャンプまでまっすぐ。東の岬をのぼり、フードをうしろにはねのけ、大きく息をしながら、たいして苦労しているようすもなく、細長い馬づらをまっ赤にして近づいてくる。顔には、この二週間近くのあいだにのびた不精ひげ。それを見てなんたることか、雇われ軍人でも来たのかと、おれは目を疑った。ポート・メディア周辺のスペイサー・バーで、豚の小便みたいなのをガブ飲みしながら、陶のパイプをふかしている例の手合。勇ましい冒険家だ。

ぬかるみをかきわけ、サルガッソで埋まった人食い穴を尻目に、やつはテントめざしておれのわきを通りすぎ、中に入ると一日じゅう出てこなかった。だがその夜、小屋のそとにすわり、ホットランドから吹きつける激しい風の匂いをかぎながら、アルゴを間近にのぞむ世界の頂《いただき》の物語を聞いているとき、賢者エイモスをまじえた三人の人馬が丘をおりて、男のテントに向かうのが見えた。見守るうち、勇ましい冒険家が現われ、彼らと円陣を組んですわった。

そのまま動かない。手まねもしない。胸くそ悪いほどなにもせず、流れを溶かしあわせ、中毒仲間が夢幻パイプをまわしのみするように、心象を交換しあっていた。

そして次の朝には、騒々しい物音にたたきおこされた。保温スーツをかぶってとびだすと、やつは即製のそりみたいなものの部品をはめこんでいるところだった。自分のはいていたブーツ・スキッドやら、車庫にあったトレイ型の棚板やら、運送屋が荷造りに使う省力スパイダーなどは残らず利用され、そりに組みこまれている。不細工な、いまにもこわれそうな代物だったが、泥雪から抜けだせば軽々とすべりそうに見えた。

そのときになって、はたと気づいた。これをぜんぶアイスランドへ持ってゆく気なのだ。

「ちょっと待った、兄さん」と、おれはいった。やつは仕事の手をとめない。おれはつかつかと歩いていって、尻に蹴りを入れた。「待てといっただろうが！」

その瞬間のびてきたやつの右手が、おれの足首をつかみ、はねあげた。半回転して地べたにころがり、気がつくと二メートルも離れたところから、度肝を抜かれてあおむけに見上げていた。やつは背中を向け、せっせと仕事にはげんでいる。

起きあがり、とびかかる。やつがふりかえるのを見たおぼえはないが、そうしたにちがいない。でなくて、どうやっておれの飛行経路を計算できたのか？

息切れがおさまり、口から泥をはきだすと、寝返りをうって起きあがろうとした。だが背中を足で押えつけられている。てっきりやつだと思っていたが、足がどいたところで肩越しに見ると、そこにはブルーの毛につつまれた狩人の姿があった。筋ばった左手に槍を持っている。おれに狙いをつけているわけではないが、穂先からのびる曲線の延長上には、やはりおれがいた。尊い生き物の邪魔をしてはならない、それがメッセージだった。

一時間後、男は三組のスパイダーを上体にからめ、そりを引きずりながら陸の橋をわたり、泥雪のなかに入っていった。荷そりがぬかるみに沈まないように体を前傾させ、かたい氷めざして進んでゆく。むかしのホログラムで農作業をする苦力《クーリー》を見たことがあるが、それは頭にレザー・バンドをあてがって鋤を引っぱる姿にそっくりだった。

男は出ていったが、これっきり戻らないと思うほどおれも馬鹿ではなかった。引いて行ったのは、からっぽのそりなのだ。

いったいなにをのせて戻るのか？


そりの上には、長さ一メートル半ばかりの、太い管の切れはしがのっていた。二十年まえの氷のなかから切りだしてきたにちがいない、物の正体と出所はたちどころにわかった。やつの気力のすさまじさはそのあたりからも知れた。

落下したダイダロス動力衛星のコア・レーザーだ。ノースケープ動力地区が打ちあげたものだが、それから二年後、原因不明の軌道減衰を起こして墜落した。本来は、海岸ぞいの居留地に氷河が近づきすぎた場合、それを氷塊に切りきざみ、溶かす目的で打ちあげられたものである。衛星はちょうど二十年前、ファイコスの氷土地帯、東極と最寒部《アイスボックス》の真ん中へんに落ちた。おれも上空を飛んだことがある。エンリーケからここに運ばれる途中、ブッシュ・パイロットが観光案内としゃれこんでくれたためだ。上からながめる残骸は、風と嵐のおかげで、いまではこみいった氷の彫刻の一部と化していた。

ところが、おれのプライバシーを犯したこの名なし男は、そこに行ったばかりか、ビーム出力管、さらには――もしチューブの端にあるかさばった包みが、こっちの推測どおりなら――動力コレクターまで切りだして、いったい何キロの距離なのか、ここまで引きずってきたのだ……それもなんのために？

二時間後おれは、キャンプの地下に降りる通用ハッチのなかで男を見つけた。中には発電所と融合炉と重水タンクがあるが、タンクは十六カ月ごとに入れ換えなければならない。精製装置がないからだ。

やつは、キャンプに熱と電気を送るビーム管を調べていた。なにをやらかそうとしていたのかは想像もつかない。だがカッとなったおれは、馬鹿なことをして、おれたち二人とも凍死させる気かとどなりつけていた。すこしして男は上がってくると、ハッチをしめ、ぽんこつレーザーをいじくりに出ていった。

そのまま放っておいて何週間か過ぎた。やつはレーザーにかかりきりで、キャンプ暮しに重要ではない小物は手当たりしだいに盗んでいった。この間、ひとつはっきりしたことがある。レース状の太陽エネルギー・コレクターは落下しながら燃え、ダイダロスの速度はそのため多少鈍りはしたが、それでもビーム管のダメージは大きかったということだ。がらくたをいじくってどうなるのか、そのあたりは合点がいかないものの、もし装置が動いたら、やつは出ていって二度と戻らないかもしれない。おれはそんな空想を楽しんだ。

そのとおりに事がはこぶなら、おれはまた出発点にもどることになる。人馬たちと顔つきあわせるだけの暮らしが始まるわけだ。絵もかかず、歌もうたわず、踊りに工夫するでもなく、偶像もつくらず、そもそも芸術のコンセプトにまったく欠けた生き物たち。美学的なレベルで話したいと思うおれに、気の変な婆さんの相手をさせられる孫みたいに、愚鈍な返事しかよこさないうすのろ連中。

いやはや、まさに罪のつぐないだ。


そしてある日、仕事は終わった。男は荷をそりに積んだ。レーザーを手始めに、ビーム管につなげたまにあわせのエネルギー受容器らしいもの、おれのホログラム投射機、それからスパイダー・ベルトに荷引き用ハーネスに三脚台。そのあとまた通用ハッチにもぐりこむと、一時間ほど出てこなかった。出てきたときには、エイモスが無言の呼びかけにこたえたかのように待ちうけていた。やつはエイモスとの話しあいを終えると、苦力引き具《クーリー》を体に取りつけ、そりをのろのろと引きずりはじめた。どこへ行くのか、あとを追って足が出かかったが、エイモスがその動きを制した。エイモスは前に立ちはだかると、エクステイシスをつかい、おれに忠告した。あの尊い生き物に迷惑をかけるな、キャンプの動力源にある新しい接続個所にさわってはならぬ。

もちろん、ことばで伝えられたわけではない。すべてあいまいな気分、不完全なイメージ――気配、感じ、うっすらしたほのめかし、気のないすすめ程度だ。だがメッセージは呑みこめた。あの男に手を出さないかぎり、人馬族のお情けで、おれはメディテーションを島をひとり占めできるのだ。だが、どこからともなく現われた尊い冒険家がおれの中に吹きこんだ怒りは、星ぼしの世界に脱出しないかぎりふっきれそうもなかった。

おれはせいせいした気分でアイスランドに背を向け、この無益な人生から意味を見いだす努力をはじめた。あいつが何者であろうと、戻ってこない確信はあるが、自分がいかに無駄な存在か教えられただけに、憎しみは尾をひいた。

その夜は空色の雌の人馬と消化にわるい会話をした。あくる日、おれはひげをそり落とし、帰ろうかとふと思った。

それからの二年間に、やつは十一回現われては消えた。どこで、どんなふうに暮らしているかは見当もつかない。もどるたびに痩せほそり、疲れの色も濃くなったが、恍惚の表情も激しくなる一方だった。まるでその地で神に出会ったといわんばかりに。一年目、その方角に旅にでる人馬たちが現われはじめた。アイスランドの暗く広大な荒地に、彼らは男に会いに出かけるのである。行ったまま何日も帰らず、もどると仲間うちで話しこんでいる。巡礼に出かけた先ではなにをしているのかとエイモスにきくと、エクスティシスでこんな答えがかえってきた。「彼だって生きなければならない、ちがうかね？」「だろうな」と、おれは受けたが、ほんとうはこういいたいところだった。

「そうでもないだろう」

男は一度、新しい保温スーツを取りにもどった。補給物資は投下されていて、最新型が届いていたので、おれの着古しを持ってゆくのに文句はなかった。

一度は賢者エイモスの死のセレモニーにもどり、どうやら式の首唱《しゅしょう》をしたようだった。おれは人馬の輪に加わり、だまって見守った。手向けをせよという者もなかったからだ。また一度は、融合炉の接続をチェックしにもどった。

だが三年目には、もう戻らなかった。

その代わり今では、おそらく遠いところから来るのだろう、メディテーション島を通りぬけ、陸の橋をわたり、アイスランド深く分けいってゆく人馬たちがいた。最初は百人単位、やがては千人単位で、おれのわきを過ぎ、永遠の冬の国に消えてゆく。そしてとうとう巡礼の一団が、おれのところに立ち寄る日がきた。その引率者である古顔ベンが、おれをエクスティシスに引き入れ、こういったのだ。「われわれといっしょに尊い者のところに行こう」それまではおれが行こうとすると、必ず足どめしたのに。

「どうして？　なぜ、今になって連れてゆく？　行かせたくはなかったんだろう？」

苦い怒りがこみあげ、胸の筋肉がひきつり、こぶしが結ばれるのがわかる。きさまらがみんなアルゴに堕ちても、くそ野郎のところへなんぞ行ってやるものか！

すると年寄り人馬は、目のさめるようなことをした。この三年で連中がやった目のさめるようなことといえば、男の頼みに応じて食物をはこんできたぐらいのものだった。だが、細長い三本指の手が右にのびるのを合図に、雄のひとり、明るいブルーの毛の大柄な狩人が槍を手わたした。そして古顔ベンは槍を濡れた地面に向けると、省略した線でおれの足もとに、人の形をふたつ描いたのだ。

それは肩をならべ、手を取りあって立つ二人の人間の姿だった。ひとりは頭から線条を放射している。つぎにベンは両者の頭上に輪をひとつ描き、その輪から同様の線条を放射させた。

それはメディアの生物がつくりあげた意図的な芸術作品としては、おれがはじめて見るものだった。おれの知るかぎり、はじめて原住民がつくったものである。しかもそれは、おれの目の前で起こったのだ。心臓がどきどき鳴っていた。やったぜ！　すくなくとも連中のひとりには、芸術のコンセプトを植えつけるのに成功したのだ。

「よし、いっしょに会いに行こう」と、おれはいった。

もしかしたら、おれの煉獄の歳月は終わりかけているのかもしれない。なんらかの救済の手段を勝ちとったとはいえるようだ。

保温スーツにエネルギーを送達する融合炉をしらべ、凍りつかないように安全を確認する。つぎにブーツ・スキッドと氷上バールかぎ爪を出し、銀ラップでぎゅうぎゅうのパックに糧食ディスペンサーを取り付けると、連中を追って氷原に出た。尊い者を妨害しないよう、いままで行くことを許されなかった土地へ。しかし、まあ、これでどちらが重要かわかるだろう。とつぜん現われ、礼もなしに行ってしまった名なしの闖入者と、メディア人に芸術をもたらした男、ウィリアム・ロナルド・ポーグ——偉いのはどっちかひとりだ！

この何年かで久しぶりに、体がはずみ、うきうきし、はりあいが感じられる。泥のなかの絵文字には固定剤をスプレイしてきた。おそらくあの絵は、ポーグ民俗博物館のなかでもっとも貴重な展示物になるだろう。おれは馬鹿なアイディアにひとり笑いし、人馬の小集団につづいてアイスランド奥地へ進んだ。

逆交シーズンも終わりに近く、風は強くなり、吹雪もひときわ激しくなっている。ひと月後のようなすさまじさはないが、歩きづらいことに変わりはなかった。

おれたちはメディテーション島から見える最初の氷河、地図製作者がスーラと名づけた氷の背筋を越えた。いまはノーネーム峡を登っているところ。人馬たちは手がかり、足がかりを求めて槍や爪を打ちこみ、バール爪はうなりをあげて岩に穴をあけ、おれの登攀を助けている。みどりの影が氷の谷を流れすぎていった。たそがれの中をよじのぼっていたと思うと、つぎの瞬間には一寸先も見えなくなる。狂った風が、頂《いただき》から吹きおろし、おれたちを下の裂け目に突き落とそうとするので、白い壁にへばりついたまま一時間も身動きできずにいた。

周囲では二重の影がゆらめき、踊っている。と、なにもかもが赤く染まり、風も絶え、いまや血の色と化した影をぬけて、おれたちはスーラの彼方にある尾根の頂に着いていた。眼前には長いスロープがあり、半解け雪の水たまりをちりばめた氷原にむかって、うねりながら広がっている。もっと東のドライアイスの平原からさいはての死の荒野まで、違いは極端に大きい。日曜日《サンディ》はみるみる暗曜日《ダークディ》に変わってゆく。平原の彼方は、ツンドラに生じた極寒の霧に閉ざされて見えない。その瘴気《しょうき》をすかしておぼろげに、リオ・デ・ルースのちらちらと輝く雄姿が望まれた。数キロにわたってのびる途方もない氷の山――明暗界線上の諸地方と、さいはての凍てつく無の領域とをへだてる最後の障壁である。リオ・デ・ルース。光の河。

誰もかれもがスロープをかけおりた。人馬のなかには、二本足、四本足、あるいは六本足をたくしこみ、平原めざしてすべってゆく者もいる。おれは二度倒れ、ころがり、尻ですべり、起きあがろうとしてまたころび、背負ったパックをトボガンに使うことにした。氷原にたどりつくころには、ほとんど暗曜日《ダークディ》となり、霧が陸地をかき消していた。おれたちは曇曜日《ディムディ》までキャンプをはることに決め、ツンドラ地帯に穴を掘って、みんな体を埋めた。

赤や緑や紫の光をにじませてオーロラが荒れ狂うもと、おれは目をとじ、保温スーツのぬくもりに身をゆだねた。いまごろになって〝尊い男〟はおれになにを求めているのか？

緑がかった灰色の蒸気をすかして、ほのかなリオ・デ・ルースのきらめきを眺めながら、おれたちは霧のカーテンのなかに入った。メディテーション島からもう三十キロは来ているだろう。寒気もいちだんときびしくなり、人馬のブルーの体毛には、氷の結晶がルビーやエメラルドさながらに輝いた。そして妙なことに、原住民のあいだに、固唾をのむような期待がみなぎりはじめた。歩みは速くなり、身を切る風や足もとの水たまりなど気にするようすもない。光の河へ——なにがあるのか、おれを待ちわびる男がいるところへ、一刻も早く着こうと押しあいへしあいしながら進む。いつに変わらぬオーロラが氷原を照らし、正視できない七色の反射光を投げかける。

そのとき不意に、人馬たちがいっせいに走りだし、ツンドラを大またに歩くおれを置き去りにした。

おれも霧を抜けた。

そのまま視線は上へ上へと伸びて、前方にそそりたつものを仰いだ。怒れる天を摩《ま》し、左右にも見わたすかぎり広がる、その威容。長さ数百キロはありそうだが、それはありえない。

聞こえてきたのは、おれのうめき声だった。

だが目をそらすことはできなかった。たとえ眼球が焼けつこうと。

メディアの空にたれこめる変幻自在のカーテンに照らされて、一千の色彩がしたたり、なだれ落ち、氷を洗いながら、その一瞬一瞬にあらたな模様を描く。リオ・デ・ルースが変貌したのだ。三年の歳月をかけて、あの男は生きた氷を——それも何キロの長さになるだろうか——溶かし、切りだし、彫刻して、ひとつの高度な芸術作品に仕上げたのだ。

流れる血の色をした馬の群れが、銀の光からなる谷間を駆けてゆく。目もあやな尖塔のなかでは、星ぼしが生まれ、息づき、死んでゆく。琥珀色にかがやく破片が、柱にあいた一千の穴からほとばしり、ダイアモンドの切り子面をもつ氷壁にぶつかってはじけとぶ。暗くかげったくぼみから、この世にはありえない妖精のかぼそい塔がたち、てっぺんに至るまでメートル刻みに、色を変えてゆく。峰から峰にかけては、高価な宝石の滝さながらに、数知れぬ虹が幾重にもかかっている。視線の動きにつれて、無限の形やスペースが溶けあい、成長し、消えうせてゆく。くぼみに見えるのは沈み彫りだろう、黒い不気味なその形は死霊を思わせる。だが、とつぜん光がさしこみ、砕けて、下のボウルに流れこむと、それは金色にかがやく希望の鳥になる。また、そこには空もある。大空のすべてが真新しく映っている、というのは、空をものの見事に引きおろし、捕獲してしまったからだ。アルゴ、遠いふたつの太陽、またプリクソス、ヘレー、イアソンにテセウス、そしてかつては空に重きをなしていたが、いまや思い出のなかにもない数々の太陽。変わりゆく色彩の池が、泡だち、唄うのを見つめながら、おれは過ぎた日の夢にひたっていた。おとなになってから久しく味わったことのない、さまざまな思いがこみあげてくる。しかも、それにはかぎりがないのだ。針の先ほどの鮮やかな青い炎の群れが、波うつ氷の板をかすめて飛び、深い切れこみに引っかかって転がり、それでも縁《ふち》のところで一瞬とまりはするが、やがて縁の虚無のなかに吸いこまれてゆく。自分のうめき声を聞きながら、おれは霧とツンドラの彼方にある尾根をふりかえった。すると、もはやなにもかもが見えないのだった！目をそむけることが苦痛だった。氷のタペストリーが展開してゆくさまを一瞬であっても見逃すことは、おれの喉もとに息苦しいまでの恐怖を生んだ。そしてふりかえると、すべてが新しく、いつもはじめてであるかのように数分前も今も変わりなく……数分前だろうか……この光の池を、おれはどれくらい眺めていたのか……何年が過ぎ去ったのか……そして、この美の乱舞に見とれながら余生を送れるほど、おれは幸福な人間だろうか？　考えもまとまらぬまま、あまりにも長いあいだ呼吸をとめていたことに気づいて、おれは深ぶかと息を吸いこんだ。

そのうち体を引っぱってゆく者がいることに気づき、このそびえたつ麻薬から一秒たりと引き離されまいと、おれは声をかぎりに抵抗した。

だが引く力は大きく、おれは光の河のふもとにおろされ、われに返ると、付き添っているのは古顔ベンだった。山に背をむけてすわらされ、あえぎあえぎ長いことすすり泣いたあと、ようやくおれは、その夢の国に魂を奪われていたことを納得した。だがベンに感謝する気持ちは起きなかった。魂は、そのときもなお美の極致を永遠に見つめていたいと、はやりたっていた。

人馬とのエクスタシスを経て、おれはやっと心の安定を取り戻した。目の奥の空洞から色彩が薄れていった。ベンは力強い流れのなかにおれを包みこむと、ウィリアム・ポーグに返してくれた。氷の山が使う楽器のひとつではない。おれはポーグだ。ふたたびポーグなのだ。

目をあげると、人馬たちが〝尊い者〟の死体をかこみ、うずくまっているのが見えた。彼らは爪で氷の上に絵を描いている。いまこそわかる。人馬族に美をもたらしたのは、おれではなかったのだ。

男は氷につっぷしている。片手はまだレーザー管の上に置かれていた。ホログラム投射機には、カード・コンピュータがさしこんである。画面には彫刻の完成図がまだ輝いていた。図のほとんどは、またたく赤い線から成っている。キャンプから送られるエネルギーの脈動にあわせ、線は薄れては輝きだす。しかしただ一個所、尖塔と架橋が信じがたい角度で交わる最上部に、まだ青い線が残っていた。

おれはしばらく見つめていた。やがてベンが話しだした。実はこのためにおれを呼んだこと。尊い者には夢の国を完成させる時間がなかったこと。ベンはおれを早い流れに引きこむと、人馬族が彫刻のどこに最初に美を見いだしたか、芸術とはなんであり、大空の祖父たちと一体になるにはどうすればよいか、そういうことを知ったいきさつを語ってくれた。そして、つぎにベンが見せたのは、きわめてはっきりしたイメージだった。空をかけ、アルゴとひとつになる男。それは槍の穂先で描かれた人物、頭から線条を放射する、あの招かれざる客の姿だった。

人馬のエクスティシスには懇願が感じられた。われわれを助けてくれ。彼ができなかったことを成し遂げてくれ。完成させてくれ。

おれはレーザーに目を落とした。未完のホログラム・イメージが赤と青にまたたいている。かさばった重いチューブで、長さは一メートル半もある。スイッチはまだついていた。仕事の途中で倒れたのだ。

おれは人馬族がはじめて絵を描く姿を見守り、心のなかで泣いていた。おのれの行き着けるところまで行きながら、それでもまだ充分ではなかったと知ったポーグのために。そしておれは、自分にできなかったことをやってのけた、あの男を憎んだ。もし彫刻が完成したとしても、おそらくやつはその足でさいはての地に旅立ち、闇のなかで死を選んだことだろう。罪をつぐなったばかりか……それ以上のことをしたのだから……。

ベンにうながされたように、人馬たちは遅まきながら絵を描く手をとめ、おれに注意をむけた。つりあがった狐の目には、いま茶目っけと驚嘆の色がうかんでいる。おれは連中を見返した。なぜおれが？ なぜおれでなくちゃいけない？ なんのためにそんなことを？ おれのためじゃない、それは確かだ！

氷の美をたたえて宇宙がその最良の光を浴びせるなか、おれたちは寄り添い、そして離ればなれに、長いことすわっていた。

罪を深く悔いた者の死体は、おれの足もとに横たわっている。

おれは間《ま》をおいては、男がレーザー固定用に使ったハーネスを足でつついた。肩当てには血がしみこんでいた。

しばらくのち、おれは立ちあがり、ハーネスをつかんだ。思ったよりずっと重かった。

いまでは観光客がいたるところからやってくる。ここの名前はもうリオ・デ・ルースではない。オッダムのタペストリーだ。いまでは誰もかれもが魔術、魔術とうそぶいている。遠い昔、どこかほかの星で、あいつは何万という人びとを死にいたらしめたかもしれない。

だが、あれは過失なのだ、と連中はいう。メディア人に授けたのは意図的だが。その意味でヴァージル・オッダムの名前と、彼が東極につくった彫刻のことは、みんなが知っていて当然だろう。

だが、おれだって知られていいはずだ。そこにいたのだから！　仕事も手伝っている。おれはウィリアム・ロナルド・ポーグ、ちょっとは知られていい名だ。年はくったが、重要にはちがいないだろう。人の名前は覚えておくものだ。

睡眠時の夢の効用

小尾芙佐◎訳

The Function of Dream Sleep

マグラスはとつぜん目を醒《さ》ましたが、小さな鋭い歯がぎっしり詰まった大きな口が自分の脇腹で閉じようとしているのが間一髪見えた。首を振ってはっきり目を醒まそうとしたものの、それは一瞬のうちにかき消えた。

両の目が眠りから覚めて開いた瞬間に、あの肉色のものを見ていなかったら、ほんの一瞬そこに残ってすぐに薄れて消えてしまったあの閉じた淡いピンクの筋を見ることはなかっただろう。彼の肌に隠れていたあの口――二つ目の口――隠れた口が存在していた痕跡はみじんも残ってはいなかった。

はじめ彼は、たいそうおぞましい夢を見たのだと思った。だが彼の身内から、その口を通って逃げていったものはまざまざと記憶に残っていた――薄れゆく悪夢の断片ではなかった。自分の身内からすごい勢いで出ていくひんやりとしたものを彼は感じたのだった。

穴の開いた風船から漏れる冷たい空気のように。遠くの部屋の開け放たれた窓から廊下を吹き抜ける冷気のように。そして彼は、あの口を見たのだ。その口は左の乳首のすぐ下の肋骨を縦によぎり、臍《へそ》のわきについている脂肪のかたまりのほうに滑りおちていった。体の左側の下のほうに、ぎっしりと歯の詰まった唇のない口があった。その口は、彼の体を去ろうとしている微風のようなものを外に出すために開いていたのだ。

マグラスはベッドの上で起き上がった。体が震えている。デスク・ランプはまだ点《つ》いていて、ペイパーバックがかたわらのシーツの上に伏せられたまま、裸の体は、八月の暑熱のなかでじっとりと汗ばんでいる。デスク・ランプは、彼の横腹をまっすぐに照らしており、彼がふいに目を開いたとき、その光は彼の肌をあかあかと照らしだしていた。目を醒ましたその瞬間、自分の体が、その秘密の口を開けている最中だったので、彼は仰天したのだった。

震えがとまらなかった。電話が鳴ったときには、覚悟をきめてようやく受話器をとった。

「もしもし」自分が他人のような声で答えるのが聞こえた。

「ロニー」とヴィクター・ケイリーの未亡人がいった。「こんな時間にごめんなさい……」

「いいんだよ」と彼はいった。ヴィクターはおととい死んだのだ。サリーは、いろいろな手配はすべて彼に任せていたし、彼も時間を惜しまずにサリーを慰めていた。数年前、サリーと彼は……それから彼女はヴィクターに、マグラスの長年の大親友のヴィクターに近づき……ふたりは惹かれあうようになって……そしてとうとうマグラスは、西四十七番街にある古いスチューベン・タバーンにふたりを連れていき、そこで夕食をとった。濃い色の木製のブースとすばらしいシュニッツェルを食べさせたあの懐かしいスチューベン・タバーンは、ほかの多くのものと同じように、いまは取り壊されて姿を消してしまった……あのときふたりをブースの向かい側に並べてすわらせ、彼はふたりの手をとり……ぼくはきみたちふたりがとても好きだといったのだ……きみたちがふたりきりのとき、どんなふうにふるまうかぼくにはわかっているんだ……きみたちはふたりともぼくの親友だ、ぼくの世界に灯をともしてくれる……そして彼はふたりの手に自分の手を重ね、不安げなふたりににっこりと笑ってみせた……。

「あなた、大丈夫なの、なんだかとても、そうねえ、とても緊張しているみたいだけど？」彼女の声は用心深かった。だが心配そうだった。

「うん、大丈夫さ。たったいまぞっとするようなものを見てね、本を読んでいるうちにうとうとして眠ってしまったんだけど、あんな、あんなおぞましいものを見て――」彼は言葉を濁した。それからまた言葉をつづけた、こんどはきっぱりと。「大丈夫さ。ひどい夢だったんだ」

それから、ふたりのあいだに長い沈黙がおちた。つながっている電話の回線だけが、会話の余韻を残しているようだった。

「きみは大丈夫なの？」と彼は、明後日《あさって》の葬式のことを考えながら、そういった。棺を選んでほしいとたのまれていた。業者がおとり商法で彼にすすめていた酸化処理ずみのピンクのアルミニウム製棺一式には、胸がむかついた。マグラスは、棺展示室にいた葬祭カウンセラーの能書きは無視して簡素な銅の棺にもう決めていた。その能書きとはこうだ。

〝亡き方への敬慕と温かなお心遣いは、モナコ社の棺――デュラシール・メタル製、内装はキルト仕上げに飾り襞《ひだ》をほどこし、六百番の淡青緑色の最高級チェイニー・ヴェルヴェットを惜しげもなく使い、それに見合った長枕と上掛け一式を備えた棺で満たされるでしょう〟。

「眠れないの」と彼女はいった。「テレビを見ていたんだけど、それがハリモグラや、オーストラリアのアリクイなんかのテレビだったの、わかるでしょ……？」彼はわかっていることを示す音をたてた。「ヴィックは、八二年に行ったフリンダース山脈の旅がぜったい忘れられなくて。あのひと、オーストラリアの動物が大好きだったから、あのひとの笑顔が見たくてベッドに入ったけど……」

彼女は泣きだした。

彼は喉が詰まるのを感じた。彼にはわかっていた。たったいまぼくが見たものについて、ぼくが親友に話す番だ、援軍と情報の提供を求め、親友の顔に浮かぶ表情を見たい。だがそこに顔はなかった。その場所は空虚だった。彼にはわかる。彼はこの二日間、三十数回もヴィクターを振り返った。振り返っては空虚を実感した。ああ、ぼくにはわかる、たしかに。

「サリー」と彼はつぶやいた。「サリー、わかる、わかるよ」

彼女は気をとりなおし、鼻をすすって咳払いをした。「いいのよ、大丈夫。ほんのちょっと……」

「ちょっと眠ってみたら。あしたはいろいろやることがあるからね」

「そうね」と彼女はいい、すっかりふだんの調子をとりもどしていた。「ベッドにもどるわ。ごめんなさい」なにをいうかと彼は答えた、ハリモグラの話をするためにこんな時間に電話はかけられないというなら、いったいだれになら電話できるというんだい？

「ジェリー・ファルウェル（テレビ伝道師）かな」と彼女はいった。「朝の三時にお邪魔しなきゃならないとしたら、彼みたいなくそ野郎のほうがいいわね」ふたりはすぐさま空虚な笑い声をあげ、彼女はおやすみといい、あなたは、あたしたちふたりからとっても愛されていたのよといい、彼はわかっていると答え、たがいに電話を切った。

ロニー・マグラスはベッドに横になり、ペイパーバックはまだかたわらに伏せたまま、デスク・ランプはあいかわらず彼の肌を温め、シーツはいぜん湿気のせいでじっとりと濡れ、寝室の向かいの壁を見つめても、その壁の表面にも、自分の皮膚の表面と同じように、歯がぎっしりと詰まった秘密の口があったという痕跡はまったくなかった。

「どうしても頭から追いはらえなくて」

ジェス医師は、彼の脇腹に指を滑らせ、目を近づけた。「うん、真っ赤よね。スティーヴン・キングの小説そこのけの擦り傷だわね」

「こすりつづけていたから赤いんだ。こいつが異常なほど気になってね。どうかからかわないでくださいよ、ジェス。どうしても頭からはなれないんだ」

彼女はため息をつき、豊かな金褐色の髪の毛をかきあげた。「ごめんなさい」彼女は立ち上がり、診療室の窓に歩みよった。それから思いついたようにこういった。「服はもう着ていいのよ」彼女は窓の外をじっと見つめつづけ、マグラスは、診療台からとびおり、可動式のステップに危うく踵《かかと》をひっかけそうになる。そして腰から膝をおおっていた硬い紙製のガウンをざっとたたんで、詰めものをした台の上においた。下着をはいていると、ジェス医師が振り向いて彼を見つめた。数年前、女性の医師の診察を受けることに最初抱いたあの恐怖は愚かしいことだったと、彼はあらためて思った。友人は心配そうに彼を見つめ、男女のあいだによぎる表情などみじんもなかった。「ヴィクターがなくなってからどのくらいたつかしら?」

「ほぼ三ヵ月」

「そしてエミリーは？」

「六カ月」

「それからスティーヴとメラニーの息子さんは？」

「ああ、やめてくれよ、ジェス！」

彼女は唇をすぼめた。「ねえ、ロニー、あたしは心理療法医ではないけど、友人たちの死があなたを動揺させているのはたしかだわ。あなたは無意識に、そうした状態に当たる言葉を使っていたじゃない。強迫神経症。どんなひとでも、これだけ短期間に、これだけたくさんの愛するひとを失ったら、悪循環におちいらずにそれだけの痛みに耐えることなんてだれにもできないわよ」

「レントゲン写真はどうだった？」

「いったでしょ」

「だけど、なにかあったかもしれない。病巣とか、炎症とか。皮膚層の異常が……なにかが！」

「ロニー。いいこと！　あたしはあなたに嘘をついたことは一度もないわよ。あなたはあれをあたしといっしょに見たでしょ、なにか見えた？」彼は深いため息をついて、首を振った。ジェスは両手をひろげた、ほらね、なんの病気もないところに病気はつくれないわよ、とでもいうように。「あなたのやわな前立腺を治療することはできるし、警官に痛めつけられた臼状関節にコーチゾンの注射を打つことはできるけど、安っぽいスリラー小説に出てくるような、なんの痕跡もないものを治療することはできないわよ」

「精神科医が必要なのかな?」

彼女は窓のほうを向いた。「ここに来たのはこれで三度目よ、ロニー。いくらあたしの仲好しでも、きみでもさ、あなたには、ほかの種類のカウンセリングが必要だと思う」

マグラスはネクタイを締め、小指の先でワイシャツの衿先を広げた。彼女はこちらを振り向こうとはしなかった。「あなたのことが心配なのよ、ロニー。あなたは結婚すべきよ」

「ぼくは結婚していたんだよ。いずれにしてもきみは、おしゃべりな妻じゃない。おしゃべりな保護者さ」彼女は振り向かなかった。彼は上着を着て待っていた。とうとうドアノブに手をかけるところうこういった。「きみのいうとおりかもしれない。ぼくは決して鬱病体質じゃないが、なにしろこれは……こんなに大勢、それも短いあいだに次々と……たぶんきみのいうとおりだろうね」

彼はドアを開けた。彼女は窓の外を眺めている。「いつかまた話し合おう」彼が外に足を踏み出すと、彼女は振り向きもせずにこういった。「今回は診察料はなし」

彼はかすかに笑ったが、嬉しそうな笑みではなかった。だが彼女はそれを見なかった。

彼はトミーに電話をし、仕事を休ませてもらいたいとたのんだ。トミーはいらだちをあらわにした。「おれはくそ忙しいのだ、ロニー」と彼は皇太后気取りの口調でいった。「きょうはくそったれの悪魔の金曜日《ブラック・フライディ》だぜ！　あの英雄野郎《エロイカ》がさ！　あのファーレンハイトだか、ファレンストックだか、なんだか知らないが、あの女が……」

「ファーネストックだよ」とロニーはいい、数日ぶりに笑みをもらした。「ぼくら、あれ以来彼女には会っていなかったよな、彼女の顔がなにかいやな病気らしいと、きみがいったときからさ」

トミーはため息をついた。「あの奇怪なあまは、ただの熱中屋なんだよ、あんな女は、縛りつけておかなくちゃだめなのさ。こっちがひどい仕打ちをすればするほど、ますます押しかけてくるからね」

「こんどはなにをもってくるんだい？」

「あの垢抜けしないプチポワンの刺繍をさ、半ダースももってくるんだ。あんなもの見るのもいやだね。血まみれ殉教者だの、文化的貧困地帯の情景とかさ、おれが思うにはアイオワとかインディアナとか。イリノイかアイダホか、Ｉではじまる地方のどこかだね、マリファナ漬けの連中がうようよいるところさ」

結局ロニーがミセス・ファーネストックの下手くそな刺繍を額装することになった。トミーはいつもちらりと眺めるきりで、額縁屋の裏階段をのぼっていき、しばらくそこで寝ていくのだ。マグラスはその既婚の婦人に一度だけ訊いたことがある、いったいあの刺繍をどうしているのかと。贈り物にしているのよと彼女は答えた。トミーはそれを聞くと、膝をついて、信じてもいない神に向かって訴えた。あの女は、おれがそんな贈り物に価するほどの男だとは思っちゃいませんよ。だが彼女は金払いはよかった。なんともたっぷりと払ってくれた。

「思うにだな」とマグラスはいった。「彼女はなんでも、きみが十セントさえひねりだせないくらいきっちり決めてくるんだ。内張りの生地、基本的な真珠色の艶消し、チェイピン・モールディング社の黒ラッカー塗りの枠にいたるまで、あらゆることを。そうだろ？」

「ああ、もちろん、そうさ。それがもうひとつの理由だね、きみのその怠惰なふるまいがことさら苦痛に感じられるのは。チェイピンからやってくるトラックは、卵形のクルミ材の百フィートもあるくりがたを落としていくんだぜ。おれはそいつの荷ほどきをして、長さをはかって片づけなきゃならないんだ。休んでるひまもないのさ」

「トミー、罪悪感をぼくに押しつけるなよ。ぼくが異教徒だってこと、覚えてるかい？」

「もし罪悪感というものがなかったら、非ユダヤ教徒がおれたちを、三千年前に抹殺していたはずだよ。こいつは、スター・ウォーズ計画の防衛システムより効果的なんだ」彼は唇のあいだからしばらく息を吐き出し、アシスタントの不在によって自分がどれほどの不便をこうむるかということを慎重に考えていた。「月曜日の朝？　早くこれるかい？」

マグラスはいった。「遅くとも八時までには行くよ。まずプチポワンからはじめるさ」

「わかった。ところで、なんだか具合が悪そうだな。無神論者でいると最悪なのはどういうときか知ってるかい？」

ロニーは微笑した。トミーは、こんな恐るべきジョークを聞いてくれる相手なら、本心を打ち明けても安心だと思っているだろう。「いいや、無神論者の最悪なのはどういうときなんだい？」

「ファックしているときに、話しかけるやつがいないってことさ」

ロニーは内心で唸り声をあげた。トミーに満足を味わわせる必要はない。だがトミーにはわかっている。トミーの顔は見えないが、電話のむこうでにんまりしているのは、ロニーにはわかっていた。「じゃあな、トミー。月曜に会おう」

彼は電話ボックスのなかで受話器をおくと、ピコ大通りの向かいのオフィスの建物を見た。ロサンゼルスに住んでもう十一年になる、彼とヴィクターとサリーがニューヨークを逃げ出してから。それでも彼はまだ、日々を華やかにしてくれる金色の外観に馴れることができない。雨降りのときは別で、こういう日は、荒天がとても異様なものに思われて、巨大なキノコが歩道に生えてくる情景が見えるのだ。オフィスの建物はごく平凡で、煉瓦造りの三階建てだが、午《ひる》さがりの影がその外壁におちると、モネが一八九二年から一八九九三年にかけての冬の季節に描いたルーアンの大聖堂の正面《ファサード》の絵が思い出される。早朝から日没にかけて光を追ったあのファサードだ。彼はニューヨーク近代美術館《MoMA》の展覧会でモネを観たことがある。そこで彼は、あの展覧会にだれといっしょに行ったか思い出した。するとまた、冷気が、あの秘密の口を通って流れ出すのを感じた。彼は電話ボックスから足を踏み出し、どこかに行って泣きたいと思った。やめろ、と彼は胸のなかでいった。そんなものは叩きだせ。彼は目のはしを乱暴に拭い、道路をわたった。そして歩道を横切っている影を抜けていった。

狭いロビーに入ると、壁に設けられているガラス・パネルの案内板を眺めた。このビルに入っているのは、ざっと見たところ主に歯医者と切手蒐集屋だった。だが畝《うね》のある黒いパネルには、小さな白いプラスチックの文字が読みとれ、それには〈**レムの会　３０６**〉とあった。彼は階段をあがった。

３０６号室を探しあてるには、選択を迫られた。左に行くか、右に行くか。オフィスの所在を示す矢印は壁になかった。彼は右に行き、胸をなでおろした。部屋の番号が小さくなっていくにつれ、だれかが話しているかなり大きな声が聞こえてきた。「眠りにはいくつかの種類があります。夢を見る眠り、あるいは速い眼球運動を伴う眠り——いわゆるレム睡眠で、これがわれわれのグループの名称になっています——この種の眠りは、圧倒的に哺乳類、卵ではなく胎児で生まれてくる哺乳類によく見られます。ある種の鳥と爬虫類も同様ですね」

マグラスは〈306〉と記されたガラス・パネルの入った扉の外に立って、耳をすましていた。胎生の哺乳類か、と彼は思った。話し手が女性であることは、その声でわかった。胎生哺乳類という言葉を使わず、卵ではなく胎児でといったことで、彼女が素人を相手に話をしているのだと確信した。ハリモグラ、と彼は思った。よく知られた卵生哺乳類。

「いまでは、夢というものは大脳の新皮質で生じると信じられています。夢は、未来を予言するものとして用いられてきました。フロイトは無意識を探るために夢を使いました。ユングは、夢は意識と無意識をつなぐ橋であると考えていました」あれは夢じゃなかった、とマグラスは思った。ぼくは目覚めていた。その違いはわかっている。

女は話しつづけた。「……詩を書いたり、さまざまな問題を解いたりするために夢を利用しようとしたひとたち、夢は記憶を強化する助けをすると一般的には考えられています。もし目覚めているときに夢を思い出せさえしたら、とても重要なことを理解できる、あるいは失った特別の記憶を取り戻すことができると、あなたがたのうちの何人が信じていますか？」

〝あなたがたのうちの何人が〟。夢療法グループの講義中なのだと、マグラスはようやく理解した。金曜日の午後おそく？　きっと三十代か四十代の女性たちなのだろう。

彼は、自分の判断が正しいかどうかたしかめるためにドアを開けた。

彼女たちの手が空中に伸びており、みなが、目覚めているときに夢を思い出せば、古い記憶を呼び起こせると信じていることを示していた。部屋のなかにいた六人の女性たちが、四十代より上の女性はひとりもいないようだが——いっせいに振り向いて、入っていったマグラスを見た。彼はドアを閉めてこういった。「ぼくは賛成できません。われわれは忘れるために夢を見るのだと思います。そしてそれはなかなかうまくいきません」

彼は、手を上げている六人のメンバーの前に立っている女性を見つめた。相手は長いこと彼を見つめ返していた。それから六つの頭がいっせいに女性のほうに向きなおった。彼女たちの手は空中で凍りついている。話をしていた女性は、机のはしに腰をかけた。

「マグラスさん？」

「はい。遅れてすみません。ひどい一日でして」

彼女はちらりと微笑し、落ち着いた様子で彼を安心させた。「わたしはアンナ・ピケットです。あなたはたぶんきょう来るとトリシアがいっていました。椅子にかけて」

マグラスはうなずき、壁に立てかけてある残りの三脚の折りたたみ椅子から一脚をとった。それを開いて、半円のいちばん左側においた。金をかけて美しくセットされた六つの頭が彼のほうを向き、挙げていた手はひとつひとつおろされた。

この会に入会できるように、元妻のトリシアからアンナ・ピケットに電話をさせたことが、果たしてよかったかどうか、確信はなかった。離婚したあともふたりは友だちづきあいをし、トリシアの判断を彼は信じていた。離婚したあとUCLAで学位をとったトリシアの世話になったことはないが、彼は元妻が南カリフォルニア在住の優秀な家庭カウンセリング・セラピストだと納得していた。彼女が夢の会の話を持ち出したときはショックを受けた。だが彼はやってきた。この日はごく早いうちにこのあたりを歩きまわって、自分がほんとうにこうしたことを望んでいるのか、自分の経験を赤の他人と分かちあいたいとほんとうに思っているのか、よくよく考えてみた。あたりを歩きながら、この店、あのブティックと足を止め、ジェラートをなめながら、この一帯がずいぶんと〝高級化〟し、すっかり様変わりしていることに気づいて頭を振った。このあたりで繁盛していた小粋な商店は高騰する家賃に耐えかねて出ていってしまった。そしてあたりを歩きまわりながら、なにひとつ永遠に続くものはないのだと、喜びも消え去っていくのだと鬱々と考える、店がひとつひとつ消えていき、近隣のひとびともひとりひとり消えていき……。

そして最後にはたったひとりぽっち。

空漠とした平原に立つ。黒い風が地平線から吹きつける。冷たく空虚で暗い。あの地平線のすぐ向こうには永遠に孤独な穴がぽっかりとあいていて、その穴から吹き上げるすさまじい風は永遠に吹きやむことはない。そのひとは、だれもいない平原にひとりたたずみ、愛したものたちがひとりまたひとりと、またたくまに消されていくのを待っている。

一日じゅう、そのあたりを歩きまわり、最後にトミーに電話をし、トリシアの智恵に導いてもらう決心をし、そしていま、折りたたみ椅子のまっすぐな背にもたれ、まったくの他人に、いまいったことをくりかえしてほしいと頼んでいる。

「夢を思い出すことはいいことだという会のひとたちの意見に、あなたはなぜ賛成しないのかと訊いているんですよ？」彼女は眉をあげ、小首をかしげた。

マグラスは一瞬気詰まりを覚え、顔が赤くなった。こんなとき、いつも彼は当惑してしまう。「それは」と彼はゆっくりといった。「知ったかぶりのように思われたくないんですが、つまり大衆的な科学書を読んで、知ったかぶりしている間抜けだと思われたくないので……」

彼女はマグラスの狼狽した様子や赤らめた顔を見て微笑した。「どうか、マグラスさん、それでよろしいんですよ。夢にかかわるところでは、みんな探求するひとなんです。あなたはなにをお読みになったんですか？」

「クリック＝ミッチソンの学説です。学習消去に関する論文です。よくわかりませんが、ただ、なんだか、論理的に思われたんです」

女のひとりが、それはなんですかと訊いた。

アンナ・ピケットはいった。「サー・フランシス・クリック博士、DNAに関する研究でノーベル賞を受賞なさったから、ご存じでしょう。それからグレアム・ミッチソン、ケンブリッジ大学の著名な脳科学者です。一九八〇年代のはじめに数々の実験をしています。

夢は思い出すためではなく、忘れるためにあるという仮説をたてています」

「ぼくによく理解できたのは」とマグラスはいった。「従業員たちがみんな帰ったあと、夜中にオフィス・ビルを掃除するというアナロジーを用いていたところです。不用になった報告書は捨てられ、コンピューターのプリントアウトはシュレッダーにかけられ、不要なメモは屑籠にほうりこまれる。毎晩われわれの脳は、一時間から二時間のレム睡眠のあいだにきれいに掃除されるんです。夢はぼくらの脳を毎晩きれいに掃除してくれ、不必要なもの、真実ではないもの、くだらない馬鹿げた記憶はすっかり掃き捨てて、重要な記憶を蓄えておけるように、目覚めているとき理性的な考え方ができるようにしてくれるわけですよ。夢を思い出すことは、非生産的なことなんです、脳は、われわれがよりよく機能するようにごみ屑はみんな始末してくれるんですよ」

アンナ・ピケットは微笑した。「あなたは天から遣わされたのね、マグラスさん。あなたが入ってきたとき、あたしはちょうどその理論にとりかかろうとしていたところなの。おかげでいろいろと説明する手間が省けました」

六人の女性のひとりがいった。「するとあなたは、わたしたちが自分の夢を書き記してきて、それを論じ合うことには反対なんですね？　わたしはテープ・レコーダーをベッドのそばにおいていますけど。たとえば、ゆうべもこんな夢を見たんです、わたしの自転車が……」

彼はセッションのあいだじゅう、じっとすわって、腹立たしい話に耳をすませていた。彼女たちはたいそう勝手気ままで、それぞれの暮らしのなかのちっぽけな不都合から、征服できない山を作り出していた。彼が知っている女性たちとはおおいにちがっていた。原始的な時代からやってきた古風な生きもののようで、時代が変化したことや、おのれという存在にはしっかり責任をもてという要求に混乱しているようだった。このひとたちには救助が必要だと、いまいる世界にはもっと大きな力が働いているのだということを教える必要があるように思われた。彼女たちを神経質にさせ、不快にさせ、無力にさせるような力や圧力や、陰謀すらあるのだということを。六人のうちの五人は離婚経験のある女性で、五人のうちのひとりだけが、フルタイムの勤めをしていた。不動産会社の営業。六人目の女性は、マフィアの娘だった。彼女たちとはなんの接点もないとマグラスは思った。グループ・セラピーのセッションは、彼には必要なかった。彼の生活は自分の望みどおりに充実している……ただ、いまの彼はたえず恐れ、途方にくれ、たえず鬱々としている。おそらくジェス医師の判断は的を射ているのだ。おそらく彼にはぜひとも精神科医が必要なのだ。

彼にアンナ・ピケットは必要なかったし、仕立てのいい服に身を包み、最大の心配はスプリンクラーをまわす定時に帰宅できるかどうかというこの女性たちも必要なかった。セッションが終わると、彼はピケットになにもいわずに帰りかけた。彼女はまだ六人の女性にかこまれていた。だが彼女は、やさしく女たちを押しやると、彼を呼びとめた。「マグラスさん、ちょっと待ってくださらない？　お話ししたいことがあるんです」彼はドアのノブから手をはなし、椅子にもどった。彼はいらだちながら、頬の内側の柔らかな肉を噛んだ。

彼女はマグラスの予想以上に早く、女たちをタンポポの綿毛のように追いはらったが、それも女たちに拒絶と感じさせないような鮮やかさだった。五分もしないうちに、彼は夢療法士とたったふたりで向かいあっていた。

マフィアの王女さまが出ていくと、彼女はすぐにドアを閉めて鍵をかけた。彼はちょっとあわてた……だがそれも一瞬のことだった。彼女の面《おもて》に浮かんでいたのは、欲情ではなく憂慮だった。彼は立ち上がりかけた。彼女は手のひらを宙に突き出して、彼を押しもどした。彼はまた折りたたみ椅子に腰をおろした。

アンナ・ピケットはやおら彼に近づくとこういった。「ゆえにマグラスは眠りを殺せり」彼女を見上げてまじまじと見つめていると、相手は左手を彼の頭のうしろにまわし、頭骨沿いに頭髪の根元まで指を伸ばした。「心配しないで、大丈夫よ」そういいながら、右のてのひらを彼の左頬にあて、またたかぬよう見開いている彼の目を、ひろげた親指と人指し指でとりかこんだ。親指は鼻に添わせ、その指先は鼻梁にとどいた。人指し指は骨ばった眼窩《がんか》の上に横におかれた。

彼女は唇をすぼめて深い吐息をついた。するとたちまちその体が、無意識に開いた口とともにぴくりと動き、すると彼女は、体内から風を勢いよく噴きだしたかのように喘《あえ》いだ。マグラスは動くことができなかった。自分の頭を抱えている彼女の手の力をひしひしと感じ、そしてあの震え――彼にいわせれば――情熱の震えが、彼女の体のなかで暴れまわるのを感じた。強い恋愛感情にもとづく欲情ではなく、なにか外的なもの、本人の資質とは無縁のなにかに突き動かされているというたぐいの情熱だった。

彼女の震えはますます烈しさを増した。そしてマグラスは力が自分から流れだして彼女に注ぎこまれ、それが飽和状態に達すると、組織を通ってふたたび彼のなかに入ってくるのを感じたが、それはさらに危険なものに変わっていた。だがなぜ危険なのか？　彼女はいまや痙攣《けいれん》を起こし、目は閉ざされ、頭はうしろに横に烈しくゆさぶられ、豊かな髪の毛が、痙攣のたびに烈しく揺れうごいた。まさに火を噴く寸前の人間二重回路の高圧タワーのようだった。

彼女は苦痛のあまり低く呻いているが、意識下の愉悦を感じているような様子はみじんもない。下唇をぎゅっと嚙み、滲みでた血が口をべっとりとおおうのが見えた。その顔に浮かんだ苦痛の表情は耐えがたいほどになり、彼はさっと手を伸ばすと、なんとか彼女の両手を引き離し、ふたりをつなぐその回路を断ち切った。

アンナ・ピケットの両足から力が抜け、彼のほうに倒れかかってきた。彼はふんばってみたものの、すさまじい重量に押しつぶされ、ふたりはもつれあったまま金属の折りたたみ椅子ともども床に叩きつけられた。

いまここにだれかが入ってきて、こんなふたりを見たら、ぼくが彼女を強姦しようとしていたと思うだろうと考えると、彼は恐怖に襲われた。だが彼女がドアに鍵をかけたことをすぐさま思い出して安堵し、その瞬間、恐怖は彼女を案ずる気持ちに変わった。彼女の震えている体の下から転がりだし、足首にひっかかっている椅子をはらいおとし、両膝をついて起き上がった。彼女の目はなかば閉じられ、目蓋《まぶた》が烈しい勢いでぱちぱちと動いていて、まるでストロボの閃光を浴びせられているようだった。

彼女の体をひっぱりあげて、自分の膝にその頭をのせ、半身を起こしてやった。顔から髪の毛をはらいのけ、体を軽くゆさぶった。なにしろ水もないし、濡れタオルもないのだ。彼女の息づかいがゆっくりになり、胸も痙攣するような動きはなく、片手を投げ出して指を動かしはじめた。

「ミズ・ピケット」と彼は小声でいった。「話せますか？　大丈夫ですか？　必要な薬はありますか……デスクにでも？」

彼女は目を開いて彼を見上げた。唇についている血をなめ、荒い息づかいをした。まるで長距離を走ってきたとでもいうように。ようやく彼女がいった。「あなたが部屋に入ってきたときに、あれを感じたの」

彼女が感じたものとはなにかと、彼女をあれほど錯乱させたのはいったいなんだったのかと尋ねようとしたが、彼女は指を曲げたまま手を伸ばして彼の腕にさわった。

「あなたは、あたしといっしょに行かなければならない」

「どこへ？」

「ほんものの〈レムの会〉に」

そして彼女は泣きはじめた。彼のために泣いているのだということはすぐにわかった。彼はうなずいて、いっしょに行きましょうといった。彼を元気づけるために微笑を浮かべようとしたが、彼女にとってそれはまだ大きな苦痛だった。ふたりはしばらくそのままでいた。それからいっしょにオフィスのあるビルを出た。

彼らは身体障害者だった、〝隠れが丘〟にぶざまに横たわる農場ふうの家にいた者たちはみなそうだった。目の見えないひと、片手しかないひとがいた。あるひとはひどい火事にあったのか顔の半分を失っていた。またあるひとは、転落防止用の柵がついている小さなカートで家じゅうを動きまわっていた。

ふたりはサン・ディエゴ高速道路でベンチュラまで行き、そこからルート101に乗って西を目指し、カラバサスの出口でおりた。丘をのぼり、いくつもの丘の背後をくだり、ようやく脇道に入ると、そこは未舗装の道で、さらに進むと馬用の小道になった。ロニーはアンナ・ピケットの85年型のビュイック・ルセーバーを走らせていた。

その家は窪地に建てられ完全に周囲から隠され、下の未舗装の道からも見えなかった。メスキートとコナラ属の常緑樹《コースト・ライブ・オーク》におおわれた低い丘のうしろを走る小道が、とつぜん完全に舗装されたアスファルト道路になった。新聞王ハーストがカンブリアの北のコースト・ハイウェイからハースト城までの出入りを隠すために、サンシメオンから通じる複数の近道を作ったように、逆方向に敷設した複数の上り螺旋《らせん》道路にアスファルトが注ぎこまれていた。

空中から見ないかぎり、この広大な農場と付属建物と地所とは、もっとも冒険好きな行楽客にも見つかることはないだろう。「いったいどれだけの広さの土地を所有しているんですか?」とマグラスは、窪地の内側をぐるぐるとくだっていきながら、アンナに尋ねた。

「これぜんぶ」と彼女は腕を振りまわし、なにも建っていないいくつかの丘を示した。「ベンチュラ郡のはし近くまで」

彼女はすっかり回復していたが、一時間半の旅のあいだ、ほとんど口をきかなかった。ロサンゼルスからサン・フェルナンド・ヴァリーへ行くあいだ、一匹の百万車輪虫みたいにルート101をのろのろと這っていく週末の車の大渋滞にまきこまれたあいだも口数は少なかった。「気軽に立ち寄れそうな場所はあまりなさそうですね」と彼はいった。彼女は横にいる彼をまともに見た、サンタモニカを過ぎてからはじめてのことだ。「あたしを信頼してほしいの。もうしばらくがまんして」と彼女はいった。

　彼は運転に集中した。

　そこはかとない恐怖を感じながら彼は、ビュイックのなかに押しこめられていた。その恐怖は、子どものころクリスマス・イブにいつも感じていた恐怖だった、ベッドにもぐりこんで、サンタクロースに入ってきてもらうために眠らなければと、怖くもあり待ち遠しくもあったあのときの気持ちだった。

　下にあるあの家には、秘密の口と、その口から吹きだしてくる古《いにしえ》の風のことを知っているなにものかがいるのだ。もしアンナを信じていなかったら、彼はきっと、ブレーキ・ペダルを乱暴に踏みつけて車から飛びおり、高速道路に行きつくまで走りつづけるだろう。いざ、その家のなかに入っていくと、あらゆるものが荒廃した悲惨なありさまで、彼は広い居間まで彼女に連れていかれるままになっていた。居間にはふかふかしたかけ心地のよさそうな椅子が円を描いて並び、恐怖をいっそう強めるパターンを形づくっていた。

　そして彼らが、二人、三人と入ってきた。カートにのった足のない女性が円陣の中心に走りこんできた。彼はそこにすわって、みなが入ってくるのを見守っていたが、心臓がぎゅっと胸に押しつけられるような感じがした。マグラスは若いころ、ニューヨークのタリア座で催されたジュディ・ガーランドの映画祭に行ったことがある。リバイバル上映された映画の一本は、《愛の奇跡》だった。ジュディはその映画では歌わない役で、発達障害の子どもたちが描かれていた。映画のなかばで、連れのサリーは彼を劇場から連れ出す羽目になった。涙があふれて彼は画面を見ていることができなかったからだ。障害者の、ことに子どもの発達障害者の苦難を、ロニーはとうてい見るにしのびなかったのだ。彼ははっとした。なぜいま、あの日の午後のタリア座のことを思い出したのだろう。ここにいるのは子どもではない。みんな大人たちだ。みんなが。この家にいる女のひとたちは少なくとも彼と同じ年ごろか、あるいは年上だろう。いったいなぜ、このひとたちを子どもと考えていたのだろう？

アンナ・ピケットは彼のかたわらの椅子に腰をおろし、円陣を見まわした。ひとつだけ空席があった。「キャサリンは？」と彼女は訊いた。

目の見えない女がいった。「あのひとは日曜に死にました」

アンナは目を閉じて椅子の背に沈みこんだ。「神のご加護がありますように、あのひとの苦難はおわりました」

しばらくみなは黙ったまますわっていたが、カートの女性がマグラスを見上げ、温かな笑顔でこういった。「あなたのお名前は、お若いかた？」

「ロニー」とマグラスはいった。相手は彼の足もとにカートを転がしてきて、片手を彼の膝においた。温かなものが体に流れこむのを感じ、彼の恐怖は溶けていった。だがそれも一瞬だった、その女は震えだし、低い呻きをもらした、あのオフィスのアンナ・ピケットのように。アンナはさっと立ち上がり、その女をマグラスから引きはなした。カートの女の目には涙が浮かんでいた。

灰色の髪の、頭ががくがく震えるパーキンソン病の症状を示している女が、身を乗り出してこういった。「ロニー、話して」

なにを話せばいいのですか、と彼は問いかけたが、相手は指を一本あげて同じことをくりかえした。

そこで彼は話した。できるだけ丁寧に。メロドラマじみている自分の気持ちを言葉にした。暗闇のなかで彼を捕らえる悲しみの大波には、まったくそぐわない言葉に。「みんながいなくなって淋しくてたまらないんです、ああ、ほんとに淋しいんです」彼はいいながら両手をよじった。「ぼくはこんなふうじゃなかったんですけどね。母親が死んだので、ぼくは途方にくれ、悲しみにくれた。母親を愛していたので、心臓が張り裂けるくらい悲しかった。でもなんとか乗り切りました。父親や妹を慰めることはできました、悲しみを癒すこつは知っていたんですね。ところがこの二年のあいだに……つぎつぎと……親しかったひとたちが大勢……ぼくの過去の、ぼくの生活の一部が……楽しい時間を共にした友人たちが逝ってしまって、いまはそうした時が消え去って、彼らのことを思い出そうとしても、記憶から消えているんです。ぼくは、ぼくはもうどうしていいかわからないんですよ」

そして彼は、あの口の話をした。あの歯のことも。あの口が閉じたことも。自分の内から逃げ出していく風のことも。

「あなたは夢遊病にかかったことがあるの、子どものころ？」内反足の女が訊いた。彼は答えた。ええ、一度だけ。話して、とみんながいった。

「たいしたことじゃない。ぼくは幼かった、たぶん十か十一のころ。父親が見つけたんです、ぼくの寝室の廊下の、階段の下り口にぼくが立っているのを。ぼくは眠っていて、壁を見つめていた。ぼくはいいました――〝あれがどこにも見つからない〟。父親は、ぼくがそういったといいました、翌朝そう話してくれました。父がぼくをベッドに連れ戻してくれました。そのときだけなんです、ぼくの知るかぎりでは」

円陣をつくっている女たちは、ひそひそとささやきかわしている。それからパーキンソン病の女のひとがこういった。「べつに、どうということはないと思うわ」それから立ち上がって、彼のところにやってきた。彼の額に手を当てて、こういった。「おねむり、ロニー」

すると彼はぱちりとまばたきをし、ふいに背筋がぴんと伸びた。だがそれは一瞬のことではない、もっともっと長いあいだだった。彼は眠っていたのだ。それも長いあいだ。彼はそのことにすぐに気づいた。なぜなら家の外は暗くなっていたからだ。そして女たちは、まるで猛々《たけだけ》しいジャングルに襲われたように見えた。目の見えない女は、両目と両耳から血を流していた。カートにのっていた女はひっくりかえって、彼の足もとで失神している。火事の犠牲者だった女がすわっていた椅子の上には、黒焦げになった人間の外形が残っているだけで、まだかすかに煙がたちのぼっている。

マグラスはぱっと立ち上がった。あたりを荒々しく見まわす。彼女たちをどうやって助けていいのかわからない。かたわらには、アンナ・ピケットが椅子の柔らかな袖にぐったりもたれかかっており、体はねじれ、唇のまわりには血が点々《てんてん》と飛び散っていた。

そのとき彼は気づいた。彼に触れた女、パーキンソン病の女は姿を消していた。

女たちが弱々しい泣き声をあげはじめ、そのうちの何人かは体を動かし、両手で弱々しく空をかいている。鼻のない女は立ち上がろうとしたが、足を滑らせて倒れてしまった。彼は女にかけよって、椅子にもどしてやったが、女の両手の指がなくなっていた。らい……ちがう！　聖書では重い皮膚病、いまはそう呼ばれている。女が近づいてきて、なにかささやく。「ほら……テレサを……あのひとをたすけて……」女が指さすほうを見ると、水晶のように蒼い女がいた、髪の毛は白くなり、目には色がない。「あのひと……狼瘡《ループス》……にかかって」鼻のない女がささやいた。

マグラスはテレサに近づいた。女は恐ろしそうに彼を見上げたが、こういうのがやっとだった。「どうか……おねがい……あたしを暗いところに連れていってくれない……？」

彼は女を両腕で抱えあげた。ほとんど重さがなかった。女の示すままに、階段を上がって二階に行き、中央の廊下からはずれた三つ目のベッドルームに運んだ。ドアを開けると、かびくさい匂いがして、明かりはついていなかった。ベッドの形がようよう見分けられた。女をそこへ運んでいき、やわらかな羽根ぶとんの上にそっとおいた。女は手を伸ばし、彼の手に触れた。「ありがとう」息をつくのも苦しそうで、つかえながらそういった。「あたしたち、あたしたちは思ってもみなかった……こんなことは……」

マグラスは動転していた。いったいなにが起こったのかわからない、自分が彼女たちになにをしたのかわからなかった。ただ恐ろしく、責任を感じたが、それでも自分がなにをしたのかわからなかった！

「みんなのところにもどって」と女はささやいた。「みんなを助けて」

「ぼくに触れたひとはどこにいる……？」

女の忍び泣く声が聞こえた。「あのひとは死んだ。ルリーンは行ってしまった。あなたのせいじゃないの。こんなことは思ってもみなかった……こんな……ことは」

彼は階下にかけもどった。

女たちは助け合っていた。アンナ・ピケットは、水や薬瓶や濡れタオルを運んでいた。みんなが助け合っていた。まだ気力のあるものたちが、足をひきずりながら、這いずりながら、失神しているものや苦痛に喘いでいるものたちの世話をしていた。焼けた金属の匂いがあたりにたちこめているのに彼は気づいた。火傷を負った女がすわっていた椅子の上の天井に焦げた痕があった。

彼はアンナ・ピケットを助けようとしたが、彼女は相手がマグラスだとわかると、その手をぴしりと払った。そして喘ぎをもらすと、片手で口をふさぎ、そしてまた泣きだすと、弁解しはじめた。「ああ、なんてこと、ごめんなさい！　あなたのせいじゃなかった。あなたには知りようがないもの、ルリーンだって知らなかった」目を拭い、彼の胸に片手をあてた。「外に出て。おねがい。あたしはもうすこししたら出ていくから」

紫がかった灰色の大きな束が、もつれた髪のあいだから突き出している。彼が眠りにおちる前にそんなものはなかった。

外に出ると星が出ていた。もう夜だが、ルリーンが彼に触れたあの夜ではなかった。冷たい光点を見上げていると、取り返しのつかない喪失感がのしかかってきた。彼はがっくりと膝をつき、おのれの生命をそのまま地中に吸いこませ、呼吸すらできないこの惨めさから解放されたいと思った。彼はヴィクターを思い出し、土のなかにおろされる棺を思い出し、サリーがしがみついてきて、わけのわからぬ言葉をつぶやきながら彼の胸を叩きつづけたのを思い出す。烈しく叩くわけでもなく、意味があるわけでもなく、ただ惨めさを伝えようとして叩きつづけたときのことを。ハリウッドのアパートで母親と妹に看取られながら、エイズで死んだアランのことを思い出す。母親も妹も理性を失い、たえず祈り、お助けくださいと主にお願いしていた。ふたりのルームメートといっしょにあのアパートで死んだ彼、ルームメートは自活するため部屋代を分担し、病気がうつらぬように紙皿でものを食べ、アランの立ち退きを強制できる弁護士はいないかと探しまわっていた。あんな惨めなアパートで彼が死んだのは、カイザー病院が、彼の保険適用を逃れる方法を見つけると、彼に在宅療養を強いたからだ。エミリーのことを思い出す。娘と夕食を共にするために装い、ベッドのかたわらで死んでいたエミリー。てんかんの発作に見舞われて心臓が停止し、二度と会えなかった娘ともう共に食べることはない夕食のために装ったまま、丸一日そこに倒れていたエミリー。そしてマイクのことを思い出す。病院のベッドに横たわったまま、なんとか笑みを見せようとしたマイク。腫瘍が脳を冒していくにつれ、ロニーがだれだか忘れてしまった彼。テッドを思い出す。シャーマンや同種療法専門家《ホメオパシスト》を求めつづけ、死ぬまでひた走りに走りつづけた彼のことを。ロイを思い出す。ディーディー亡きあと、天涯孤独になってしまった、二人組の片割れ。断ち切られた夢、終わっていない会話。ロニーは両腕で頭を抱えて立ったまま、体を前後に揺らして痛みを和らげようとしていた。

　アンナ・ピケットに触れられたとき、彼はひどく驚き、悲しみの小さな叫びが闇を切り裂いた。

「あそこでなにがあったんです？」と彼は訊いた。「あのひとたちは何者ですか？　ぼくはあなたがたになにをしたんです？　どうか、ああ、どうか教えてください、いったいなにが起こっているんです？」

「あたしたちは吸収したのよ」

「いったいなんのことか――」

「あたしたちは病気を引き受けるの。あたしたちはずっとあなたといっしょだった。あたしたちが知っているかぎり。病気を引き受けるというあの能力をあたしたちはいつももっていた。それほど多くはないけれど、あたしたちはどこにでもいるの。あたしたちは吸収するの。助けようとするの。キリストが重い皮膚病の者の衣服を自らまとったように、足が萎えているひと、目の見えないひとに触れたように、そしてそのひとたちがみな癒されたように。それがどこからくるのかわからない。強い感情移入《エンパシー》のようなものかもしれない。でも……あたしたちはそうするの……あたしたちは吸いこむの」

「そしてぼくは……いったいあそこでなにが起きたのか……？」

「わからない。単なる心の痛みだと思った。あたしたちは前にもこういうことに出会ったことがあるの。だからトリシアは、あなたにこの会にくるようにすすめたのよ」

「妻は……トリシアもあんたたちの仲間なのか？　彼女も……あれを……吸収することができるのか？　彼女といっしょに暮らしてきたのに、一度もそんな……」

アンナはかぶりを振った。「いいえ、トリシアはあたしたちが何者なのか知らない。ここに来たことはないの。ここに連れてくるような、ここをぜひとも必要とするひとはそう多くはないの。でも彼女は優秀なセラピストだから、あのひとの患者を何人か助けたわ。彼女はあなたのことを考えて……」アンナは口をつぐんだ。「彼女はいまでもあなたのことを心配しているわ。あなたの痛みを感じているの、だから、この会が助けになるかもしれないと考えたのよ。あのひとは、ほんものの〈レムの会〉は知りもしないわ」

彼はアンナの肩を烈しくつかんだ。

「あそこでなにがあったんだ？」

彼女は唇を嚙み目をかたく閉じて、思い出すまいとしている。「あなたのいうとおりだった。口よ。あんなものはこれまで見たことがない。あれは、あれは開けたのよ。そして……そして……」

彼はアンナをゆさぶった。「どうしたんだ!?」

彼女は思い出すまいと泣き叫ぶ。泣き声は彼を烈しく打ち、周囲の丘を、天の星々を烈しく打った。「たくさんの口が。あたしたちみんなに！　開いたのよ。そして風が、あれが、あれがただ、あれがただあたしたちからひゅうと出ていった。あたしたち、みんなから。そしてあたしたちが味わっている痛み、ううん、あのひとたちの痛みが——あたしはただ、あの世界とあのひとたちの仲介者にすぎない、あのひとたちはどこへも行けない。だからあたしが行って、探して、連れてきて、そしてやる——あのひとたちが引き受けている苦痛、それこそ、その苦痛こそがあのひとたちの一部を奪った。ルリーン、マルギッド……テレサは生きられない……あたしにはわかる……」

マグラスは狂ったようにわめいた。頭がいまにも破裂しそうだ。彼女をゆさぶると、彼女は叫び、うめき声をあげ、命令した。「あたしたちになにが起こっているのか、あたしはなにをしているのか、こんなことがなぜいまあたしたちの身に起こるのか、なにがいけないのか、どうか、あたしを助けて、あたしたちがどうにかしなければいけない──」

そしてふたりは抱き合い、しっかり支えてくれる唯一のものにひしとすがった。空は頭上でぐるぐる回転し、地面は墜ちていくようだった。だがふたりはバランスを保っており、そしてとうとう彼女は、相手を腕の長さだけ押しやり、その顔をじっと見つめてこういった。「あたしにはわからない。どうしてもわからない。これまで経験したことがないのだもの。アルバレスやアリエスだって、このことは知らない。風、烈しい風、生きているものが体から出ていく」

「助けてくれ!」

「あたしには助けられない! だれもあなたを助けることはできない、あなたを助けられるひとがいるとは思えない。ル・ブラズでさえ……」

彼はその名にとびついた。「ル・ブラズ! ル・ブラズとは何者なんだ?」

「だめ、あなたは、ル・ブラズに会う必要はないわ。おねがい、あたしのいうことを聞いて、静かな、だれもいないところに行って、自分で解決するの、それが唯一の道なの!」

「ル・ブラズとは何者なんだ、教えてくれ」

彼女はマグラスを思い切り叩いた。「あたしのいうことを聞いていないのね。あたしたちが、あなたを助けられないとしたら、ほかのだれにも助けられない。ル・ブラズは、人知を超えた存在よ、あのひとは信用できない、あのひとは思いもよらぬことをやる、たいへん恐ろしいことを。あたしもじっさいのところはわからないの。何年か前に一度だけ彼を訪ねたけれど、それはとてもあなたが望んでいるようなことでは――」

かまわない、と彼はいった。もうなんだってかまうものか。なんとしてもこれから逃れたい。これといっしょに生きていくほど恐ろしいことはない。ぼくには彼らの顔が見えるんだ。ぼくを呼んでいるけど、ぼくには応えられない。彼らは話しかけてくれと訴えるんだ。でもなにを話せばいいか、ぼくにはわからない。ぼくは眠れないんだ。眠ると、彼らの夢を見るんだ。ぼくはこんなふうには生きていけない、だってこれは生きているとはいえないから。だから、どうすればル・ブラズを見つけられるか教えてくれ。もうなにも気にならない、なにもかもくそくらえだ、とにかくどうだっていいんだ、だから教えてくれ！

彼女はまた彼を烈しく叩いた。前よりもいっそう烈しく。そしてまた。彼はそれに耐えた、そしてとうとう彼女は話しだした。

彼は堕胎医だった。堕胎が法律で認められるようになるまでは、彼は何百人という女性の最後の希望だった。ずっと以前は外科医だった。だがその資格を剝奪された。それで彼はできることをした。女たちが長いテーブルのある小部屋に行って、針金製の衣裳ハンガーの世話になっていた時代に、彼は助けたのだ。手術に必要な備品を調達するために二百ドルを請求した。茶封筒に入れた内緒の数千ドルがいつも衣裳戸棚に隠してあるような時代に、二百ドルというのは手術料としてはただも同然だった。そして彼は刑務所にいれられた。だが出所してきたときには、またもとの仕事に舞い戻った。

アンナ・ピケットは、ほかの……

……仕事もあったことをマグラスに話した。ほかの実験。彼女は、マグラスをぞっとさせるような口調で〝実験〟という言葉を使った。そうして彼女はふたたびこういった。「ゆえにマグラスは眠りを殺せり」彼はそこで、車を貸してもらえまいかと尋ねると、彼女はイエスといった。そこで彼はふたたびルート101にもどり、サンタバーバラを目指し北へと向かった。ル・ブラズはそこに住んでいて、世間とはまったく隔絶した生活を送っているのだと、アンナ・ピケットがいったのだ。

彼の地所を突きとめるのに苦労した。サンタバーバラであんな時間に開いていた唯一のガソリン・スタンドには地図がなかった。無料の地図がガソリン・スタンドのサービスだった時代は数年も前のことだ。マグラスの世界にあったさまざまな小さな無料サービスのように、苦情をもちだすひまもなくとうの昔に消えていた。だがどのみち苦情処理局などというものは存在しなかった。

そこで彼はミラマー・ホテルへ行った。夜勤のフロント係は六十代の女性で、サンタバーバラのどの道も知っていて、ル・ブラズの地所のこともよく知っていた。お化け屋敷のありかを訊かれたとでもいうような顔で彼を見た。だがきちんと方角を教えてくれたので、彼はありがとうといったが、相手はどういたしましてともいわなかった。そして彼はそこを立ち去った。夜明けが近いので、東の空が明るくなっていた。

奥深い森のあいだを縫って、高いフェンスをめぐらした地所まで上がっていく私道が見つかるころには、あたりはすっかり明るくなっていた。日光が水路に注ぎ、森をみずみずしい多雨林のように見せていた。ルセーバーから降り立ったとき、肩越しに振り返ってみると、サンタモニカ運河は夜の残していった影も知らぬげに、銀色のさざ波をたてていた。

門まで歩いてインターカムのボタンを押した。彼は待った。そしてもう一度ボタンを押した。すると声が——男か女か、若者か老人かわからない声が——響いた。「どなた？」

「ぼくはアンナ・ピケットの〈レムの会〉からやってきました」彼はちょっと言葉を切った。沈黙がつづくので、彼は言葉をついだ。「ほんものの〈レムの会〉ですよ。隠れが丘の家にいる女性たちの」

声がいった。「どなた？　お名前は？」

「名前なんてどうでもいいんです。どうせぼくのことなんかご存じありませんから。マグラス、ぼくの名前はマグラスです。ル・ブラズにお会いするためにはるばるやってきました」

「ご用は?」

「門を開けてくだされぱわかります」

「うちはお客は来ないので」

「ぼくは見たんです……あれがいて……ふいに目が覚めたら、ぼくの体に、そ、そのロみたいなものがいて……体のなかを風が吹いて……」

ブーンという音がして鉄の門が煉瓦の壁のなかに吸いこまれていった。マグラスは大急ぎで車に走り寄りエンジンをかけた。門が開ききるとアクセルを踏みこみ、躊躇なく閉じようとしている門のあいだを走り抜けた。

雨林のあいだを縫うように曲がりくねっている車道を上がっていき、それをのぼりきると、大きな自然石の館が、見上げるような樹木と繁茂した群葉に囲まれて建っていた。砕石を敷いた車道に乗り入れると、つかのま車を止めて、こちらをむなしく見下ろしている鉛枠の窓を見つめた。芽吹きの季節だというのに、あたりはひんやりとして薄暗かった。車をおりると、彫刻をほどこしたオークの扉に歩みよった。ノッカーに手を伸ばしかけたとき、扉が開いた。腐れ果てたようなものの手によって。

マグラスは耐えられなかった。はっと息を呑んであとずさりし、戸口に立っている人間とは思えないものを近づけまいと、両手を目の前にかざした。

それの焼け焦げていない部分は恐ろしいピンクになっていた。これは女だとマグラスは思った、それはとっさの印象だった。だがあらためて見ると性別は見分けようもない、男性かもしれなかった。どうやら炎に炙《あぶ》られたものと見える。頭髪はなく、黒く焼け焦げていない皮膚はほとんどなかった。その両腕には、曲がっているところや関節のようなものがたくさんありすぎるように見えた。なんとなく女ではないかという感じがするのは、それがまとっている床までとどく裾の広いスカートのせいだろう。下半身は見ることを免れたが、スカートの内には大ぶりの肉体があるらしい、人間らしい胴体や人間らしい脚が円形の布に包まれているとは思えないが、どうやらそれはゼラチンのようにぷるぷると動いているようだった。

その生きものは白濁した片方の目で彼を見つめたが、もう一方の目は透きとおった青い色で、その美しさには心が痛んだ。目と顎のあいだの顔面はのっぺりとしていて、首と認められるものはなく、胸の一部となっており、ただ黒焦げのこぶのようなものがあるばかりで、唇のない口はまわりの皮膚よりもっと黒かった。「お入り」と玄関番はいった。

マグラスはためらった。

「さもなければお帰り」とそれはいった。

ロニー・マグラスは深呼吸をして、そこを通った。玄関番はかすかに横にのいた。ふたりは触れ合った。黒焦げの腰とまともな手の甲と。

扉が閉じられ、二重のボルトがかけられ、もはやマグラスは外に出ることはできない。彼は性別不明の生きもののあとに従い、天井の高い玄関ホールを通って、上階に通じる螺旋階段の右手にあるどっしりとした鏡板の扉の前に立つと、男か女かわからぬ生きものは、そこにお入りと彼に指し示した。そしてよろよろしながら館の裏手のほうに去っていった。

マグラスは一瞬立ちすくんでいたが、やおら、凝った飾りのついたL字型の把手をまわして、なかに入った。厚手の垂れ布が、朝の光をさえぎるために引かれているが、部屋のあちこちに格子模様を描く不逞《ふてい》な光線を浴び、脚に膝かけをかけて背もたれの高い椅子にすわっている老人の姿が見えた。彼は図書室のなかに足を踏み入れた。そこは図書室にちがいなかった、床から天井まで本棚が占め、その中身が床じゅうにこぼれ、いまにも崩れそうな山をこしらえていたからだ。クラシックの音楽は、マグラスにはなにかわからなかった。

「ル・ブラズ先生？」と彼はいった。老人は身動きしなかった。その頭は胸に沈みこんでいる。目は閉じられていた。マグラスはさらに近づいた。聞こえる音楽がクレッシェンドに高まっていく、交響曲のようなものだ。すでに彼は老人からあと三歩ほどに近づいていた。彼はもう一度、ル・ブラズの名を呼んだ。

目が開き、獅子のような頭が上がる。そしてまばたきもせずマグラスを見つめる。音楽がやんだ。静寂が図書室を満たした。

老人が悲しげに微笑んだ。不穏なものは、ふたりのあいだの空間からまったく消えていた。それはやさしい微笑だった。老人は袖椅子のかたわらにあるスツールのほうに頭をかしげてみせた。マグラスはなんとかかすかな笑みを返し、すすめられた椅子にすわった。

「きみが新しい薬理学製品を推薦してくれとたのみに来たのではないと願うが」と老人はいった。

「あなたはル・ブラズ先生ですか？」

「かつてその名で知られていたのは、このわたしだよ、うん」

「あなたに助けていただかねばなりません」

ル・ブラズは彼を見つめた。マグラスが述べた言葉には海のような深みが、いいかげんなものはたちどころに追い出す石の洞窟のような響きがあった。「きみを助けると？」

「はい。おねがいです。ぼくは自分が感じるものに耐えられないんです。さまざまなことを体験しました。この数カ月、とてもたくさんのものを見てきました。ぼくは……」

「きみを助けると？」老人はもう一度いって、まるで失われた言語だとでもいうようにその言葉を小声でくりかえした。「自分自身さえ助けられぬものを……いかにしてきみを助けることができようか、お若いの」

マグラスは老人に話した。なにもかも。

あるところで、黒焦げの生きものが部屋に入ってきたが、マグラスは、自分の話を終えるまでその存在に気づかなかった。そして背後でそれがいうのが聞こえた。「あなたは、たいしたおひとです。百万にひとりの人間も、死《タナトス》の口を見たものはいない。一億にひとりも、魂の通り道を感じたひとはいない。人類の記憶のなかに存在する人間で、それが現実で夢ではないと信じるほど苦しんだというひとはひとりもいない」

マグラスはその生きものを凝視した。それは重々しく部屋を横切り、老人の椅子のうしろに立ったが、老人に触れようとはしなかった。老人は吐息をついて目を閉じた。

その生きものはいった。「これはジョセフ・ル・ブラズでした、生きているあいだ働いて、仲間のひとたちの世話をした。みんなの命を救い、愛ゆえに結婚して、旅をしながら世界を少しでもよりよくしていこうと自ら誓いもしました。そして妻が死に、だれしも経験したことのないような鬱の泉に墜ちてしまった。そしてある夜目覚め、冷気を感じたのに、タナトスの口は見なかった。このひとにわかっていたのは、妻がたいそう恋しくて、自分の命を断ちたいと思うことだけでした」

マグラスは黙っていた。この話がなにを意味しているのか、膝かけにくるまっている孤独な人物の生涯が、なにを意味しているのか、彼にはわからなかった。だが彼は待っていた。この家、あらゆる家の秘密をもつ家であり、この世に向かって開いているこの家に自分を助けてくれるものがいないのだとしたら、彼が次にすることは銃を買い、自分を包む灰色の霧を追い散らすことしかないのだとわかっていた。

ル・ブラズは顔を上げた。深い吐息をもらすと、その目がマグラスに向けられた。「わたしはあのマシンのところへ行ったのだよ」と彼はいった。「回路とチップの助けを求めた。わたしは寒かった。そしてどうしても泣きやむことができなかった。あのひとがとても恋しかった。もう耐えられなかった」

あの生きものが袖椅子のところにまわりこんできて、マグラスの横に立った。「このひとは、あちら側から妻を連れ戻したのです」

マグラスの目が大きくなった。彼は理解した。

部屋は静まりかえり、そして静寂はいよいよ深まっていく。彼は、低いスツールから立ち上がろうとしたが、動けなかった。あの生きものは、あのすばらしい青い目と見えないほうの濁ったビー玉のような目で彼をじっと見おろしている。「このひとは妻の平安を奪いとってしまったのです。そうして妻は満ち足りぬ半生をつづけなければならないのです。これはジョセフ・ル・ブラズ。このひとはおのれの罪に耐えられないのです」

老人は声を上げて泣いている。マグラスは、もし涙がもう一粒この世に流れおちたら、自分はくそくらえといって銃を取りにいくだろうと思った。「おわかりか？」と老人が静かにいった。

マグラスの両手が上がった、開いた手はからっぽだった。「あの口は……あの風は……」

「睡眠時の夢の効用は」とあの生きものがいった。「わたしたちを生かしてくれること。わたしたちを悩ませるものを心からとりのぞいてくれること。さもなければ、どうやって悲しみに耐えられるでしょう？　記憶は、彼らが過去から受け継いだもの、彼らが去っていくとき、わたしたちに残してくれる彼らの一部です。でもすべてではない。それらはそれまで属していたひとびとと再会させてもらえるという喜びです。あなたはタナトスの口を見た。あなたは愛したものが立ち去るの感じた。それであなたは解き放たれたのですよ」

マグラスはのろのろと頭を振った。いや、あれはぼくを解放してはくれなかった。ぼくを虜にしてしまった。ぼくを苦しめている。いいや、ゆっくりとね、いいや。ぼくはそれに耐えられない。

「するとあなたはまだわからないのですね？」

生きものは老人のしぼんだ頰に、かつては手であった焼け焦げた小さな棒を触れた。老人は愛おしそうに見上げようとしたが、首がまわらなかった。「きみはそれらをすべて行かしてやらねばならぬ、すべてを」ル・ブラズはいった。「ほかに答えはない。行かしておやり……みんな行かしておやり。あちら側で完全なものになるのに必要な部分を返しておやり、そして親切な心をもって、彼らが当然の権利としてもつべき平安をあたえておやり」

「その口を開けさせなさい」とあの生きものがいった。「わたしたちはここにとどまることはできない。魂の風を通しておやりなさい。そしてその空白になったところを解放と受け取りなさい」そして彼女はいった。「あちら側の世界がどんなものか話してあげましょう。きっと役に立つから」

　マグラスは片手を体の横においた。解放を求めて、鍵をかけられた扉を叩きつづけた軍《レギ》団《オン》だったかのように、手がひどく痛んだ。


　彼は階段を引き返した。夢遊病のように過ぎ去った数日を引き返した。ここではなにも見えない。

　彼は隠れが丘の農場ふうの家に滞在し、アンナ・ピケットを懸命に助けた。彼女が町まで車で送ってくれ、彼はピコのオフィス・ビルの前に停めてあった車に乗り換えた。グラブ・コンパートメントに三枚の駐車違反のチケットを入れた。それは生きるための日常の仕事だった。自分のアパートにもどると、服を脱いで風呂に浸かった。すべてがはじまったあのベッドに裸のまま横になり、眠ろうとした。たくさん夢を見た。笑っている顔の夢、知っていた子どもたちの夢。やさしい夢。彼を抱きしめてくれたたくさんの手の夢。

そして長い夜のあいだに、ときたま微風が吹いた。

でも彼がそれを感じることはなかった。

そして目覚めると、世界は、これまでよりもっと涼しかった。マグラスは彼らに向かって大声で呼びかけ、そしてとうとう、さよならということができた。

人間はそのひとが心を注ぐものから成り立っている。

——ジョン・チャーディ

解　説

SF評論家・翻訳家
大野万紀

本書は、ハーラン・エリスンの一九五七年から八八年までの短篇十三篇を発表年代順に収録する、日本オリジナルの短篇集である。日本でのエリスンの短篇集は、これまで『世界の中心で愛を叫んだけもの』と『死の鳥』が出ていて、これが三冊目となる。なお、本書に収録された「睡眠時の夢の効用」（一九八八）は本邦初訳であり、〈S‐Fマガジン〉二〇一七年四月号に掲載された二〇一一年度ネビュラ賞受賞作「ちょっといいね、小さな人間」（二〇一〇）を除けば、現時点で最新の翻訳作品である。

ハーラン・エリスン。一九三四年、オハイオ州クリーブランドのユダヤ系家庭の生まれ。ということは今年（二〇一七年）で八十三歳になる。しかし、ぼくの頭にあるエリスンは、四十年以上前の、エキセントリックで怒りに満ち、作家としてのパワーとエネルギーにあふれたエリスンのままである。最新作の「ちょっといいね、小さな人間」を読んでも、少し落ち着いたかなという程度で、その印象は変わらない。『死の鳥』の帯にあるとおり〝華麗なるSF界のレジェンド〟であり、〝半世紀にわたり、アメリカSF界の伝説であり続ける作家〟なのである。

その〝SF界の伝説〟がどんなものだったかは、『死の鳥』と『世界の中心で愛を叫んだけもの』の「解説」や「訳者あとがき」をぜひ読んでほしい。『死の鳥』の高橋良平さんの解説には、作品が翻訳された当時の解説も引用されているので、その雰囲気がわかるだろう。

とにかくやんちゃな印象だ。SF界の暴れん坊。SF大会では初対面のアシモフに喧嘩を売り「なってねえなあ！」（伊藤典夫訳）といったという。アシモフが語る原文では“Well, I think you're—a nothing!”だ。アシモフもびっくりしただろうな。アシモフは大人の対応をしたが、そのエッセイで彼の背の低いことをおちょくっている（百六十五センチだからアメリカ人にしては小柄、ということだが）。

長篇第一作が（SFではないが）不良少年もので、その取材のため変名をつかい、ニューヨークでヤンキーしていたという（いや不良グループに入って、彼らと生活を共にしたという意味ですよ）。そのせいか、エリスンは強面《こわもて》な印象が強い。実際、ハリウッドで脚本家として活躍するようになってからも、訴訟沙汰がやたらと多いのだ。フランク・シナトラにいんねんをつけたとか、誰それと喧嘩したとか、武勇伝がいっぱいだ。

そのころのエリスンは、小説家としても名をあげていたが、むしろハリウッドでの脚本家としての活躍がめざましい。《バークにまかせろ》、《宇宙大作戦《スタートレック》》、《ルート66》、《アウターリミッツ》、《アンタッチャブル》、《原子力潜水艦シービュー号》、《0011ナポレオン・ソロ》、《ヒッチコック劇場》……。その昔、テレビで普通にアメリカのテレビドラマをやっていた時代の子どもたちにとって、とても懐かしい名前ばかりだ。

当時エリスンが書いた数多くの脚本の中でも《宇宙大作戦》の第二十八話（日本では二十三話）「危険な過去への旅」"The City on the Edge of Forever"(1967) は特に傑作で、六八年のヒューゴー賞映像部門を受賞している。時の門を越えたドクター・マッコイが大恐慌時代に行き、過去を変えてしまうエピソードだが、平和を望むことが破滅を呼ぶといった矛盾が描かれていて衝撃的だった。もっとも放送されたのはエリスンのオリジナル脚本ではなく、一部が改変されたもので、エリスンはそのことを根に持っており、何度もしつこく文句を言っている。

エリスンの小説を読んで感じるのは、理不尽なもの、不条理なものに対する強烈な絶望と怒りである。憎しみ《ヘイト》ではない。純粋な怒り。その怒りと暴力は、すべてあらゆる大きなものに向けられる。成熟とか大人らしさとか、エリスンには似合わない。成熟したエリスン？　そんなもの誰が読みたい？

いつも大声で怒っているやんちゃなガキ。そんな印象があるエリスンだが、その作品には深みと強靭さがある。

彼の作品は、今でいえば〝奇想小説〟という呼び名が相応しい。彼自身、自分のことをSF作家というよりも〝ファンタジスト〟と呼んでいる。その昔〝奇妙な味の小説〟という言葉があったが、それだといかにもしゃれた大人の小説っぽく、エリスンらしくない。それよりはむしろ日常をぶっこわす〝SF〟という言葉の方が彼にはしっくりくるというものだ。

エリスン自身が〝神話的〟人物であるのと同様、彼の小説も多分に〝神話的〟である。彼の数多い作品の中で、その最良のものは、やはり彼の本領たる〝暴力神話〟すなわち〝エリスン神話〟を扱ったものだといえるだろう。

「おれには口がない、それでもおれは叫ぶ」「世界の中心で愛を叫んだけもの」「バシリスク」「鞭打たれた犬たちのうめき」「死の鳥」とつづく一連の作品の主題は、まさに〝エリスン神話〟とでもいうべきものである。それはひとことでいえば、もうひとつの神、現代にふさわしい暴力の神の復権である。それはこの狂った都市文明の神であり、血と暴力に飢えているのだ。「おれには口がない――」のコンピューター、「世界の中心――」

のセンター、「バシリスク」のマルス、「鞭打たれた――」の暗黒神、「死の鳥」の蛇、これらの神々を見れば、彼がいかに現代のヒューマン・コンディションを悲観的に見ているかわかるというものだ。それは形而上学的なものというより、なまなましく具体的なものである。現代における常軌を逸した不条理な死と暴力の諸相。

「世界の中心で愛を叫んだけもの」では、諸悪の根源が〝天国〟にあることが示唆され、「死の鳥」ではまさに〝神〟そのものが狂った嘘つきとして断罪される。ここでは神話は逆転し、神を生んだのは人間であり、間違った神を生んだがゆえに、人は永遠の苦痛に生きなくてはいけないのである。「バシリスク」の主人公のように、残された道は、自らの個人的正義の側に立つ暗黒の神に、犠牲を捧げて救済を祈るしかなかったのだ。癌に冒された愛犬アーブーの安楽死に立ち会ったように、エリスンは愛する地球の安楽死に立ち会いたい心境なのだろうか。

結局〝エリスン神話〟なるものは、陳腐な言い方になるが次のような言葉に落ち着くのかも知れない。

（1）現代は不条理で理不尽な死と暴力と差別に満ちている。

（2）既成宗教は偏向しており、われわれは神の選択を誤った。

（3）愛とは暴力そのものである。そうじゃないなら〝セックス〟の書き間違いだろう。

ここでちょっと脱線を。

年をとると昔語りをしたくなるもので、ぼくの個人的なエリスンとの関わりなどを書きたくなりました。またつまらない昔話をと思う方、興味のない方は読み飛ばしてくださいね。

一九七〇年代半ば、学生のころのぼくらにとっても、エリスンはすでにカリスマ的存在だった。アメリカSFのニューウェーヴを標榜する、エリスン編集になる巨大アンソロジー『危険なヴィジョン』*Dangerous Visions* (1967)、『危険なヴィジョンふたたび』*Again, Dangerous Visions* (1972) はすでに出ていたし、『最後の危険なヴィジョン』*The Last Dangerous Visions* はまだ出ていなかったが、その内容は知られていて、そのうち出るはずだった。ぼくらのSF研で、単なる会誌じゃない、海外SFの翻訳を集めた同人誌《ファンジン》を作ろうと思った時、たまたま〈れべる烏賊〉という題名をつけたのだが、その二冊目が〈れべる烏賊再び〉、三冊目（卒業年に出ることになっていた）が〈最後のれべる烏賊〉となることは、当然のことながら、あらかじめ決まっていたのだ。『最後の危険なヴィジョン』は結局出なかったのだから、ぼくらはエリスンに勝ったのである！

脱線ついでにもうひとつ。大学を出てもSFから離れられず、KSFAというグループで海外SFをがんがん紹介していた。その中に、半分しゃれだが『現代SF全集』なんて企画があり、仲間たちとガリ版刷りで海外SFの翻訳短篇集を五冊くらい出したはず。その中にエリスンの短篇集もあった。

あまり知られていないが、*Partners in Wonder*（1971）という短篇集があった。これはエリスンが、シオドア・スタージョン、サミュエル・R・ディレイニー、ロジャー・ゼラズニイ、ロバート・シルヴァーバーグなど十四人の作家と合作した、合作短篇集である。そうそうたるメンバーが並んでいるが、どちらかといえばお遊び企画だった（中には傑作といっていい作品もあるが）。たとえば、スタージョンとの合作“Runesmith”は、スタージョンと「コードウェイナー・スミスのオマージュ作品を書こう」といって書き始めたはずが、なぜかクラーク・アシュトン・スミスのオマージュ作品になってしまったというしろものだし、ディレイニーとの合作“The Power of the Nail”は、二人ともが認めている通りのひどい駄作である。パーティの席で座興で書いたものなのだ。しかしどの作品にもエリスンの楽しい前書きがついていて、SFファン活動の楽しさが伝わってくる。なお、このKSFA版『現代SF全集』には月報もついていて、水鏡子による「エリスン＝ブラッドベリ論」なんてものも載っていた。着眼点は面白いが、いま読むとあまりにもとんでもない内容なので、ここでは触れないでそっとしておこう。

とにかく、ハーラン・エリスンという作家は、その小説も魅力的だが、それにもまして作家本人がクールでかっこよく、アメリカSFのファニッシュな楽しさにあふれていたのである。

最後に、本書収録作品について、初出と簡単なコメントを記そうと思うが、その前に、十三篇のうち六篇が掲載された雑誌〈Men's Club〉と、二篇が掲載された〈日本版オムニ〉について書いておきたい。

〈Men's Club〉はいわずと知れた大人の男性向けファッション雑誌で、一九五四年に創刊され、今も月刊で発行されている。その一九六五年七月号から、ほぼ毎月のように、伊藤典夫さんによる英米SFの短篇が翻訳掲載されていた。レイ・ブラッドベリ、リチャード・マシスン、ロバート・F・ヤングなどの軽めの作品が多かったが、しだいに本格的な作品も載るようになり、エリスンをはじめ、アーサー・C・クラーク、J・G・バラード、トマス・M・ディッシュ、R・A・ラファティ、ジェイムズ・ティプトリー・ジュニアというように、AMEQさんの詳細な翻訳作品集成（http://ameqlist.com/）によれば、一九六五年から九一年までになんと百七十篇が訳されている。どういう経緯があったのかはわからないが、SF雑誌ではないファッション雑誌にこれだけの海外SFが掲載されていたということは、大変なことである。

〈日本版オムニ〉は、一九八二年から八九年まで、八十四冊出た大判の月刊科学雑誌だ。アメリカで一九七八年に男性雑誌〈ペントハウス〉の出版者によって創刊された一般向け科学雑誌の日本版である。この当時ちょっとした科学ブームがあったのだ。この雑誌はもともと科学記事とともにSF小説を掲載しており、オースン・スコット・カードやウィリアム・ギブスン、ジョージ・R・R・マーティンなどが執筆していた。日本版でも、これまたAMEQさんのサイトによれば、連載やノンフィクションも数えて八十九篇が翻訳されている。

海外SF短篇の翻訳が、短篇集やアンソロジーを除けば、ほぼ〈S－Fマガジン〉だけになってしまった現在、こんな時代があったのだなあと、ため息が出る思いだ。

以下、収録作について。

「ロボット外科医」 Wanted in Surgery (If 1957/ 8)　〈S－Fマガジン〉一九六九年五月号

もっとも初期の作品であり、いま読むとさすがに古めかしさを感じる。しかし、素朴な機械嫌悪に見えて、エリスンの怒りは単なる道具にすぎないロボットよりも、多様性を抑圧し機械的な均一化を押しつけようとする人間の体制の方に向かっている。AIに仕事を奪われるという話が、現実のこととして週刊誌に載る現在、あらためて読む価値はあるだろう。それにしても、現代の老人ホームで人間よりロボットの方に癒されると話す老人を見たら、当時のエリスンはどう思っただろうか。

「恐怖の夜」 The Night of Delicate Terrors (A Chicago Weekly 1961/4/8) 〈Men's Club〉一九七〇年十二月号

この作品と「死人の眼から消えた銀貨」は、その当時も、おそらくは現代のアメリカにもある黒人差別の不条理と恐怖を描いている。ここでの対象は黒人と白人だが、差別するものとされるものはそれにかぎった話ではない。またアメリカだけの話でもない。この話にはそんな普遍性がある。

「苦痛神」 Paingod (Fantastic 1964/6) 〈Men's Club〉一九七八年十二月号

これまた〝エリスン神話〟の一篇である。先に書いたように、エリスンの怒りは、大きくていいかげんで不条理なものに対して向けられる。その最たるものが〝神〟だ。宇宙の生きとし生けるものに〝苦痛〟を与えている〝苦痛神〟。だがここでの苦痛とは、生きることそのものであり、神の子はそれを知ることによって、大人になる。なんと〝大人〟だ。皮肉なことに、それはエリスンのもっとも嫌うものではなかったか。

「死人の眼から消えた銀貨」 Pennies, Off A Dead Man's Eyes (Galaxy 1969/11) 〈Men's Club〉一九七八年九月号

現代の黒人差別を扱った物語ではあるが、普通小説のようでいて、とても象徴的で神話

的な物語となっている。人と人の〝差異〟とは何か。この作品のように、表面的には差のないものが、どうして差別されることになるのか。死人の眼に置かれた銀貨は、天国への通行料の意味があるそうで、日本でいえば六文銭ということだろう。またこの主人公にはどこか超常的な影を感じる。

「バシリスク」Basilisk (F&SF 1972/8)　〈S－Fマガジン〉一九七四年四月号
一九七三年ローカス賞短篇部門受賞作。ベトナム戦争を背景に、帰還兵問題を扱っているのだが、これも〝エリスン神話〟の一篇。人間の理不尽な残虐さと偏狭な差別への怒りが、ここではバシリスクの死の息として表れる。ここでのおぞましい敵とは、すでに権力者や特別な存在ではなく、ごく一般の民衆そのもの、歪んだ「人間性」そのものとなっている。クライマックスの大殺戮にはある種の爽快感があるが、それはなんの解決にも至らないのだ。

「血を流す石像」Bleeding Stones (Vertex: The Magazine of Science Fiction 1973/4)
〈Men's Club〉一九七八年七月号
エリスンにとって、戯画化されたキリスト教原理主義は〝敵〟なのかも知れない。本当のところはわからないが、それに立ち向かうのは〝エリスン神話〟の神々である。この怪獣映画のような血と破壊のカタルシス！　ほぼそれだけの作品であるが、このパワー感覚はものすごい。

「冷たい友達」Cold Friend (Galaxy 1973/10)　『ギャラクシー』下巻　創元ＳＦ文庫一九八八年

あの傑作「少年と犬」でもわかるように、エリスンにボーイ・ミーツ・ガールのホンワカした物語を求めてはいけない。突然人がいなくなり、ごく狭い範囲を残して消滅した世界。そこに一人生き残ったのは、たまたま病院で仮死状態だった少年だった。ＳＦではありがちなシチュエーションだが、少年の前に少女が現われ、典型的なボーイ・ミーツ・ガールの物語になるかと思いきや……。うん、これでこそエリスンだ。

「クロウトウン」Croatoan (F&SF 1975/5)〈Men's Club〉一九七九年二月号

一九七六年のローカス賞短篇部門を受賞し、ヒューゴー賞では二席だった傑作。エリスンはクラリオン・ワークショップで、小説家を目指す生徒たちに〝失われたものが全て行く国をテーマに小説を書け〟と課題を出し、それがヒントとなって自ら書き上げた作品だという。

マンホールから入った地下に広がる迷宮世界は、いつしか神話的な、内宇宙の広がりに変わっていく。ここでは怒りよりも罪の意識がまさっている。だが主人公が行くのは単なる地獄ではない。まさに〝失われたものが行く国〟なのである。

「解消日」 Shatterday (Gallery 1975/9) 〈Men's Club〉一九七八年五月号

自分が二人いる。そんなところから始まる奇想小説だが、曜日の名前をだじゃれにした章題がついていて、伊藤さんはその訳にとても苦労したと語っている。原題の Shatterday は土曜日のだじゃれなのだが、翻訳では解消日＝火曜日にずらされている。またこの主人公にはエリスン自身が反映しているのかも知れない。

「ヒトラーの描いた薔薇」 Hitler Painted Roses (Penthouse 1977/4) 〈SF宝石〉一九八一年六月号

ヒトラーは、地獄で美しい薔薇の絵を描きながら、話の初めと終わりにちらりと姿を見せるだけだ。この作品にも、天国や地獄を〝管理している〟連中への静かな怒りが満ちている。お屋敷の女中だったマーガレット、殺人犯の汚名をきせられ、リンチされて殺され、地獄へやってきた彼女。真犯人は生き延び、死後はなぜか天国へきている。こんな理不尽があっていいのか。冷酷な役人のような神。しかし彼女の怒りは伏流し、爆発することもなく、そしてヒトラーは地獄の門に美しい薔薇を描きつづける。

「大理石の上に」 On the Slab (Omni 1981/10) 〈日本版オムニ〉一九八六年一月号

死体。興行主が手に入れてシビックセンターの大理石の上に展示する。ある夜、巨大な鳥が巨人を襲い、その心臓をついばむ。そう、これはあの神話の再来だ。今度の彼は人々に文明ではなく〝品格〟をもたらすのだ。今の人類にはそなわっていないという〝品格〟を。

シチュエーションはJ・G・バラードを思わすが、ずいぶんと違う話になるものだ。

ロードアイランドのリンゴ園の中に突然現われた身の丈九メートルのひとつ目の巨人の

「ヴァージル・オッダムとともに東極に立つ」 With Virgil Oddum at the East Pole (Omni 1985/1) 〈日本版オムニ〉一九八五年五月号

ローカス賞短篇部門受賞作。エリスンには珍しくストレートなSFである。百二十年ほど前に人類が入植した惑星メディア。ここには一種のテレパシーで人類とイメージを交換できる人馬という種族が住んでいる。わけあって辺境の地に一人暮らしている男のところに、謎の男が現われる。彼はほとんど言葉も話さず、ふらりと氷原の向こうへ一人出かけてはまた戻ってくる。人馬族に崇拝を受けている彼は、いったい何をしているのか。いつものエリスンの怒りは影を潜め、美しく崇高なイメージが広がる作品だ。

「睡眠時の夢の効用」The Function of Dream Sleep (Asimov's mid-Dec 1988)　初訳

一九八九年ローカス賞中短篇部門受賞作。本邦初訳である。多くの知人を亡くした男の脇腹に突然開いた口、そこから噴き出す風。もちろん医者にはその口は見えない。セラピストをたより、ついに彼を助けようとする謎の団体にまでたどり着くのだが——。これは死と喪失の物語。記憶と忘却の物語である。エリスンの若い頃の怒りはもう薄まって、まるで悟ったような結末だが、でもそれを信じていいものか。脇腹に開いた口からまた何かが吹きだしてくるのではないだろうか。

『死の鳥』が好評だったおかげで、この三冊目の作品集が出た。まだまだ単行本未収録の傑作は残っている。ぜひとも四冊目、五冊目が出ることを期待したい。

本書には、今日では差別的ともとれる表現が使用されている箇所があります。しかし作品が書かれた時代背景やその文学的価値、著者が差別の助長を意図していないことを考慮し、原文に忠実な翻訳を心がけました。その点をご理解いただけますよう、お願い申し上げます。

（編集部）

HM=Hayakawa Mystery
SF=Science Fiction
JA=Japanese Author
NV=Novel
NF=Nonfiction
FT=Fantasy

ヒトラーの描《えが》いた薔薇《ばら》

〈SF2122〉

二〇一七年四月 二十 日 印刷
二〇一七年四月二十五日 発行
（定価はカバーに表示してあります）

著者 ハーラン・エリスン
訳者 伊《い》藤《とう》典《のり》夫《お》・他

発行者 早川 浩
発行所 株式会社 早川書房
郵便番号 一〇一 - 〇〇四六
東京都千代田区神田多町二ノ二
電話 〇三 - 三二五二 - 三一一一（大代表）
振替 〇〇一六〇 - 三 - 四七七九九
http://www.hayakawa-online.co.jp
乱丁・落丁本は小社制作部宛お送り下さい。
送料小社負担にてお取りかえいたします。

印刷・三松堂株式会社　製本・株式会社フォーネット社
Printed and bound in Japan
ISBN978-4-15-012122-8 C0197

本書は活字が大きく読みやすい〈トールサイズ〉です。